세상에서 가장 긴 무덤

대전산내민간인학살사건 현장문학 앤솔로지

※이 책의 일부는 대전문화재단의 지원을 받아 제작되었습니다.

세상에서 가장 **긴** 무덤
대전산내민간인학살사건 현장문학 앤솔로지

2020년 12월 15일 제1판 제1쇄 발행

지은이	김영호
펴낸이	강봉구

펴낸곳	작은숲출판사
등록번호	제406-2013-0000801호
주소	413-170 경기도 파주시 신촌로 21- 30(신촌동)
전화	070-4067-8560
팩스	0505-499-8560
홈페이지	http://cafe.daum.net/littlef2010
페이스북	http://www.facebook.com/littlef2010
이메일	littlef2010@daum.net

© 김영호

ISBN 979-11-6035-100-2   03800
값은 뒤표지에 있습니다.

한국전쟁 70주년 기념 특별판

세상에서 가장 긴 무덤

대전산내민간인학살사건 현장문학 앤솔로지

목차

01 대전산내민간인 학살이란?

02 문학과 전쟁

머리말

세상에서 가장 긴 무덤을 평화교육의 장으로

1

대전 산내 골령골의 민간인 학살사건은 전쟁의 잔혹함을 되새기게 하는 우리 현대사의 아픈 과거로 흔히 생각한다. 하지만 학살 피해자의 유족들에게는 지금도 여전히 진행 중인 아픔이다. 나도 한때 골령골 '눈물의 골짜기'가 보이는 '구도리'에 살던 작가 김성동을 통해 비로소 산내 학살사건을 과거의 역사가 아니라 가까운 지인의 인생을 옭아매는 근원적인 고통으로 느끼게 됐다. 흔히 불교소설 『만다라』의 인기작가로만 그를 기억하는 사람들도 있지만, 그가 승려가 된 것 또한 골령골에서 희생된 아버지와 그 가족에게 덧씌워진 '붉은 씨앗'의 굴레에서 벗어나려는 몸부림임을 알게 되면 문득 산내 민간인 학살사건에 다시 눈길을 돌리게 된다.

2

올해는 한국전쟁 70주년이 되는 해이다. 사람으로 치면 고희에 해당하는 세월이니 그간의 모진 간난과 어려움을 아련한 추억으로 보듬을 만한 시간이 흘렀다. 그러나 산내 희생자 유족들의 상처와 고통은 여전히 끝 모를 구렁텅이를 헤매는 것과 같이 어둡고 아득하기만 하다. 한국전쟁 70주년은 또한 산내 학살 희생자들이 희생된 지 70년이 되는 해이다. 하지만 50년을 숨죽이며 살던 유족들이 마침내 용기를 내어 이곳 골령골에서 산화한 희생자들의 넋을 함께 기리는 합동위령제를 지내는 것은 올해로 21번째다.

'세상에서 가장 긴 무덤'은 대전 산내 골령골 민간인 학살사건을 탐사 보도한 다큐의 제목으로 널리 알려졌다. 이 다큐가 영국 BBC 방송에서 집중 조명받아 세계적인 주목을 받으면서 국회에서도 상영되고 진상규명의 필요성이 부각되었다. 이번 책의 제목 사용을 위해 다큐 제작자인 정진호 피디와 연락해 보니 원작자를 기자로 지칭했고 해당 기자는 당시 골령골의 유해 발굴 현장에 함께한 사람들이 누구랄 것 없이 쓰던 말을 자신이 기사로 썼을 뿐이라는 답변을 들었다. 이렇게 '세상에서 가장 긴 무덤'은 고유명사가 아닌 보통명사로 골령골 학살사건에 관심을 가진 사람들 모두의 이름이 되었다.

김성동 작가를 통해 산내 학살사건에 관심을 가진 이래, 이를 널리 알려 아픈 현대사의 상처를 치유하고 승화시키는 계기로 삼을 것을 역설해 왔다. 한국작가회의 각 지부가 한국전쟁 중 벌어진 민간인 학살 현장을 탐사하고 이를 기록하는 대규모 작업을 '제노사이드 종단벨트 작업'

으로 이름 붙여 해 보자는 제안도 했지만, 그 당위성을 인정하면서도 본
격적인 작업엔 매우 소극적이었다. 그래서 피어린 현장 답사를 통해 역
사적 교훈을 되새기는 '다크투어'를 제안했고 작년에 세 차례 안내 기행
으로 산내를 찾아 희생자 유족인 작가 김성동과 '정판사 위조지폐 사건'
으로 희생된 이관술을 얘기하곤 했다.

  이런 관심의 필요성을 대전시에 오래 설득한 끝에 한국전쟁 70주년
인 올해 마침내 산내 학살에 대한 문학 작업을 기획하고 이렇게 책자를
발간하게 되었다. 첫 번째 작업은 산내 희생자 유족으로 그의 출세작
『만다라』가 영어, 프랑스어, 러시아어, 스페인어로 번역돼 세계적인 작
가로 인정받는 김성동이 산내 학살사건에서 비롯된 아픈 가족사를 눈
물로 써낸 작품집 『눈물의 골짜기』를 지난 7월 초에 발간했고, 두 번째
작업으로 산내 민간인학살사건이 무엇이고 어떤 사람들이 희생되었는
가를 현장을 중심으로 여러 문학 장르를 통해 입체적으로 조명해 보고
자 『세상에서 가장 긴 무덤』을 이렇게 내놓게 되었다.

  이번 책은 산내 민간인학살사건을 잘 모르는 젊은 세대들도 쉽게 읽

고 공감할 수 있도록 하는 데에 초점을 두었다. 그래서 산내 민간인학살 사건을 오랫동안 가장 깊게 취재한 오마이뉴스 심규상 기자가 그간의 취재와 탐사를 토대로 산내 학살사건을 개관하는 글을 시작으로, 산내사건을 세계에 알린 정진호 피디가 새로 제작 중인 다큐 「무저갱」의 일부 각본을 제작 현장사진과 함께 살펴보며 독자들의 이해를 돕고자 했다.

다음으로 과거의 역사적 사건으로 화석화되어 가는 산내학살사건을 살아 있는 현실로 육화시키는 현장 기록으로서 문학의 역할을 따져보는 글을 실었다. 특히 민간인 학살이라는 '제노사이드 기억'을 문학적으로 형상화하는 작업은 기록을 넘어 마침내 현실의 아픔을 정화하는 씻김굿이 되어야 한다는 생각을 제시했다. 왜냐하면 씻김굿은 삶과 죽음의 화해에만 그치지 않고 살아 있는 사람들끼리 서로 위로하고 용서하고 화해하는 상생의 자리로까지 나아가는 것이 그 특징이기 때문이다. 따라서 우리는 민간인 집단학살의 억울한 죽음들을 위로하고 정화하는 동시에 또 다른 희생자인 한국전쟁 중 지역 좌익과 북한 정치보위국에서 자행한 우익인사에 대한 보복학살 희생자들 또한 그 원혼을 맑게 씻기는 데까지 나가야 한다.

3부에선 좌익 독립운동가로 산내에서 희생된 김봉한의 유족인 작가 김성동에 대한 집중 조명을 통해 산내사건에 대한 역사적인 물음을 던져 보았다. 특히 작가에 대한 인터뷰와 헌시 그리고 작가 자신의 어머니에 대한 애끊는 사모곡인 「민들레꽃반지」와 김성동 모친을 직접 취재하고 이를 소설화한 안재성의 「달뜨기마을」을 실어 김성동에 대해 입체적으로 접근한다.

4부에선 산내의 주요 희생자 그룹인 보도연맹 희생자 이야기를 학살현장에서 인간의 모진 폭력과 이념대립의 부질없음을 진저리치며 바라본 물푸레나무의 회상을 통해 학살사건의 아픔을 객관적으로 보여주면서도 인간 행태의 어리석음을 되돌아보게 하는 최용탁의 소설을 실었다.

마지막으로 산내학살사건에서 많은 희생자를 낸 제주 4·3 항쟁을 다룬 연극 『협상 1948』의 대본을 실었다. 이 작품은 제주 평화연극제에 초청된 작품이기도 하다.

한 가지 아쉬운 점은 산내에서 희생된 여순항쟁 희생자에 대해 직접 연결된 유족이 없어 제대로 조명하지 못했다는 점이다. 관심 있는 분들께 여수 순천 지역에서 진행된 문학작업이나 르포 등을 참고해 볼 것을 권해 드린다.

4

이번 『세상에서 가장 긴 무덤』을 읽는 분들은 꼭 김성동 작가의 소설집 『눈물의 골짜기』를 함께 읽어 보기를 권한다. 끝으로 남은 자들인 우리가 감당해야 할 일은, 산내 학살사건의 진상을 밝히고 원혼들의 억울함을 달랜 뒤 유가족들의 아픔을 진심으로 위로하고 적절한 보상을 하도록 하며, 이런 만행이 되풀이되지 않도록 학살현장을 평화교육의 장으로 승화시키는 일임을 다시 강조하며, 이번 작업에 함께해 주신 분들께 깊은 감사의 마음을 전한다.

2020년 12월 1일
엮은이 김영호 두손모음

01

대전산내민간인 학살이란?

1950년, 산내 골령골*

심규상 오마이뉴스 기자

사람의 뼈다. 좁은 공간에 헝클어진 실타래처럼 어지럽게 엉켜 있다.
마치 쌓아 놓은 장작더미가 무너져 내린 듯 널려 있다. 한 유해는 두개
골이 경사면 아래쪽에, 한 유해는 위쪽에 자리 잡고 있다. 총살 후 구덩
이 안으로 시신을 던져놓았기 때문이다.

뼛더미를 덮고 있는 건 흙 반 돌덩이 반이다. 드러난 유해의 대부분
은 머리뼈와 사지뼈, 치아 뿐이다. 그마나 겉 조직과 속 조직이 모두 삭
아 뼈대가 얇아졌고 공기 중에 노출되면서 조각으로 부서졌다. 완전한
형태의 뼈는 하나도 남아 있지 않다. 습기를 머금은 뼈 조각에 손가락을

---

* 글쓴이가 산내 골령골 학살사건을 처음 접한 때는 1992년 2월(이다. 이후 골령골을 찾
아 사건을 조사했고, 1998년 산내사건진상조사반을 구성, 조사 결과를 발표했다. 당시 조
사 결과는 2000년 시사 월간지 <월간 말> 2월호에도 실었다. 이후에도 <오마이뉴스>를
통해 산내 골령골 사건과 관련 수 백여 건을 보도했다. 또 '골령골 유해매장 추정지 조사
보고서'를 썼다. 이 글은 글쓴이가 <월간 말>, <오마이뉴스>에 보도한 기사와 이를 토대
로 <구술사로 읽는 한국전쟁사>(휴머니스트, 2011)에 수록한 '감옥에서 사라진 사람들'
등 골령골 민간인학살사건 취재 글을 종합해 재구성했다. 이 글에 대한 관련 참고자료는
글쓴이의 <오마이뉴스> 관련 기사를 통해 확인할 수 있다.

대자 과자 부스러기처럼 부서져 내렸다. 갈라진 두개골에는 구멍이 뻥 뚫려 있다. 누가 봐도 총알 구멍이다. 주변에는 탄두와 탄피가 놓여 있다. 희생자의 것으로 보이는 흰색 단추가 햇살에 반사돼 반짝였다.

2020년 11월, 한국전쟁기 민간인학살 유해발굴 공동조사단(단장 박선주)이 대전 산내 골령골(동구 낭월동) 제1 집단학살지(산 13-1, 13-2번지)에서 한 달여 동안 발굴한 유해만 200여 구다. 200여 명이 70년 동안 차지하고 있던 땅 속 공간은 가로 세로 10미터 정도로 좁다. 골령골에는 8곳의 집단학살지가 있다. 제1 집단학살지의 구덩이에만 100미터짜리 구덩이(너비 2미터, 깊이 2미터)가 2개, 50미터 짜리 구덩이가 1~2개가 있는 것으로 추정된다. 하나로 늘어놓을 경우 구덩이 길이가 250미터에 이른다. 인근 제2 집단학살지에도 200미터가량의 집단학살지가 있다.

골령골에서 처음 유해를 발굴한 곳은 제3 학살지이다. 2007년 8월, 정부기구인 '진실화해를위한과거사정리위원회'가 유해를 발굴했다. 구덩이 크기는 불과 세로 4.5미터, 가로 3.5미터에 불과했다. 유품으로 탄피와 탄두 외에 고무신과 구두, 열쇠 시계고리가 나왔다. 중학교 교복 단추로 보이는 '中'가 새겨진 단추도 있다. 당시 보고서는 유해매장 상태를 이렇게 설명하고 있다.

"좁은 구덩이안에 사람들을 몰아넣고 5열 종대로 무릎을 꿇려 앉힌 다음 옆사람과 어깨동무를 하게 한 상태에서 이마를 땅바닥까지 숙이게 한 후 총을 쏜 것으로 보인다. 무릎 꿇린 그대로 매장했다. 유해 크기가 비교적 작은 것도 있어 미성년자도 포함돼 있는 것으로 추정된다."

곳곳에서 탄식이 터져 나왔다. 한 유가족은 "어떻게 무릎을 꿇린 상태로 수십여년을 묻혀 있게 할 수 있느냐"며 눈물을 훔쳤다. 제3 학살지와 100 여 미터 떨어진 또 다른 곳(제 5학살지)에서는 5구의 유해가 드러났다. 진입로 조차 가늠하기 어려운 가파른 산기슭이다. 주변 마을에 사는 한 주민은 "산내 골령골 골짜기 곳곳마다 학살이 자행됐다"며 "골짜기 전체가 학살터고 암매장지"라고 말했다.

이들은 어떤 이유로 이곳에서 집단 암매장 당한 것일까? 왜 수 십년이 다 되도록 유해마저 제대로 수습되지 않고 있는 걸까?

일제강점기에는 '감옥소', 해방 후에는 '형무소'

해방을 맞았지만 형무소는 일제 식민지 때의 감옥과 별반 다르지 않았다. 대전형무소도 마찬가지였다. 대전형무소는 1919년 3 · 1 만세운동 직후에 일본에 의해 지어졌다. 독립운동가들을 가두기 위해서였다. 조선총독부는 '대전감옥'이라 이름 붙였다가 몇 년 뒤 '대전형무소'로 이름을 바꿨다. 하지만 가혹한 '옥살이'를 경험해본 사람들에게 그곳은 변하지 않는 '감옥소'일 뿐이었다. 도산 안창호, 몽양 여운형, 심산 김창숙 등 독립운동가들이 대거 대전형무소에서 옥고를 치렀다.

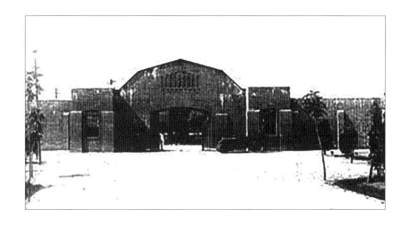

　1945년 일본이 패망해 물러갔지만 형무소에는 일본에 빌붙어 독립운동가들을 무자비하게 짓밟았던 조선인 관료들이 그대로 형무소 책임자를 맡았다. 해방 직후 텅 비었던 전국 19개 형무소는 일 년도 되지 않아 다시 죄수들로 꽉 찼다. 가장 많은 죄명이 '절도'였다. 가난하고 무지한 사람들이 굶주림에 먹을 것을 훔쳐야만 목숨을 부지할 수 있었기 때문이었다.

　하지만 남한에 좌파와 우파의 대립이 극심해지고 이승만 정부가 들어서면서 형무소 상황은 급변했다. 친일파와 지주가 많아 '우파'로 불렸던 이승만 정부는 자신을 비판하는 사람들을 '좌파'로 몰아 형무소에 잡아가두기 시작했다. 이승만 정부가 들어선 지 몇 개월 후인 1949년, 대전형무소를 비롯하여 전국의 형무소는 이승만 정부에 의해 '좌파'로 불리는 사상범들이 가장 많은 수를 차지했다. 좌파 사회주의자들의 무장봉기인 여수·순천사건과 뒤이은 제주 4·3 사건 관련자들도 사상범으로 형무소에 수감됐다.

신순란 씨의 큰오빠도 이때 경찰에 잡혀갔다.

큰오빠는 밤마다 마을 사람들을 모아놓고 글을 가르쳤어. 틈만 나면 책을 읽는 그런 오빠였어. 그때가 1949년이니까 내 나이 열세 살 때였지. 어느 날 오빠가 방에 앉아 있는데 경찰들이 몰려와 오빠 몸을 밧줄로 묶고 총을 겨눴어. 아버지가 경찰에게 "왜 내 자식을 잡아가려 하냐"고 하소연했더니 아버지에게도 총을 겨눴지. 어머니는 혼절해 쓰러지셨어. 나도 펄쩍펄쩍 뛰면서 울었어.

신순란의 큰오빠가 경찰에 끌려간 까닭은 무엇일까?

나중에 들으니 오빠가 사람들에게 글을 가르치면서 친일파들이 반성하지 않고 득세하는 것은 잘못된 것이라며 이승만 대통령을 비판했던 모양이야. 대전형무소에 수감돼 재판을 받았는데 징역형을 5년이나 받았어.

전북 남원 출생인 이계성의 아버지는 1948년 경찰에 끌려갔다. 이계성의 나이 여덟 살 때였다. 그의 아버지는 해방 직후 남원에서 건국준비위원회(해방 직후 일본으로부터 행정권을 인수받기 위해 만든 조직)의 청년단 단장을 맡았다. 와중에 우익 청년 단체와 큰 마찰이 빚어졌고 그 여파로 그의 아버지는 포고령 위반 등 혐의로 끌려가 전주형무소에 수감됐다가 재판을 받고 대전형무소로 이감됐다.

아버지가 좌익 활동을 했다는 이유로 집안이 쑥대밭이 됐어요. 아버지가 잡혀갔는데도 우익 청년 단체들이 군인과 경찰을 데리고 와 시도 때도 없이 못살게 굴었어요. 그래서 초등학교를 네 번이나 옮겼죠. 어머니는 남의 집 일 다니시고 가족들은 옥수수와 수수로 죽을 끓여 겨우겨우 하루를 연명했어요.

그에게 더 가슴 아픈 일은 여동생에게 닥친 불운이었다.

눈이 많이 오던 겨울에 경찰들을 피해 달아나다 누이동생이 다리에 동상이 걸렸어요. 치료를 못 해 그대로 뒀는데 상태가 악화돼 결국 오른 쪽 다리를 잘랐습니다. 철없는 생각에 이게 다 좌익 활동을 한 아버지 때문이라는 생각에 아버지가 한없이 원망스러웠습니다.

1950년 당시 대전형무소의 수용 가능 재소자 수는 1,200명이었다. 하지만 1948년 12월 1일부터 국가보안법이 시행되면서 정치범이 대거 수감됐다. 제주 4.3사건, 여순사건 관련자들도 많았다. 재소자 수는 약 4,000명에 달했고, 이중 절반이 정치사상범이었다.

하지만 형무소에 수감된 정치범과 그 가족들에게 닥친 가장 큰 불행은 '전쟁'이었다. 1950년 6월 25일. 북한군이 남한을 기습 공격했고 사흘 만에 서울을 점령했다.

전쟁이 일어나자 이승만 정부가 가장 먼저 한 일은 남한 내 좌익 활동 전력이 있는 사람들을 체포해 총살하는 일이었다. 당시 내무부 치안국은 전쟁 발발 직후 잇달아 전국 경찰서에 무선 전문을 보내 "전국 보도연맹원 및 요시찰인 전원을 검거해 구금, 처단할 것"을 지시했다. 북한군에 합류할 것을 우려해 좌익 활동 전력이 있는 사람들을 미리 제거하기로 한 것이다.

보도연맹원은 국민보도연맹가입자를 말한다. 이승만 정부는 1949년 6월 5일 좌익 계열 전향자로 구성된 '국민보도연맹'이라는 반공단체를 조직했다. '좌익사상에 물든 사람들을 사상전향시켜 이들을 보호하고 인도한다'는 취지였다. 국민보도연맹의 주요 강령은 '대한민국 정부 절대 지지', '북한 정권 절대 반대' 등이다. 외견상 민간단체로 보이지만 장관들이 요직을 맡아 관세 단체에 가까웠다.

정부는 보도연맹 가입 대상자를 좌파 활동 경력이 있거나 사상범인 사람들을 대상으로 한다고 했지만 사실과 달랐다. 공무원들의 '실적주의'와 '반(半) 강제 가입'으로 마구잡이 가입이 이뤄졌다. 공무원들은 농부들에게 고무신을 나눠주거나 비료를 준다며 가입을 유도했다. 10대 중·고교생도 보도연맹에 가입했다.

국민보도연맹 충청남도연맹은 1949년 12월 27일 대전검찰청 회의실에서 결성됐다. 자료를 보면 결성당시 가입자만 4,000여 명에 달했다. 당시 결성식에는 고문 권영옥(당시 대전지방법원장), 이영진(당시 충남도지사), 송호성(당시 중부전투총사령관 겸 125부대장), 지도위원장 정재환(당시 대전지검 검사장), 지도위원 윤중영(당시 차장검사), 서광순(상임 지도위원 겸 당시 도 사찰과장), 김진권(당시 판사) 등이 참여했다. 대전시 보도연맹 결성식은 1950년 2월 14일 대전시청회의실에서 개최했다. 이 자리에는 윤중영 대전지방검찰청 차장검사(지도위원장), 손수도 대전시장(명예이사장), 박몽실 대전경찰서장(이사장) 등이 참석자에 이름을 올렸다.

전쟁이 발발했다. 정부는 '보도연맹에 가입된 사람들이 조선 인민군이 점령한 지역에서 협조할 것'이라는 이유로 보도연맹원들에 대한 무차별 검속과 즉결처분을 시작했다. 이승만 정부의 이같은 지시로 북한군이 내려오기도 전에 남한 땅 하늘은 총성으로 흔들리고 땅은 핏빛으로 물들었다.

이승만 대전 머물 때 골령골 첫 학살 (1950년 6월 28일경~6월 30일경)

대전에서의 첫 학살은 당시 이승만 대통령과 신성모 국방장관 등 정부 각료들이 대전에 머물고 있는 가운데 일어났다. 이승만은 한강폭파를 지시한 후 6월 27일 새벽 2시 대전행 특별 열차를 타고 대전으로 내려왔다. 그날 저녁 남한은 정부를 대전으로 옮겼다. 비상 국무회의도 이날 대전에서 열렸다.

1950년 6월 25일 내무부 치안국은 전국 도 경찰국에 치안국장 명의로 〈전국 요시찰인 단속 및 전국 형무소 경비의 건〉이라는 비상통첩을 보냈다. 주요 내용은 '요시찰인 전원을 경찰에 구금하고 특히 형무소 경비를 강화할 것' 등이었다. 치안국은 6월 29일, 불순불자 구속의 건〉, 6월 30일 〈불순분자 구속처리의 건〉을 각 도 경찰국에 하달했다. 특히 〈불순분자 구속처리의 건〉에는 '보도연맹 및 기타 불순분자를 구속, 본관 지시가 있을 때까지 석방을 금한다'는 내용을 담았다.

이 대통령이 머물던 충남 도지사 공관과, 국무회의가 열리던 충남도청과 대전형무소는 지근거리에 있었다. 학살이 일어난 대전 산내 골령골과도 수 킬로미터에 불과했다. 당시 피난을 온 정부 각료와 고급관리, 국회의원 등은 대부분 대전 시내에 있는 여관인 '성남장'에 머물고 있었다. 하지만 이들의 생활은 전쟁과는 무관해 보였다. 당시 '성남장' 주인 김금덕 씨 는 "뜰에는 정부 각료와 국회의원들이 타고 온 자동차가 80대 이상이나 주차돼 있었고 그중에는 가재도구부터 개까지 끌고 온 사람도 있었다"며 "식사용 쌀이 하루 다섯 가마나 필요했고 반찬만도 큰일이었다"고 증언했다. (중앙일보사, 〈민족의 증언〉 1권, 1983년)

비슷한 시간, 체포된 보도연맹원과 대전형무소에 수감돼 있던 여수순천 사건 관련 사상범 일부는 대전 골령골로 끌려갔다. 대전 골령골은 지금의 남대전 IC가 인접해 있는 동구 낭월동 골짜기로 당시만 해도 재를 넘어 충북 옥천을 오가는 사람들 외에는 인적이 드문 깊은 산골이었다.

그들을 맞이한 건 살기를 띤 헌병대와 경찰이었다. 그리고 이들은 이

곳에서 영영 돌아올 수 없는 저승의 길로 접어들었다.

헌병대는 이들의 눈을 가리고 뒤에서 나무기둥에 손을 묶었습니다. 헌병 지휘자의 구령에 따라 헌병대가 총살을 하고, 헌병 지휘자가 확인 사살을 했습니다. 뒤이어 소방대원이 손을 풀고 시신을 미리 준비한 장작더미에 던졌습니다. 시신이 50~60구씩 모이면 화장을 했습니다. 그리고 가져온 나무기둥을 다 써버리자 미루나무에 묶어서 총살했습니다.

(당시 경찰측 총살집행책임자 증언)

이순오 씨는 전쟁 발발 직후 단지 좌익사상을 가졌다는 이유로 경찰에 의해 체포·연행돼 대전형무소를 거쳐 6월 30일 이곳에서 목숨을 잃었다. 홍명수 씨는 1948년 여순사건 관련자로 경찰에 연행돼 대전형무소에 수감되었다. 홍 씨의 부모는 한국전쟁 발발 열흘 전에 아들을 면회했지만 이게 아들을 본 마지막 모습이었다. 홍 씨는 6월 29일 총살됐다. 재판을 받고 출소를 앞두고 있던 앞의 이재성 씨의 아버지 이현열 씨도 6월 30일 희생됐다. 이성의 씨도 6월 30일 살해됐다. 순천경찰서의 〈보안기록조회회보서〉에는 '이성의는 여순반란 사건 당시 승주군 서면 동산초등학교 직장 세포원으로 활약타가 1950.6.30. 대전형무소에서 아군에 사살된 자'로 기록돼 있다. 전쟁이 일어난 직후인 6월 28일부터 3일 동안 벌어진 1차 살해로 인한 희생자 규모는 어느 정도일까? 미 CIC(육군 방첩대) 파견대의 전투일지에는 1400명으로 적혀 있다.

> "신뢰할 만한 정보통의 1950년 7월 1일 보고에 따르면 한국 정부의 지시에 의해, 대전과 그 인근에서 공산주의 단체 가입 및 활동으로 체포됐던 민간인 1400명이 경찰에 의해 살해되었다. 이들의 시신은 대전에서 약 4km 떨어진 산에 매장되었다."
>
> (미 제 25사단 CIC 파견대의 전투일지 활동보고서 중에서)

"극렬분자 처단하라" (2차 학살, 1950년 7월 첫째 주 3일)

1950년 7월 1일 새벽 3시. 이승만 대통령은 비밀리에 충남도지사공관을 떠났다. 대통령의 남하소식에 정부 요인들도 서둘러 대전역을 통해 대전을 탈출하기에 급급했다. 대통령 및 정부 요인들의 남하는 대전형무소 수감 재소자의 집단처형을 불렀다. 이 대통령이 피난을 떠난 때인 1일 새벽, 대전지검 검사장은 대전형무소에 '좌익 극렬분자를 처단하라'는 전문을 시달했다. 형무소의 재소자들이 북한군에 의해 석방될 가능성을 미리 방지한다는 게 그 이유였다.

같은 날, 대전에 주둔하던 제2사단 헌병대와 제5연대 헌병대가 대전형무소에 파견됐다. 또 다시 처형 작업이 시작된 것이다. 당시 제2사단 헌병대 제4과장 심용현 중위는 대전형무소 소장 서리(직무대리)에게 "좌익수들, 즉 포고령·국방경비법 위반 등 주로 여순반란사건(관련자), 보도연맹원, 10년 이상 강력범을 인도하라"고 요구했다. 당시 대부분의 장 차관들은 자기들만 살겠다고 도주하기 바빴다. 대전형무소 소장 서리 등은 피난길에 오른 법무부장관에게 재가를 받으러 대전역 구내로 달려갔다. 법무부장관은 "군이 (재소자들을) 달라고 하면 줄 수밖에 없다. 후일 문제가 생기거든 사전에 장관(나) 만났다는 소리는 말아달라"고 답했다. 대전형무소 수감자들의 운명이 결정되는 순간이었다.

재소자 인도 과정에서는 당초 분류 기준마저 지켜지지 않았다. 시간이 없어 신분장 첫 장의 죄명만 보고 분류했고, 이 때문에 10년 형을 받고 8년을 복역한 사람도 트럭에 실려 나갔다.

재소자 신분장을 전부 소장실로 가지고 올라오라고 해요. 국가보안법이나 포고령 위반, 국방경비법 등 정치사상범과 10년 이상의 일반사범의 신분장은 전부 달라는 거예요. 그런데, 여기서 잘못된 데 시간이 없어요. 그래서 신분장 첫 장의 죄명만 보고 분류했어요. 그래서 10년 형을 받고 8년을 산 사람도 죽었어요. 이런 점이 매우 애석해요

(대전형무소 특별경비대 대원 김 아무개씨의 증언)

1950년 7월 3일. 대전형무소 재소자들이 하나둘 감방 문 밖으로 끌려나왔다. 보도연맹원들도 포함돼 있었다.

뒤로 다가가 두 사람을, 한 사람 왼손하고 옆 사람 오른손하고 어긋매기로 묶었어요. 묶어서 감방부터 현관까지 끌고 왔어요. 헌병이 징발한 트럭에 가득 실었어요. … 헌병들은 총 개머리판으로 때리면서 앉으라고 했어요. 못 앉을 것 같죠? 재소자들은 어떻게 하든지 앉아서 아주 납작해져요.

(대전형무소 특별경비대 대원 김 아무개 씨 증언)

재소자 호송은 헌병과 대전형무소 특별경비대 대원들이 담당했다. 재소자들이 실려 간 곳은 불과 며칠 전 1차 처형이 진행된 산내 골령골

이었다. 경찰은 사전에 산내 주민들과 청년방위대를 동원해 구덩이를 파놓았다.

당시 대전 주둔 헌병장교는 대전경찰서 뒷마당에서 공포를 쏘면서 대전경찰서장에게 경찰동원령을 내렸다. 대전 경찰들은 대전형무소에 가서 재소자를 싣고 산내 골령골로 가서 헌병의 지휘 하에 헌병과 함께 하루 종일 총살을 집행했다.

트럭이 멈춰 서자 청년방위대원들이 재소자들을 구덩이 앞까지 끌고 가 무릎을 꿇렸다. 총살 집행은 제2사단 헌병대 심 아무개 중위의 지휘로 헌병 1개 분대와 경찰 2개 분대가 담당했다. '사격 개시' 명령이 내려지자 경찰과 헌병 각각 10명이 재소자의 등을 밟고 뒷머리에 총을 쏘았다. 이어 헌병들의 확인 사살이 끝나면 청년방위대원들이 시신을 구덩이에 쌓아놓았다. 심 중위는 헌병과 경찰이 사격을 머뭇거릴 때마다 가차 없이 욕설을 퍼붓고 공포를 쏘았다.

재소자들을 앞세워서 구덩이 쪽으로 바라보게 하고 재소자 뒤통수에 대고 쏘는 거야. 한 10미터 뒤에서 쏘면, 피와 골 허연 것이 튀어서 바지가 엉망진창이 돼. 나중에는 군복을 갈아입히고 바짝 들이대라고 해. 총구를 머리에 바짝 들이대면 안 돼어. … 얼마 안 돼서 구덩이에 시신들이 거꾸로 쑤셔 박혀서 다리가 위로 서고 별것 다 있었어요. 헌병 지휘관이 국민방위군(청년방위대)에게 산 위에서 돌을 굴려 와서 시신들을 눌러버리게 했어요.

(당시 목격자 김 아무개 씨 진술)

고통을 참지 못해 제발 총을 쏴 확실히 죽여달라고 애원하는 사람도 있었다.

살인강도로 10년 형을 받았지만 잔형이 1년 남아 직원 식당에서 일했던 재소자가 있었어요. 이 사람이 저를 보고 "부장님, 나 안 죽었어요. 나 좀 한 방 쏴주세요"라며 애원했습니다.

(대전형무소 특별경비대장 이 아무개 씨 진술)

처형 과정을 참혹했다. 시신이 거꾸로 쑤셔 박혀서 다리가 위로 섰고 흙이 부족하자 산 위에서 돌을 굴려 시신을 눌렀다.

재소자들을 앉혀서 구덩이 쪽을 바라보게 하고, 재소자 뒤통수에 대고 쏘는 거야. 뒤에서 쏘면 피와 골 허연 것이 튀어 바지가 엉망이 돼. 얼마 안 돼서 구덩이에 시신들이 거꾸로 쑤셔 박혀서 다리가 위로 서고, 별거 다 있었어요. 헌병 지휘관이 청년방위대에게 산 위에서 돌을 굴려 와서 시신들을 눌러 버리게 했어요.

(대전형무소 특별경비대장 이 아무개 씨 진술)

2차 처형은 5일까지 계속됐다. 작가 김성동의 아버지인 김봉한도 이때 동지인 이관술(조작된 조선정판사 위폐사건에 연루 1946년 검거, 조

26   세상에서 가장 긴 무덤

선공산당 총무부장 겸 재정부장 역임)과 함께 처형된 것으로 보인다. 김봉한은 일제강점기 때 공산주의 활동에 참여하며 독립운동을 벌였고, 해방 후 남로당 충남도당 문화부장을 맡았다. 박헌영, 이관술, 이현상과 교유한 그는 해방 후 농민운동과 남로당 충남지역 간부를 맡으면서 수배돼 1948년 11월 군경에 체포됐다. 그러다 대전형무소 수감 중 이곳에서 학살됐다.

충남 예산 출신인 오천식 씨는 서산경찰서 경찰로 근무하던 중 박헌영 추종자를 검거하는 과정에서 초등학교 동문을 검거하지 않고 봐주었다는 동료 경찰의 밀고로 체포됐다. 그는 2년 형을 언도받고 복역 중이었지만 이곳 산내에서 처형됐다. 고순현 씨 등 제주 4·3사건 연루자 97명은 각각 7년 형을 언도받아 대전형무소에서 복역 중 이때 화를 당했다.

3일 동안 희생된 사람은 약 1,800명에서 2,000명으로 추정되고 있다. 1950년 9월 23일. 주한미국대사관 소속 육군무관 에드워드 중령은 워싱

턴의 미 육군 정보부로 사진 18장(미 극동군사령부 최고 사령부 연락사
무소의 에버트 소령 촬영)과 함께 '한국에서 정치범 처형'이라는 제목의
보고서를 보냈다. 이 보고서는 당시 대전형무소 집단학살 사건에 대해
이렇게 적고 있다.

> "서울이 함락되고 난 후, 형무소의 재소자들이 북한군에 의해 석방될 가
> 능성을 방지하고자 수천 명의 정치범들을 몇 주 동안 처형한 것으로 우
> 리는 믿고 있다. (중략) 이러한 처형 명령은 의심할 여지없이 최고위층에
> 서 내려온 것이다. 대전에서 벌어진 1800여 명의 정치범 집단학살은 3일
> 간에 걸쳐 이루어졌으며, 1950년 7월 첫째 주에 자행되었다."

당시 애버트 소령이 찍은 골령골 현장 사진에는 재소자의 등을 밟고
총구를 뒷머리에 대고 있거나, 시체의 두다리를 들어 구덩이 안으로 던
져 넣는 사진, 시신을 정어리처럼 쌓아 놓은 모습, 확인 사살하는 모습
등이 그대로 담겨 있다.

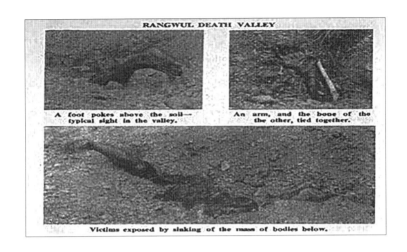

RANGWUL DEATH VALLEY

A foot pokes above the soil— typical sight in the valley.

An arm, and the bone of the the other, tied together.

Victims exposed by sinking of the mass of bodies below.

학살을 묵인한 미군 (3차 학살, 1950년 7월 6일 ~ 17일)

걸음을 옮길 때마다 서서히 땅속으로 가라앉고 있는 살점과 뼈들을 볼 수 있었다. 그 냄새는 목구멍까지 스며들어와 그 후 며칠 동안이나 그 냄새를 느껴야 했다. 커다란 죽음의 구덩이를 따라 창백한 손, 발, 무릎, 팔꿈치 그리고 일그러진 얼굴, 총알에 맞아 깨진 머리들이 땅 위로 삐죽이 드러나 있었다.

〈나는 한국에서 진실을 보았다(I saw the truth in Korea)〉

영국 일간신문《데일리 워커》의 편집자이자 특파원인 앨런 위닝턴 (Alan Winnington) 기자는 1950년 학살 직후 대전 골령골 현장을 이렇게 묘사했다(1950년 8월 9일 보도).

당시 위닝턴 기자가 목격한 건 대전 골령골에서 1 · 2차 집단학살에

이어 자행된 3차 학살 직후였다. 3차 학살은 1950년 7월 6일 무렵부터 7월 17일 새벽까지 벌어졌다. 위닝턴 기자의 이 같은 보도는 당시 딘 애치슨 미국 국무장관이 주한 미 대사에게 산내 학살을 전적으로 부정하라고 지시하는 원인이 됐다. 위닝턴 기자의 보도로 논란이 일자 애치슨은 1950년 8월 25일, 서울에 있는 무초 주한 미 대사에게 "한국군 고위층으로부터 (대전 산내 학살을) 전적으로 부인하는 성명서를 받아서 보내달라"는 전보통신문을 발송했다. 이 전보 통신문에는 "우리는 이 만행 날조(《데일리 워커》 보도 기사)를 무시하려고 했지만 (이 보도가) 아주 좋지 않은 영향을 끼치고 있다. 상세하게 부정하는 것을 보내주면 감사하겠다"고 적고 있다.

　이는 위닝턴 기자가 해당 보도를 통해 대전 산내 학살에 미군이 가담한 정황을 지적한 데 따른 것이지만, 이 보도가 영국의 독자는 물론 런던과 워싱턴 정가에 끼친 파문은 컸다. 위닝턴 기자는 이 기사를 통해 "총질, 구타, 그리고 목을 자르는 일들은 남한 경찰이 했지만 이것은 미국의 범죄"라며 "(학살이) 미군 장교들이 지켜보는 가운데 이루어졌고 (학살 과정에 동원된) 운전자 몇 명은 미국인"이라고 보도했다. 이는 또 미국 정부가 한국 군경의 집단학살을 적극 저지하기보다 이를 승인했

거나 너그럽게 봐주었음을 말해주고 있다.

이 기간은 육군형무소 병력이 대전형무소에 임시 주둔하던 때였다. 따라서 3차 학살은 육군형무소 백아무개 소령의 지휘로 이루어졌다(1차 학살은 헌병대, 2차 학살은 제2사단 헌병대 제4과장 심아무개 중위가 지휘했다).

〈한국헌병사〉에도 "육군형무소(소장 백아무개 소령)는 7월 7일 대전형무소에 포로수용소를 설치, 업무를 개시한다. (중략) 이후 중범자, 보련(보도연맹) 관련 적색분자를 처벌하고 (중략) 7월 17일에 대전을 출발, 대구 포로수용소로 집결 즉시 업무를 개시하였다"고 기록돼 있다. 그렇다면 이 기간 동안에는 어떤 사람들이 산내 골령골로 끌려간 것일까?

내 고향은 전남 목포였어. 영등포형무소에 수감돼 있었는데 전쟁이 나자마자 갇혀 있던 죄수들을 모두 풀어주더라구. 자유의 몸이 됐으니 각자 알아서 하라고 했지. 함께 수감돼 있던 같은 마을 이복환·이희수 씨와 귀향길에 올랐어. 수원까지 걸어가다 피난 열차를 탔는데 대전역에서 정차했지. 근데 열차에서 내리자마자 경찰들이 몰려와 무작정 두들겨 패는 거야. 곧바로 고개를 숙이게 한 채 대전형무소로 끌고 갔어.

(대전형무소에 수감됐다 풀려난 안병남 씨 증언)

안병남은 당시 대전형무소 복도와 형무소 앞마당까지 인산인해였다고 기억했다. 그는 대전형무소 앞마당에 무릎이 꿇린 채 얼굴을 땅에 박고 꼬박 하루를 처박혀 있었는데 머리가 짧은 사람들이 뒷머리만 내놓고 있던 당시 모습을 '마치 가마니에서 밤을 가득 쏟아놓은 듯했다'고 묘사했다.

그의 증언은 당시 대전형무소 재소자 집단학살이 수감자에 국한되지 않고 서울, 수원 등 대전 이북 지역 형무소에서 출소 혹은 가석방된 후 귀향 또는 피난길에 오른 사람들까지 포함했음을 시사하고 있다. 실제

6월 30일 인천소년형무소에서 풀려난 재소자들도 대전역 등에서 체포돼 내전형무소에 새수감됐다. 7월 11일에는 청주형무소에서 징역 5년 이상의 일반사범 200여명이 대전형무소로 이감됐다. 서산경찰서의 보도연맹원 400명을 비롯해 태안경찰서, 부여경찰서, 강경경찰서, 홍성경찰서, 서천경찰서 등 충남의 각 경찰서에서 초기 예비검속된 보도연맹원의 주동자급도 대전형무소에 수감됐다.

대전형무소 특별경비대 정 아무개도 진실화해위원회에 한 증언에서 "7월 1일 이후에 영등포와 서울의 죄수와 보도연맹원들이 계속 대전형무소로 들어왔다"고 밝혔다. 위닝턴 기자 또한 "그리고 10일 동안 다른 지역의 정치범들이 비어 있는 감옥으로 집중적으로 옮겨왔고 인부들은 또 땅을 파러 갔다"고 썼다.

안병남은 살아났지만 함께 귀향길에 올랐던 같은 마을 이복환·이희수 씨는 이후 다시는 만날 수 없었다. 대전형무소는 생사의 갈림길이었다.

송영섭의 경우 충남 태안군 태안면사무소에서 서기로 근무하던 중 전쟁이 터지자 보도연맹원이라는 이유로 경찰에 연행됐다. 그는 대전형무소에 수감되었다가 같은 해 7월 10일 산내로 끌려가 희생됐다. 처형 날짜를 알려준 이는 당시 군 장교로 있던 송영섭의 처남이었다. 최재봉도 보도연맹원이라는 이유로 체포돼 대전형무소에 수감됐다가 7월 13일 산내에서 총살당했다. 특히 육군형무소가 대전에서 후퇴하기 직전인 7월 15일과 16일 이틀동안 많은 재소자와 보도연맹원이 살해됐다. 보도연맹원으로 전쟁 발발 직후 연행돼 대전형무소에 수감된 우대식도 7월 15일 골령골에서 총살됐다.

살해 방법은 7월 첫째 주에 있었던 2차 학살 때와 동일했다. 이와 관련, 한국전쟁 초기 북한 유격대 중대장이었던 김남식은 "국군이 후퇴하면서 시신에 휘발유를 끼얹고 불을 질러 시신의 형체를 알아볼 수 없었다"고 증언했다(노가원, 월간 〈말〉 1992년 2월호)

3차 학살 때 희생자 수는 1,000여 명에서 3,700명으로 증언자마다 편차가 크다. 앞의 위닝턴 기자는 당시 쓰레기처럼 아무렇게나 묻혀 있던 시쳇더미를 본 심정을 이렇게 적었다.

"예전에 벨젠(Belsen)이나 부쉔발트(Buchenbald)의 나치 살인수용소에 관한 글을 읽으며 그곳이 어떠했을까를 상상해본 적이 있다. 그때의 내 상상이 어처구니없었다는 사실을 이제야 깨닫는다."

3차 학살 때 계엄사령관(7월 8일 전국에 비상계엄령 선포)은 정일권이었다. 모든 행정과 사법권이 계엄사령부로 귀속됐다. 헌병사령부는 7월 11일 〈불순분자 검거의 건〉을, 7월 12일에는 송요찬 헌병사령관이 계엄사령관의 명을 받아 〈체포, 구금특별조치령〉을 통해 '충남북 지역에서 영장없이 체포, 구금, 구속하며 계엄지역에서는 예방 구금할 수 있다'고 선포했다. 한국의 작전지휘권도 유엔군 총사령관 맥아더에게 이양(7월 14일)됐다. 미국의 민간인학살에 대한 책임론이 제기되는 또 다른 이유다.

인민군, 퇴각 직전 우익 보복 살해 (1950년 9월 25일~9월 27일)

대전 산내 골령골에서 군경에 의한 민간인 집단 살해는 인민군에 의한 우익 인사 처형으로 이어졌다. 보복 살해를 낳은 것이다.

1950년 7월 19일 아침. 인민군은 제3사단, 제4사단, 제105탱크사단을 앞세워 대전에 대한 총공격을 감행했다. 이후 7월 21일 오전 6시 무렵 대전을 완전히 점령했다. 이날 일부 인민군은 곧장 산내 골령골 집단 희생지로 향했다. 산내 골령골에서 군경의 보도연맹원 등에 대한 마지막 집단 학살이 있은 지 나흘이 지난 뒤였다.

현장을 목격한 인민군은 산내 골령골에서 민간인 및 좌익을 살해한

가해자를 체포하는 일에 집중했다.

인민군은 충남도청을 군 본부로, 노립병원을 미군 포로수용소로 사용했다. 경찰서는 내무서로, 파출소는 분주소로 바뀌었다. 점령 지역에는 인민위원회가 조직됐고, 군청에는 군 인민위원회가, 면 단위에는 면 인민위원회가 들어섰다.

군에는 정치보위부가 설치됐다. 산내 골령골에서 민간인을 살해한 가해자를 체포하고 분류하는 일은 정치보위부가 맡았다. 충남 지역 분주소와 내무서 또는 정치보위부에서 끌려온 우익 인사들은 대전내무서(대전경찰서)와 대전 정치보위부(프란치스코 수도원, 대전 중구 목동)에서 2~3차례 취조를 받은 후 대전형무소에 수감됐다. 이 중 일부는 서울로 압송돼 북으로 끌려가기도 했다. 인민군은 대전형무소를 '인민교화소'라고 불렀다.

대전형무소 및 정치보위부에 수감된 사람들의 체포 이유는 양민을 탄압·학살한 혐의였다.

수감자 대부분도 경찰, 군인, 공무원, 대한청년단원 등 우익 인사들이었다. 이들이 희생된 직후 조사된 희생자(702명 기준)의 직업별 분류에 따르면 농업 152명(부농이거나 지주), 경찰 118명, 대한청년단 101명, 공무원 83명, 군민회 78명, 군인 25명 등 순이다.(반공애국지사유족회, 〈우리의 자유를 지킨 사람들〉 270쪽, 2003)

북한은 남한 점령 후 "국군 장교와 판검사는 무조건 사형에 처한다", "면장, 동장, 반장 등은 인민재판에 부친다"고 규정하고 군인, 판검사, 경찰간부, 우익 단체나 정당의 간부 등은 적으로 취급해 처형했다. 반면 말단 관리나 중도적인 인물들은 면밀하게 검사하여 인민으로 편입될 사람과 그렇지 않은 사람으로 구분했다.

하지만 실제 취조 과정은 강압적이었다. 생존자들은 "(취조 과정에서) 체포된 모든 사람은 '양민을 투옥하고 학살했다'는 내용이 들어간 자술서를 쓰도록 강요받았다"고 밝혔다. 한 수감자가 그런 일이 없다고

자술서를 쓰자 심하게 구타당했다. 이를 본 다른 수감자들은 모두 '양민을 학살했다'는 허위자술서를 쓸 수밖에 없었다. 강압에 의해 양민 학살을 인정한 수감자들의 경우 항소를 통해 인민재판을 받을 요량이었지만 끝내 그 기회는 오지 않았다.

1950년 9월. 조선노동당은 인천상륙작전으로 전세가 불리해지자 인민군 전선사령부에 후퇴 명령과 함께 각 지방당에 "유엔군 상륙 시 지주(支柱)가 되는 모든 요소를 제거"하라고 지시했다.

인민군은 1950년 9월 25일 새벽부터 27일까지 3일간 수감자들을 집단 처형했다. 정치보위부 간부가 심사 및 처형 명령을 내렸고, 인민군 및 정치보위부원, 내무서원이 총살을 집행했다. 대전형무소에 수감돼 있던 약 500명은 형무소 내 밭고랑과 우물 등에서 희생됐다. 특히 깊이 11.6미터, 둘레 6.3미터의 두 개의 우물에서만 100여 구의 시신이 인양됐다.

정치보위부 건물인 프란치스코 수도원과 목동성당에서도 약 110명

정도가 희생됐다. 이 중 90여 명은 수도원 우물에서 희생된 것으로 추정되고 있다. 인근에 있는 용두산(현재 을지대학 및 목양마을 아파트 부근)에서는 300미터 떨어진 대전형무소에서 끌려온 600여 명이 희생됐다. 대전경찰서 마당의 호에서는 미군 시신과 한국인 시신이 발견됐다. 희생자가 많지 않지만 도마리 뒷산(현 대전시 도마동 및 복수동), 탄방리 남산(현재 대전시 탄방동), 석봉리 망골(현 대덕구 석봉동), 홍도동 등에서도 인민군에 의해 경찰 등 우익 인사들이 희생됐다.

지난 2008년 '진실·화해를위한과거사정리위원회'는 "조사 결과 충남 지역 우익 인사 1,557명이 인민군 후퇴 전에 대전형무소 등에서 희생됐음이 확인됐다"며 "이들이 체포·수감된 이유는 양민을 탄압·구속·살해했다는 것"이라고 밝혔다. 이로써 한국전쟁이 발발한 지 불과 3개월 만에 대전형무소를 중심으로 최소 6,500여 명이 희생됐다. 하지만 대전형무소에서의 죽음의 행렬은 그치지 않았다.

부역 혐의로 끌려가 사라진 사람들

우리 아버지 바로 한 살 아래 삼촌이 좌익 활동을 했대요. 그 삼촌을 숨겨준 죄로 아버지가 경찰에 쫓겨 산에 숨어 계셨어요. 제가 첫돌이 지나고 걷는다는 소식에 저를 보러 내려오셨다가 경찰에 잡혀가셨답니다. 잡혀갈 당시에도 아버지는 저를 안고 있었대요.

충남 부여에서 미용실을 운영하고 있는 전숙자는 1950년 겨울 충남 서천 고향에서 아버지와의 마지막 이별의 순간을 눈물로 증언했다.

경찰이 들어와 아버지 멱살을 잡고 일으키니 제가 아래로 떨어졌던 모양이에요. 제가 막 울었더니 경찰이 첫돌 지난 애기, 저를 그렇게 때리고 집어 던졌대요. 아버지가 경찰한테 애기가 무슨 죄가 있냐고 막 소리치니 경찰이 차고 있던 허리띠를 풀러 아버지를 마구 때렸다고 하더군요.

좌익이라는 이유로, 우익이라는 이유로 목숨을 잃은 민간인들에게 찾아온 또 다른 공포는 북한군에 대한 '부역 혐의'였다.

1950년 9월 28일 서울을 수복한 군경은 부역자 색출에 나섰다. 대전형무소는 같은 해 '비상사태하의 범죄처벌에 관한 특별조치령'(긴급명령 1호, 1950년 6월 28일 발효, 이하 특별조치령) 위반으로 수감된 사람들로 꽉 찼다. 부험혐의 학살사건은 특별조치령에 따라 '한국전쟁 중 국군이 인민군 점령지를 회복하기 시작한 1950년 8월 20일경부터 전선이 38선 부근에서 고착된 1951년 3월경까지 인민군에게 협조했다는 의심을 받은 민간인과 그의 가족들이 법적 절차 없이 집단적으로 살해당한 사건'을 이른다.

대전과 충남 일원에서만 9월 28일부터 11월 13일까지 충남경찰국에서 검거한 부역자 수는 1만 1,992명에 이르렀다(1950년 11월 15일 내무부가 밝힌 내용). 검거된 부역자는 군법회의를 거쳐 대전형무소에 수감됐다. '특별조치령'에 의한 처벌은 매우 엄중했다. 중대범죄와 일반범죄에 대해 사형, 무기징역, 유기징역 10년으로 정하고 있다. 이 때문에 특별조치령은 한국현대사에서 만들어진 법령 중 가장 엄중한 형벌을 규정한 법령으로 꼽히고 있다. 여기에 북한군에 대한 정보 제공, 안내, 자진 방조 등 애매한 규정으로 자의적 법 해석이 난무했다. '자발적 협력자'가 아닌 '위협에 의해 어쩔 수 없이 협조한 사람들'도 엄중 처벌됐다. 게다가 기소 후 20일 이내에 공판을 열고, 40일 이내에 판결을 하도록 규정했다.

9·28수복 당시 대전형무소는 미군의 폭격으로 건물의 75퍼센트가 파괴됐다. 하지만 대전형무소는 마구잡이로 끌려온 사람들로 넘쳐났

다. 당시 군법회의에 참관한 대전형무소 형무관 이 아무개 씨는 "수감된 사람이 1,000명이 넘었다"며 "특별조치령으로 뭐한 사람은 전부 사형 선고를 받았다"고 증언했다.

하지만 이들을 맞은 것은 참혹한 죽음이었다. 우선 부역 혐의자들은 충남 각 지서나 경찰서에서 조사받는 동안 고문과 가혹 행위를 당한 상태에서 수감됐다.

재소자들 면담 결과 자백을 받기 위한 고문이 일상적으로 일어나고 있다는 것이 밝혀졌다. 고문은 정치범들에게 예외 없는 법칙이었다. 1951년 5월 24일 강경경찰서 유치장의 미결수는 하루 30번의 구타를 당했고, 조치원경찰서 미결수는 물고문을 당했다.

(1951년 6월 13일 유엔 민사처 보고서,
유엔 민사처는 한국전쟁 당시 민간 구호와 원조를 담당하던 기구)

박치선은 부역 혐의로 연행돼 서대문형무소를 거쳐 대전형무소로 이감됐는데 조사과정에서 받은 고문 후유증으로 1951년 1월 4일 사망했다.

대전형무소에서는 열악한 수용 시설에 식량과 의약품마저 부족하자 곳곳에서 굶어 죽고, 얼어 죽고, 병들어 죽는 재소자가 속출했다. 그런데도 1950년 12월 말 서울에서 2,020명의 재소자들이 대전형무소로 이감했다. 상황은 더욱 악화됐다. 다음은 유엔 민사처 보고서 내용이다.

하루에 약 70명이 재판을 받았다. 1950년 12월 31일부터 1951년 1월 20일까지 439명이 죽었다. 대전형무소장은 의약품, 음식 그리고 침구류의 심각한 부족을 극복할 수 없었다.

(1951년 1월 31일 유엔 민사처 보고서)

이보다 참혹한 현실은 1·4 후퇴 시기인 1951년 1월 다가왔다. 그해

1월 13일, 대전형무소 재소자들은 부산형무소로 대거 이감됐다. 영하 14도의 한겨울 이감에, 질병과 굶주림으로 이미 허약해진 재소자들은 대전역에 도착하기도 전에 사망했다. 또 화차에 실리는 과정에서, 부산형무소로 이동하는 과정에서 추위와 굶주림에 방치돼 사망했다. 부산형무소에 도착하고도 마당에서 대기하다 얼어 죽은 재소자도 많았다. 부산형무소에 수감된 후에도 열악한 수용 시설로 사망자가 속출했다.

구타를 심하게 당한 뒤에, 형무소에서 제대로 먹지도 못한 재소자들 수십 명이 대전역으로 이동하다 죽었습니다.

(대전형무소 형무관 김 아무개 씨의 증언)

이들은 초량역에서 내렸는데, 언젠가 한 번은 기차가 왔을 때 기차 안에서 죽은 사람이 350명 정도 됐습니다.

(당시 부산형무소 의무과에 근무했던 박 아무개 씨 증언)

1951년 1월 17일. 헌병대 경찰서에서 구타제11사단(사단장 최덕신)은 대전형무소에 수감 중이던 사형수 166명을 대전 산내 골령골로 끌고 가 처형했다. 이날 희생된 사람들은 삼남 각 지구에서 검거돼 고등군법회의에서 사형 언도를 받은 사람들이었다.

(한국헌병사, 1952, 638쪽)

재소자들의 병사, 아사는 같은 해 6월에도 지속됐다.

현재 대전형무소 1178명의 재소자 중 704명이 치료가 필요하거나 치료 중이고, 이 중 99명은 심각한 상황이다. 일주일 동안 10명이 죽었는데, 이는 연간 재소자 사망률 44%를 의미한다.

(1951년 6월 6일 유엔 민사처 보고서)

부역 혐의자들이 처한 조건은 공주형무소, 청주형무소 등 다른 형무소에서도 매한가지였다.

재소자 800명을 수용할 예정인데 (미군 폭격으로) 이들을 수용할 감방은 2개밖에 없다. 대부분의 재소자가 쇠약해져 있는데다가, 현재 작은 의약품 1상자만이 형무소장실에 남아 있다.

(당시 공주형무소 부소장 증언)

주검 위에 새긴 '반공애국지사'와 '빨갱이' 낙인

돌아가신 아버지 생각보다 병든 어머니와 어린 동생들과 살아갈 일이 캄캄했다. 아버님이 잡혀가실 때 입으셨던 옷가지와 남아 있던 사진을 묘소에 묻던 날 어머님은 크게 통곡하셨다. 그동안 자식들 앞에서 눈물 한 방울 보이시지 않았던 어머님의 통곡에 온 동네사람들이 모두 울며 같이 통곡하였다.

(인민군에 의해 대전형무소에서 희생된 유가족 김정희 씨의 증언)

1950년 6월 말부터 이듬해 초까지 7개월 동안 대전형무소에 수감됐다가 희생된 사람들의 수는 최소 7,500여 명으로 추정되고 있다. 이 중 6,000여 명은 남한의 군인과 경찰에 의해, 나머지는 인민군에 의해 희생됐다. 희생자 유가족들에게 닥친 슬픔과 시련은 죽인 자가 누구냐를 떠나 천추의 한으로 응어리졌다.

하지만 전쟁이 끝난 이후 두 주검을 대하는 정부의 태도는 천양지차였다. 1951년 12월, 충남도는 거도적으로 '애국지사 합동장의 추진위원회'를 구성하느라 분주했다. 전쟁이 소강상태에 접어들자 그동안의 상흔을 어루만지는 여유를 갖기 시작한 것이다. 그러나 그 명칭에서 드러나듯 추모 대상은 인민군 및 지방 좌익에 의해 희생된 사람들로 제한됐다. 이듬해 3월, 대전시 용두동 용두산 기슭에 지사총(1,200평)이 설치됐다. '전국 최초의 반공애국지사총'이었다. 희생자 유해(1,557위)는 대전형무소 주변과 중촌동 언덕 등에서 발굴·수습돼 화장 후 안장됐다.

1980년대 초에는 유가족을 중심으로 '지사총 이전 성역화 사업'이 추진됐다. 1995년 3월 이전추진위원회가 결성됐고, 1996년 6월 대전시 사정공원에서 '반공애국지사총 이전 안장식'이 엄수됐다. 이곳 애국지사총에서는 유족회 주관으로 매년 6월 6일 현충일을 기해 합동추모제가 거행되고, 10월 30일엔 자유총연맹 주관으로 추계 추모제를 지내오고 있다. 또 추모제에는 대전시장, 관할 구청장, 경찰서장 등 지역 기관장들이 모두 참석하고 있다. 1986년 8월에는 대전시 중구 사정동에 '반공건국청년운동순국기념탑'을 건립하고 전쟁 당시 순국한 지역 우익 인사 1,403위의 위패를 봉안했다. 또 해마다 9월 28일을 기해 대한민국건국회 주관으로 기념탑 광장에서 합동위령제를 지내고 있다.

1984년 대전형무소 옛 자리에는 한국자유총연맹대전지부와 자유회관이 들어섰다. 이는 대전교도소 이전 당시 정부가 지역의 반공 사적지 조성을 위해 옛 형무소 일부를 양여했기 때문이다. 회관 부지 안에는 반공애국지사 영령추모탑과 옛 형무소를 상징하는 감시대, 인민군에게 희생당한 대형 우물이 보존돼 있다.

반공애국지사 영령추모탑은 1985년에 건립됐다. 이 추모위령탑은 1984년 6월 제2회 교정대상 수상자 다과회에서 당시 전두환 대통령이 내린 '6·25 당시 공산당에 의해 집단 학살된 장소를 찾아내 추모 기념물을 건립하는 방안을 강구하라'는 지시에 의한 것이었다. 현재 천안시를 비롯해 충남 15개 시·군에도 위령탑, 충혼탑, 충혼각, 반공위령탑 등의 이름으로 40여 개의 관련 희생자 추모 시설 또는 조형물이 설치돼 있다.

정부는 1963년 10월 12일 김현철 내각수반의 이름으로 대전형무소에서 인민군 및 좌익에게 학살된 희생자들의 유족에게 '반공전선에서 고귀한 생명을 바친 그 숭고한 반공정신'을 기리는 표창장을 수여했다. 1999년에는 유족 가운데 최초로 김 아무개(*가명 처리)가 국가보훈처로부터 국가유공자 유족증을 발급받은 데 이어 2000년 1월 유족 구 아무개(*가명 처리)가 국가유족자로 인정받았다.

반면 군경과 우익단체에 의해 희생된 대전형무소 좌익 인사 및 보도연맹원, 부역 혐의자들은 사실 자체가 역사에서 지워졌다. 정부는 군경에 의해 희생된 유가족에게 재갈을 물렸다. 강화된 반공법과 국가보안법으로 유가족들은 '빨갱이 가족'으로 몰릴까 두려워 고향을 등지거나 자녀들에게도 죽음의 진상을 함구했다. 그런데도 면서기조차 할 수 없게 만든 연좌제의 꼬리는 가족들에게 '입조심', '몸조심'을 유언으로 남기게 했다.

앞의 작가 김성동의 어머니 한희전은 국가보안법위반으로 징역 6년형을 선고 받고 수감됐다. 김성동의 작은 아버지는 대한청년단원들한테 맞아 죽었다. 나머지 식구들에게도 '빨갱이'라는 낙인이 찍혔다. 김성동도 신원조회로 일본 유학을 포기해야 했다. 또 어린 시절 형사에게 직접 '붉은 씨앗'이라는 말을 들어야 했다.(김성동 작가가 쓴 〈민들레꽃반지〉(솔풀판사)는 아버지와 어머니의 이야기를 그린 작품이다)

집이 망하니 지붕에 풀이 나더라고요. 아버지가 군경에 의해 총살되기 전, 제 위로 네 살 위 오빠가 있었어요. 하지만 우익 활동을 하는 이들에게 독살을 당했습니다. 막내 삼촌은 연좌제로 인해 할 수 있는 일이 없어 46세의 젊은 나이에 스스로 목숨을 끊었습니다. 때문에 징용을 간 큰 고모부를 비롯해 여러 분들이 돌아가셔서 집안에 청상과부가 4명이나 됐습니다.

(부역 혐의로 아버지를 잃은 앞의 전숙자 씨 증언)

부역 혐의로 아버지를 잃은 전숙자가 전하는 집안의 우환은 여기서 그치지 않았다.

큰아들이 잡혀가고 둘째아들마저 경찰을 피해 북한으로 탈출하면서 할아버지는 경찰에게 시달려 눈물 마르실 날이 없었습니다. 우리 집으로 오는 편지는 경찰서로 갔습니다. 경찰들이 집안 구석구석 하나도 빠짐없이 다 살폈어요. 감시도 심했고. 경찰들에게 너무 시달리셨습니다. 할아버지·할머니는 인구 조사만 한다고 하면 그렇게 우셨어요. 아버지가 잡혀가신 후 할머니는 청각 장애인이 되셨고, 할아버지는 제가 열한 살 때 정신을 놓으셨습니다.

비슷한 사연은 차고 넘친다.

형이 대전 산내에서 희생된 후 빨갱이 가족이라는 손가락질을 받고 이를 견디다 못해 아버지가 목을 매 자살했다.
13살 때 아버지를 잃었다. 아버지가 돌아가신 후 이듬 해 1월까지 경찰과 서북청년단 대덕군지부의 단원들이 거의 매일 그를 지서에 데려가서 이유 없이 주먹과 몽둥이로 때렸다. 맏아들인 나는 조부모와 홀로 된 모친과 다섯 살 어린 동생, 그리고 삼촌과 함께 살았다. 연좌제로 공무원이 될 수 없었고, 준위시험에 합격했지만 장교가 될 수 없었다.
(유가족 김종현, 대전산내유족회 3대 회장)

지난 1999년 말, 미국의 기밀문서 해제로 '죽음의 블랙박스'가 열리면서 반 세기 동안 '반공 이데올로기'에 숨죽여왔던 피해자들이 말문을 열기 시작했다. 미국은 외국의 정보 기록, 정치정세 분석 자료에 대해 외부에 누설될 경우 마찰을 불러올 수 있다는 이유로 비밀로 처리하고 있다. 다만 '알 권리' 침해라는 비판을 의식해 원칙적으로 25년이 경과된 기밀문서를 일부 해제하고 있다. 대전형무소 산내 희생 사건 내용이 포함된 미국 기밀문서는 1999년 해세된 것으로 미 국립문서기록관리청(NARA)에 소장돼 있다.

오랜 시간이 흐르는 동안 상당수 희생자 유해는 이미 훼손된 뒤였고, 이후에도 암매장지 한복판에 건축 공사 허가가 내려져 많은 유해가 훼손됐다.

2005년 진실 규명과 과거사 정리를 위한 '진실·화해를위한과거사정리위원회'가 발족됐다. 진실화해위원회는 유해발굴 등 진실규명 활동을 시작했다.

2010년 진실화해위원회는 대전·충청 지역 재소자 형무소 집단 희생 사건 등 산내 골령골 사건과 관련 "전시였지만 국민의 생명과 재산을 보호해야 하는 국가가 수감된 재소자들을 좌익 전력이 있거나 인민군에 동조할 것이 우려된다는 이유만으로 적법한 절차 없이 사살한 것은 명백한 불법 행위"라며 "이에 대한 책임은 당시 이승만 대통령과 국가에 귀속된다"고 밝혔다. 하지만 관할 자치단체에서는 더 이상의 유해 훼손을 막기 위한 응급 처치 방안으로 현장에 유해 매장지임을 알리는 안내판을 설치하는 일마저도 지가 하락 등을 이유로 거부했다. 대전시와 대전 동구청은 지난 2009년과 2010년에는 진실화해위원회가 지원한 현장 안내판 설치비를 지역 정서와 지가하락을 이유로 거부했다. 2015년에도 응급조치를 위한 현장안내판 설치와 종합대책 마련을 요구했지만 '중앙정부'일이라며 거절했다. 이 때문에 지난 2015년 대전유족회에서 지정한 제5 집단 학살 매장 추정지 전체가 훼손돼 유해가 유실됐다. 유해발굴도 거의 이루어지지 않았다.

새로운 전기 맞은 골령골… 진실의 숲, 전국 역사평원으로 변신 중

그러던 중 골령골에 새로운 돌파구가 마련됐다. 지난 2016년 정부는 한국전쟁 전후 전국 민간인 희생자의 명예회복과 추모, 인권 교육을 위한 평화공원 조성(진실과 화해의 숲)을 추진했다. 한국전쟁 전후 민간인 희생자의 명예회복과 화해, 교육의 장을 조성하기로 하고, 전국 지방자치를 상대로 대상 후보지 유치 신청을 공모한 것이다. 대상지로 선정되면 이곳에 추모관, 인권 전시관, 상징물, 조형물, 평화공원 등을 조성한다는 계획이었다. 교육,전시관은 희생 사건과 관련된 역사적 사실을 알리는 교육관과 전시관으로 꾸며질 예정이다. 또 유족들과 지역주민이 휴식과 산책을 위한 친화적인 생태공원도 함께 조성된다.

유치신청 결과, 대전 동구 낭월동(산내 골령골)과 강원도 철원군 2곳(DMZ 세계평화공원 후보지 인근과 철원 노동당사 인근), 강원도 양구군(해안면 후리), 전남도 영광군 2곳 등 모두 7곳이 신청서를 제출했다. 특히 영광군은 군인과 경찰에 의해 민간인들이 희생된 대마면 성산리

와 인민군에 의해 희생된 염산면 봉남리를 각각 유치 후보지로 신청했
다. 공모 결과 대전 산내 골령골이 평화공원 조성 부지로 최종 선정됐
다. 골령골은 파급 효과, 접근성, 역사성 등 평가 항목에서 높은 점수를
받았다.

　마침 국회는 2020년 5월 20일 본회의에서 과거사법 개정안을 의결했
다. 이에 따라 2010년 임기 만료로 해산한 과거사정리위원회가 10년 만
에 재가동, 형제복지원과 경기도 선감학원 사건 등을 포함 한국전쟁 민
간인 학살사건 등에 대한 재조사 길이 열리게 됐다. 피해 신고 기간은 2
년, 조사 기간은 3년으로 1년 연장이 가능하게 했다. 골령골 희생자들에
대한 진실규명과 명예회복의 길이 다시 열린 것이다.

　2020년 9월에는 정부 차원의 유해발굴이 재개됐다. 유해발굴은 평
화역사공원 조성을 위해 예정 터 내에서 유해를 수습하기 위해서다. 또
국제 설계 공모도 진행 중이다.

　2020년 10월. 골령골 학살 사건 직후 현장을 방문한 위닝턴 기자의

유품을 보관하고 있는 영국 세필드 대학에서 위닝턴이 촬영한 골령골 현장 사진을 공개됐다. 사진에는 골령골 제 1학살지와 제 2학살지가 들어 있다. 암매장지만 아니라면 작은 계곡과 굽은 비포장 도로가 있는 전형적인 시골 풍경이다. 흙 위로 삐져나온 희생자의 머리와 손, 다리의 모습이 담긴 끔찍한 장면의 사진도 함께 공개됐다.

70년 만에 공개된 학살 현장의 모습은 더는 불편한 진실을 묻어서는 안 된다고 말해주고 있다. 전쟁에 대한 성찰을 요구하고 있다. 전쟁에 대한 반성 없이 평화는 없다.

무저갱無底坑*

조수연**

본 시나리오는 한국영상위원회와 대전광역시 동구의 지원을 받아 제작된 다큐멘터리 <무저갱>의 드라마타이즈(각색) 부분 중 일부입니다.(제작 정진호, 연출 최재성)

<사형당하는 죄수>

(100% 1인칭 시점으로 한 쪽 눈 위에 씌여진 검은천 사이로 보이는 제한된 시야)

#S1 숲 속

－ 검은천 사이로 보이는 산길. 그리고 간간히 보이는 군복 다리들. 천을 뒤집어쓴 죄수1의 등뒤를 누군가 밀어 낸다.

군인1　이놈은 왜 한쪽 눈만 가린 거야?

군인2　형무소에서 한 쪽 눈이 멀었다던데. 제주나 여수에서 온 놈인가?

---

* 한 번 떨어지면 영원히 나오지 못하는 바닥 없는 구덩이로 지옥(abyss)으로 연결되는 곳.
** 방송작가, 시나리오 작가.

군인1   보도연맹.

죄수1   저… 전 그냥 가입하라고 해서 한겁니다. 보도연맹이
          뭔지도 모릅니다.

– 군인들은 남자의 말을 무시한다. 그리고 두려움에 두리번거리던
죄수1을 나무에 묶는다.
– 그리고 군인의 앞쪽으로 앞쪽에서 총구가 올라간다.

죄수1   살려주세요. 살려주세요. 저 빨갱이 아니에요.

– 군인들은 죄수1의 외침을 무시한다.

군인1   그렇다고 한쪽 눈만 가려?

군인2   뭐 어차피 죽을 놈인데….

– 사방에서 비명이 터져나온다.

죄수1   살려주세요. 살려주세요.

effect   탕!

죄수1   큭
– 죄수의 시야가 밑으로 향하고 배에서 피가 번져나온다.
– 죄수가 주르륵 밑으로 미끄러지고 누군가 죄수를 끌고 간다. 죄수
1의 시야로 파란 하늘이 보이고 점점 시야가 어두워진다.

#S2 구덩이

– 죄수1의 시야가 점점 또렷해진다.

effect   탕! 탕!

– 죄수1의 몸위에 충격이 느껴진다. 죄수1의 몸위로 뭔가가 던져지고 있다.
– 죄수1의 눈을 가리고 있던 검은천이 위에 쌓인 물체들에 비벼지며 완전해 진다. 자세히 보자 죄수1의 몸위에 쌓인 것은 시체들.

죄수1   헉….

– 죄수1이 쌓인 시체들 틈으로 위를 바라보자 다른 죄수가 무릎을 꿇고 있고, 뒤쪽에서 군인이 총을 겨누고 있다.
– 죄수1의 심장이 미친 듯이 뛰기 시작한다.
– 그때 죄수1의 몸위 던져져 있던 누군가가 신음과 함께 말한다.

죄수2   나 안 죽었어요. 나 좀 한 방 쏴 주세요!!

– 잠시 후 군인 1명이 죄수1의 위쪽으로 고개를 내밀고 망설이다 총을 겨눈다.

effect   탕! 탕!

– 죄수1의 몸 위쪽이 덜컥 거린다.
– 다시 군인들이 구덩이 위에서 죄수들을 무릎 꿇린채 총을 겨누고 사격이 시작된다.

　－　죄수1이 쓰러진 구덩이 위에서 백인 기자가 사진을 찍고 있는 모습이 보인다.

<희생자>

#S1 산 속 공터
　－　한 무리의 남녀 노소 사람들이 무기력하게 공터로 걸어들어온다.
　－　그들의 손에는 각기 곡괭이가 들려있다.
　－　우울한 표정으로 여기 저기 땅을 파기 시작하는 사람들.

　할아버지　　썩은내 나는 곳을 찾아 파야 돼.
　－　소녀 하나가 그런 어른들을 보다 멍하니 하늘을 바라본다.
　－　땅을 파던 남자가 소녀를 부른다.

남자(목소리만) 순란아. 순란아.

- 깜짝 놀란 소녀가 고개를 돌린다.

#S2 시골길
- 순란이 겁에 질린 표정으로 한적한 시골길을 달려오고 있다.
- 뒤쪽으로 형사 2명이 순란을 뒤쫓고 있다.

형사1   야. 거기서.
- 달리다 뒤를 돌아보던 순란이 넘어지며 길 옆 골짜기로 미끄러
진다.
- 형사들이 허겁지겁 골짜기로 따라 내려간다.

#S3 골짜기
- 순란의 얼굴이 겁에 질려 눈동자가 커다랗게 확대되어 있다.
- 순란의 얼굴 옆으로 보이는 총부리.
- 형사들이 순란의 얼굴에 총을 들이민 채 묻는다.

형사1   네 오빠가 신석호 맞지? 말해. 오빠 어디에 굴파고 숨어
         있어?

순란   저… 저는 암것도 몰라요. 진짜에요.

형사2   아저씨가 학교에 말해서 너 퇴학 시킬 수도 있어. 바른
         대로 말해. 오빠한테 밥 갖다 준 적 있지?

순란   (고개 절래절래) 진짜 몰라요.

- 형사들이 순란의 등짝을 걷어차자 순란이 넘어진다.
- 형사2가 순란의 머리채를 붙잡아 앉힌 채 다시 묻는다.

형사2   거짓말 하지마. 네 빨갱이 오빠 어디에 숨어 있어?

순란   오빠 집에 안들어온지 한 달이 넘었어요.
         우리 오빠 빨갱이 아니에요.

형사1   순진하게 생겨가지고 어디서 거짓말이야.
         네 오빠가 뭐하는 사람인줄 알아? 싹수가 노란 빨갱이야.
         밤마다 동네 사람들 모아놓고 빨갱이짓 하는….

순란   아니에요. 우리 오빠는 그냥 야학에서 글 가르치는 선생
         님이에요.

- 형사들이 서로 눈 빛을 교환하고 총을 거둔다.

형사2 신석호는 잡히면 바로 사형이야.

그러면 너희 집안도 끝장인 줄 알아. 집으로 돌아가.

– 형사들이 먼저 떠나자 순란이 멍하니 하늘을 바라본다.

순란 석호 오빠….

#S4 순란의 집

– 석호의 사진을 바라보고 있는 순란. 문 밖에서 엄마가 초취한 얼굴로 순란을 부른다.

엄마 뭐해. 빨리 나와. 늦겠다.

순란 (석호 사진을 제자리에 놓고) 알았어.

– 순란은 서둘러 엄마와 함께 나선다. 길을 떠나는 듯한 순란 모자.

#S5 시골길

- 보따리를 들고 앞서 걷는 어머니와 뒤 따르는 순란.
- 순란이 조심스레 엄마에게 말을 건다.

순란   엄마… 오빠는….

엄마   아무런 소리 마. 석호는 무사할겨! 맘 단단히 먹어.

- 두 사람은 어두운 표정으로 길을 걷는다.

#S6 형무소 면회실

- 허름한 면회실 안 초췌한 표정의 신석호와 마주앉은 순란 모자.
- 엄마의 얼굴에서 대번 눈물이 쏟아질 것 같다.

엄마   니… 니가 왜 이 꼴이 됐니?

석호   걱정하지 마세요. 정부에서 뭔가 오해가 있는거 같아요.
          전 괜찮아요.

- 순란의 시선이 헝겊으로 감싼 석호의 손을 향한다.
- 손을 감싼 헝겊에 붉은 핏물이 잔뜩 배어 있다.

순란   오빠 손 아파?

석호   (얼른 손을 치우며) 아니… 괜찮아.

엄마   손 좀 내놔 봐라.

석호   아네요. 괜찮아요.

엄마   내 놔!!!

— 엄마가 석호의 손을 붙들고 가슴이 미어진다.
— 석호가 얼른 손을 내리고 엄마는 애써 감정을 억누른다. 순란의
눈에도 눈물이 고인다.

엄마   아이고 세상에….

석호   어머니 전 괜찮아요. 아무렇지도 않아요. 걱정하지 마세
       요.

#S7 순란의 집
— 순란과 엄마가 멍하니 빨래를 정리하고 있다. 그때 순란의 아버지
가 새하얗게 질린 표정으로 집으로 달려온다.
— 뭔가를 직감한 듯 빨래를 놓치는 순란의 엄마.

엄마   석호는요? 어떻게 됐데요?

아버지   대전형무소에 있던 사람들을… 죄다 죽여서 파묻었댜….

— 바닥에 쓰러지는 엄마. 달려오는 순란

엄마   그럴 리가… 그럴 리가 없어요. 어디에? 어디에요?

아버지   몰러 대전 어디 산골이랴….

- 기절하는 순란의 엄마

#S8 산속 공터 (#S1과 같은 장소)
- #S1에서 곡괭이로 땅을 파고 있던 사람들. 순란과 가족들이다.
- 순란의 엄마가 땅을 파다가 쓰러진다. 깜짝 놀란 순란이 엄마에게
달려간다.

순란   아빠, 할머니. 엄마가 이상해요.

- 달려오는 가족들.

아빠   이 사람아 정신차려 석호 뼈라도 찾아야지.

할머니   어멈아 어여 인나. 석호 찾아야지 이것아.

엄마   (울부짖으며) 석호야… 석호야… 어디에 묻힌거니….
          우리 석호 살려내라. 석호 살려내….
          불쌍한 우리 석호… 제발 시신이라도 찾았으면….
- 순란도 울먹이며 다시 뒤를 돌아본다.
- (현재 순란으로 연결)

<또 다른 피해자>
#S1 대전형무소 간부 집 밖 골목
E   요란한 개 짖는 소리

- 골목으로 도망치듯 진땀을 흘리며 들어오는 형무소 간부(교도관
제복)
- 피냄새를 맡은 듯 동네 개들이 모두 달려들어 침을 흘리며 짖어댄다.
- 개짖는 소리에 놀랐는지 아이가 집 밖으로 나온다.

진훈   황구야. 시끄러. 왜케 짖어. 어? 아부지?

- 간부는 우두커니 개집 앞에 서있고, 개는 주인을 물어 뜯기라도
할양으로 마구 짖어 댄다.
- 간부는 생각이 잠긴다.(플래시백)

#S2 형무소 망루 옆

− 비틀거리며 넋나간 얼굴로 걷는 간부를 동료가 다가와 낚아챈다.

동료   정신차려요.

간부   우리가… 우리가 무슨 짓을 한 거지?

동료   쉿! 오늘일은 무덤까지 가져가야 되요. 절대 입 밖에 내
            지 말아요. 전쟁통이에요. 전쟁.
            오늘일이 소문나서 헌병대 귀에 들어가면 성님이나 나나
            어찌될지 몰라요. 성님. 내 말 듣고 있어요?

간부   그… 그래….

− 간부가 하얗게 질린 얼굴로 망루를 올려다 본다.

#S3 간부 집 한 구석에 있는 우물가

 - 우물 두레박에서 손을 담그고 돌맹이로 빡빡 손 닦는
 - 손바닥의 냄새를 맡아 확인하는 간부
 - 불안하고 고통스런 표정으로 다시 두레박에 손 넣고 문질러대는 간부.
 - 그런 아버지를 바라보는 아이 불안한 마음.

진훈   아부지 왜 그래요?

간부   냄새가… 냄새가 안 없어져.

진훈   무슨 냄새요?

간부   피… 피 비린내.

진훈   무서워요. 아부지.

#S4 대전형무소 간부 집 안

 - 무거운 표정으로 밥을 먹는 간부의 가족들. 모두들 간부의 눈치를 본다.

간부아내   무슨… 일이에요?

간부   아, 아니야 아무것도….

 - 꾸역꾸역 억지로 밥을 입으로 우겨넣으려다가 이내 숟가락 놓는

간부

아내	진훈아 오늘 성철이랑 왜 싸웠어?
진훈	(무서워하는) 성철이가… 마을 우물에서 귀신나온다고 자꾸 놀려서.
간부아내	귀신이 왜 나와? 겨우 그런걸로 친구랑 싸워서 코피를 터치면 어떻게 해?
진훈	상철이가 우물 속에 옛날에 죽은 사람들이 묻혀있다고 겁주잖아. 우물속이 깜깜해서 무서운데…. 그래서 내가 없다고 하는데도 계속 죽은 사람들 묻혀있다고 해서….

– 그 소리에 간부와 아내가 깜짝 놀란 표정으로 서로를 바라본다.

－ 간부가 갑자기 욕지기가 나는지 손으로 입을 막으며 밖으로 뛰쳐
나간다.

#S5 마당 수돗가

－ 맨발로 달려 나온 간부가 토하고 있자 아내가 튀어나와 남편 등
두들겨 준다.

－ 진훈이 부모의 옆으로 조심스레 다가온다.

아내　　　여보 왜 그래요?

－ 조금 진정이 된 간부가 떨리는 손으로 얼굴을 쓰러듬다가 마을로
뛰어가고 진훈이 그런 아빠를 뒤쫓는다.

#S6 마을 우물

– 우물가에 도착한 진훈의 아버지가 멍하니 우물을 바라본다. 그 뒤로 진훈이 도착해 그런 아빠의 모습을 바라본다.

– 우물속이 까맣고 울부짖는 듯한 이명이 들린다.

– 간부가 귀를 막으며 진훈에게 말하기 시작한다.

간부   오… 오늘 말이야… 골령골에서… 내가 말이야….

– 아버지를 바라보는 소년 진훈이 아버지쪽으로 손을 뻗으려다 망설이다 우물을 바라본다.

+ 그를 마주하고 무심히 바라보는 현재의 이진훈 씨(cg)

02

문학과 전쟁

한국문학, 현실의 아픔 정화하는 씻김굿 되어야

김영호*

문학의 시대는 끝났는가?

광주항쟁으로 시작된 격정의 80년대는 87년 6월 항쟁으로 그 역사적 에너지를 뜨겁게 분출하여 국민주권 시대를 열어젖히며 바야흐로 민중문학의 절정기를 맞는다. 광주의 민중항쟁을 잔혹하게 짓누르고 집권한 신군부는 민중의 각성과 결집을 막고자 70년대부터 진보문학운동을 선도해오던 《창비》나 《문지》를 계급의식 격화와 사회혼란 조성을 구실로 폐간했다. 그러자 각 지역의 문학 동인과 젊은 문학인들이 비정기 간행물인 '무크지'를 발간하며 정권의 문화탄압에 맞서 민족민중문학의 열망을 이어갔다. 80년대의 《실천문학》, 《시와 경제》, 《반시》, 《마산문화》, 《민족과 문학》(광주), 《지평》(부산), 《삶의 문학》(대전) 등은 유격전적 문화운동이자 대안문화운동으로 그 시대적 역할을 감당했다.

---

* 문학평론가, 『한국문학의 현단계 III』(창비)으로 등단. 문학평론집 : 『지금, 이곳에서의 문학』(2013, 봉구네책방), 『모두가 행복한 나라를 꿈꾸다』(2014, 봉구네책방), 『공감과 포용의 문학』(2019, 작은숲)

90년대에 이른바 세계화로 표현되는 자본시장의 지구화로 삶이 자본에 종속되고 첨단산업 중심으로 산업구조가 재편되면서, 노동자나 농민 등 이른바 민중의 에너지를 결집하는 대규모 투쟁의 시대가 불가능하게 된다. 이로 인해 90년대 중반의 노동계 총파업 이후 노동운동이 점차 쇠퇴하기 시작한다. 특히 98년의 외환위기 이후 안정적인 노동지위가 크게 위축되면서 역사적 주체로서의 민중의식 또한 크게 퇴색한다. 흔히 얘기하는 '민중이 사라진 시대', '혁명이 불가능한 시대'가 된 것이다. 이렇게 민중의 역사적 변혁 에너지가 위축되면서 '민족민중문학' 또한 서서히 사라져가게 된다.

이는 '가라타니 고진'의 『근대문학의 종언』에서 극명하게 드러난다. 고진은 문학평론가 김종철을 필두로 많은 비평가들이 문학 판을 떠난 것에서 문학의 쇠퇴 조짐을 포착하고, 문학이 사회를 선도하던 시대, 문학이 시대적 과제를 떠안고 나름의 영향력을 행사하던 시대는 기본적으로 끝났다고 판단하고, 근대문학의 종언을 선언한다. 그는 문학이 그 사회적 힘을 잃게 된 원인을, 나라마다 이미 국민국가를 확립했기 때문이라고 본다. 하지만 그의 이런 진단은 적어도 우리에겐 부적절하다. 아직도 우리에겐 민족분단의 극복과 통일국가 수립이라는 민족적 과제가 여전히 남아 있고, 문학이 민족의 동일성과 정체성 형성에 나름대로 기여할 시대적 요구가 남아 있기 때문이다.

이처럼 고진의 진단과 평가가 성급했다고 하면, 민중의 역사적 에너지 결집이 쉽지 않다고 해서 민중문학 또는 문학의 시대가 끝났다고 판단하는 것 또한 성급한 일이다. 물론 90년대에 실제로 민중문학이 크게 쇠퇴하고 이른바 후일담 문학이 사소설 형태로 성행하는 현상은 리얼리즘에 바탕을 둔 민중문학의 역할이 끝났음을 입증한다고 판단할 수 있다. 하지만 이는 문학행위를 사회구성체 변화에 대응하는 피동적이고 부수적인 현상으로 본다는 점에서 문제가 있다. 문학은 본질적으로 개인적 자아와 사회적 자아의 자기표현으로 비롯되는 것인 만큼, 집단적 응집력이 약화된 채 물신화된 시장구조에 얽매인 삶의 모습 또한 문학적 형상화의 대상일 뿐이다. 문학이 윤리적 당위성을 표방하며 사회 제반 현상을 선도하는 것만이 문학의 사회적 역할인 것은 아니다. 민중문학의 출현이 시대적 요구에 의한 것이라면, 민중문학의 소멸 또한 시대변화에 따른 불가피한 양태일 뿐이다. 근대문학의 종언이니 민중문학의 소멸이니 하는 진단은 결국 문학에 대한 새로운 변화 요구에 적절한 유연성으로 대응하려는 노력이 부족했던 것에 대한 냉정한 평가로 보아야 할 것이다. 따라서 문학의 시대는 끝난 것이 아니라 시대환경의 변화에 걸맞은 진화가 필요한 것이다.

그렇다면 문학이란 무엇인가?

그렇다면 오늘날 우리에게 문학이란 무엇인가. 역사적 주체로서의 민중이 사라진 시대에 문학은 어떻게 진화해야 하는가. 시장화 된 세상에서 사물화 된 개인들로 파편화된 채 살아가는 현대인들에게 문학은 무엇인가. 이렇게 어려운 때일수록 근본을 되돌아보는 법고창신(法古創新)의 자세가 필요하다. 조선시대 최고의 사상가이자 시인인 다산 정약용은 그 아들에게 주는 편지에서, '나라를 근심하고 시대를 아파하며 세속에 분개하는' 시가 참된 시이며, '백성에게 혜택을 주려는 마음가짐을 지니지 못한 사람은 시를 지을 수가 없다'고 가르쳤다. 지나치게 문학의 공리적 기능에 치우쳤다는 비판이 가능하지만, 아파하는 이웃의 고통에 민감하게 반응하며, 그런 아픔이 극복된 세상을 꿈꾸는 것이 바로 시(문학)란 것이다. 지금 이곳에서 파편화된 채 이웃의 고통에 둔감한 사람들에게 그 아픔을 함께 느끼도록 자극을 주고, 아파하는 사람들에게 연민의 정으로 공감하는 것이 바로 문학의 원래 모습인 것이다. 그러니까 역사적 주체로서의 민중이 존재하지 않는다 하더라도, 삶의 아픔이 있는 곳이라면 언제나 문학은 존재할 수 있는 것이다. 이것이 바로 문학의 존재 이유이다.

이는 서양도 마찬가지다. 서양문화의 큰 축을 이루는 헤브라이즘의 근본인 성경문학 또한 마찬가지다. 성경에 묘사된 예수의 삶의 행태를 한마디로 요약하면, 자비와 사랑의 실천이다. 물론 그의 사랑은 보편적인 인류애를 지향한다. 하지만, 그의 사랑엔 우선순위가 있다. 그는 버림받은 아웃캐스트(outcast)들에게 기쁜 소식을 전하며 그들과 기꺼이 함께한다. 그는 버림받은 자들의 고통에 연민의 정으로 동정하며 아파한다. 연민을 뜻하는 '컴패션(compassion)'의 라틴어 어원인 'compati'는 '함께 고통 받다(com- 함께, pati- 고통 받다)'는 뜻이라고 한다. 그리고 예수가 생전에 쓰던 아람어에서 '동정하다'란 말의 어원은 '자궁'이라고 한다. 즉 엄마가 뱃속의 아기를 생각하는 것처럼 남의 처지를 생각한다는 것이다. 이렇게 남의 아픔에 공감하며 그런 아픔이 없는 다른 세상, 대안적 세상을 지향하는 게 연민과 동정의 원래적 의미인 것이다. 따라서 동서양을 막론하고 문학은 이웃의 아픔에 공감하며 그것을 승화시키는 바로 그런 것이다.

조지 오웰은 「나는 왜 쓰는가」란 산문에서, 자신이 글을 쓰는 이유를 네 가지로 제시하는데, 이 중에서 그가 제일 중시하는 것은 역사적 진실을 지키기 위해 분투하고자 하는 역사적 충동과 무고한 사람들의 억울함에 대한 분노라는 정치적 목적으로, 그는 이런 이유 때문에 스페인 내전에 참전했고 이를 바탕으로 『카탈로니아 찬가』를 썼다고 밝힌다. 그는 마지막으로 자신의 글이 맥없고 의미 없는 허튼소리가 될 때는 바로 정치적 목적이 결여됐을 때라고 고백한다. 이렇게 본다면 정약용의 공리주의적 태도가 그리 지나친 게 아닌 셈이다. 정치적 무관심으로 이웃의 고통을 외면하는 행위는 결국 자신의 안위도 보장할 수 없다는 진실을 간결하지만 강렬한 울림으로 노래한 독일의 신학자 '마르틴 니뮐러'의 입장 또한 정치적이다.

그들이 처음 왔을 때

나치가 공산주의자들을 잡아들였을 때,
나는 침묵을 지켰다
나는, 그래, 공산주의자가 아니었다

그들이 사민주의자들을 잡아가두었을 때,
나는 침묵을 지켰다
나는, 그래, 사민주의자가 아니었다

그들이 노동조합원들을 잡아들였을 때,
나는 저항하지 않았다
나는, 그래, 노동조합원이 아니었다

그들이 유대인들을 잡아들였을 때,
나는 침묵을 지켰다
나는, 그래, 유대인이 아니었다

그들이 나를 잡으러 왔을 때,
나를 위해 저항할 수 있는 사람이 더 이상 아무도 남아있지 않았다

무엇을 어떻게 할 것인가?

'소강(小康)사회'는 2500년 전 『예기(禮記)』에 나오는 공자와 제자 '자유'의 대화에서 유래하는데, 의식주를 걱정하지 않는 물질적으로 안락한 사회, 비교적 잘사는 중산층 사회를 의미하므로 오늘날 우리의 모

습에 해당한다. 하지만 개인주의가 팽배하고 능력과 힘을 사유화(私有化)하며 그것이 대대로 세습되고, 사회적 약자인 노인과 과부 어린애 등이 돌봄을 받지 못하는 그런 사회로, 지금의 우리 현실과 비겨도 큰 차이가 없다. 이렇게 사회 전반은 물질적으로 넉넉하지만, 빈부격차가 고착되고, 사회적 약자가 방치되는 데 대한 분노의 마음을 가지고 그들의 아픔에 적극적으로 공감하는 것, 그것이 바로 문학의 자리이다.

앞에서 살펴본 공감과 연민의 마음은 남의 고통을 함께 느끼는 데서 그치지 않고, 그 고통이 제거된 세상을 꿈꾸는 데까지 나아가야 한다. 그래서 『예기』에서는 '소강사회'의 대안으로 '대동(大同)사회'를 다음과 같이 묘사한다. "큰 도(道)가 행해지면 천하가 공정해진다. 현명한 사람과 능력 있는 사람을 뽑아 쓰면 신의가 돈독해지고 화목해진다. 그래서 사람들은 자기 어버이만 어버이로 모시거나 자기 자식만 자식으로 사랑하지 않고 남의 어버이나 자식도 자기 가족처럼 여기게 된다. 노인은 안락하게 여생을 보낼 수 있게 되고, 젊은 사람들에게는 일자리가 있으며, 어린아이들은 훌륭하게 양육되고, 홀아비·과부·고아, 그리고 의지할 데 없거나 병든 사람들도 모두 부양을 받게 된다. 남자에게는 직분이 있고 여자에게는 시집갈 곳이 있다. 재물이 쓸모없이 땅에 버려지는 것을 싫어하고 또한 그 재물을 개인의 이익만을 위해 가지지도 않는다. 힘은 자기 자신에게서 나오지 않는 것을 싫어하고 또 그 힘을 자신만을 위해 쓰지도 않는다. 그러므로 나쁜 꾀는 생기지 않고 도적떼도 생겨나지 않아서 대문을 닫지 않고 살 수 있게 된다. 이러한 세상을 '대동'의 세상이라고 부른다."

'대동사회'의 꿈은 오늘날 북유럽의 복지국가의 모습과 유사하니, 동서고금을 막론하고 사람다운 삶, 인간의 존엄이 보장되는 삶의 모습은 큰 차이가 없는 셈이다. 그러기에 민족주의 사학자이자 아나키스트인 신채호도 이런 꿈에 매료돼 연해주에서 《대동》이란 주간지를 간행하기도 했다. 이렇게 공유정신으로 서로 보살피는 복지국가의 꿈, 인간다운 삶의 꿈은 지금 이곳 우리의 삶이 도달해야 할 이상적 모습이자 이 시대가 지향할 시대정신으로 우리 문학이 있어야 할 자리이다.

제안 : '제노사이드 종단벨트' 작업, 화해와 상생의 씻김굿 프로젝트

민중이 사라진 시대, 더 이상 삶의 현장에서 문학으로 대중과 함께하는 작업이 쉽지 않은 세상이 되었다고 탓하지 말자. 지금 고통 받는 사람들이 있는 이곳이 삶의 현장이자 바로 문학의 자리이고, 고통을 극복하는 세상을 함께 꿈꾸는 것이 우리 문학인의 역할이다.

한국작가회의도 파편화된 일상 속에서 작은 소유에 안주하는 부박한 세태에 휩쓸려 전국 지회와 본부가 함께하는 작업이 많이 줄어들었다. 문학은 도처에 흩어진 아픔을 찾아 기록하고 기억하며 그 아픔에 합당한 이름을 붙여 그 한을 씻어주는 작업이며, 또 살아있는 사람끼리의 화해를 도모하게 해주는 씻김굿 역할이 바로 우리 진보문학이 진화해야할 모습이다.

굴곡진 역사 속에서 우리 국토 어디인들 아픔 없는 곳이 있으랴만, 지금도 우리 민족사와 강산을 관통하는 한(恨)으로, 한국전쟁 전후 겪은 '학살의 상처'를 들 수 있다. 정확하진 않지만 민간인 집단 학살 희생자가 어림잡아 100만은 될 것이라 하니, 이를 기억하고 기록하여 진상을 밝히고 원혼들의 억울함을 달랜 뒤 유가족들의 아픔을 진심으로 위로하고 적절한 보상을 하며, 더 이상 이런 만행이 되풀이되지 않도록 학살 현장을 평화교육의 장으로 승화시키는 일은 모든 지역이 함께할 수 있는 보편적 이슈라 할 수 있다. 물론 이를 문학으로 형상화하는 작업은 구체적 인물과 사건을 중심으로 화석화된 역사를 육화(肉化)된 현실로 복원해내는 작업이어야 할 것이다. 일단 서울에서 제주까지 남북으로 길게 종단하는 민간인 집단학살 기록 작업을 가칭 '제노사이드 종단벨트 작업'으로 명명해 보자.

구체적인 진행방법은 한국작가회의 13개 지회가 그 사업취지와 작업 방법 등을 공유한 뒤 각 지회별로 전담팀을 구성한 뒤, 해당 지역의 학살 현장을 중심으로 기록과 증언 등을 취재하고 이를 분석 정리해 학살 개요를 작성하도록 한다. 그 과정에서 특별히 이야깃거리가 될 것들을 찾아 별도의 문학적 형상화작업을 거친다. 이렇게 지회별로 정리된 자료와 문학작품(시, 소설, 희곡, 시나리오 등)을 전국단위로 수합하여 별도의 책으로 묶어낸다. 이 일련의 작업을 대전에서 총괄하는 방법도 고려해 볼 수 있다. 가령 대전의 '산내학살사건'은 해방전후 남한 지역 내 단일장소로는 최대 학살지이고, 희생자가 제주에서 서울까지 남한 내 대다수 지역민들이 고루 있어 전국 각지의 유족들이 함께할 수 있고, 또 국토의 중간에 위치한 교통의 요충지라 진행과정의 점검이나 회합 등에 편리할 것으로 판단되기 때문이다.

대전시 동구 낭월동 골령골(뼈잿골)에서 1950년 6월 하순에서 7월 중순까지 3차에 걸쳐 자행된 '산내학살사건'은 대전형무소 재소자와 대전충남북 일원의 보도연맹원 등 최대 7000여 명이 군경에 의해 집단학살된 것으로 추정되는 사건이다. 당시 대전형무소 재소자 중에는 제주 4.3 관련자나 여순사건 관련자도 있었고, 서울 경기 등의 형무소 재소자들이 인민군에 의해 석방되어 고향으로 돌아가다 대전역에서 다시 붙잡혀 희생된 경우도 있었다 한다. 또 1951년 1.4 후퇴 시 '부역행위특별처리법'에 의해 부역혐의자로 체포되어 산내에서 처형당한 사건까지 포함하면 그 희생자는 훨씬 늘어날 것으로 보인다.

이 작업과정은 일련의 '동심원 만들기 작업'이라 부를 수 있다. 같은 중심을 가지면서 반지름이 다른 두 개 이상의 원이 모여 이루는 동심원은 이 작업의 성격에 부합한다. 중심은 지금 이곳에서 현재 진행 중인 '집단학살의 아픔'이다. 여기에 각 지역에서 복원한 크고 작은 '학살의 기억'이 각기 반지름이 다른 여러 개의 원을 이룬다. 이렇게 반지름이 다른 원들이 아픔에 공감하는 문학인들에 의해 아픔의 연대체로 네트 워크를 이루고, 과거의 아픈 상처를 복원한 뒤 아직도 중음신(中陰身) 으로 구천을 떠도는 원혼들을 맑고 깨끗하게 씻겨 천도를 빌어주면 마 침내 산자와 죽은 자의 화해가 이루어지게 된다. 이렇게 제노사이드 기 억을 문학적으로 형상화하는 작업이 바로 현실의 아픔을 정화하는 씻 김굿이다.

씻김굿은 삶과 죽음의 화해에만 그치지 않고 살아있는 사람들끼리 서로 위로하고 용서하고 화해하는 상생의 자리로까지 나아가는 것이 특징이다. 따라서 우리는 민간인 집단학살의 억울한 죽음들을 위로하 고 정화하는 동시에 또 다른 희생자인 한국전쟁 중 지역 좌익과 북한 정 치보위국에서 자행한 우익인사에 대한 보복학살 희생자들 또한 그 원 혼을 맑게 씻기는 데까지 나가야 한다. 물론 우익인사 희생자들은 반공 애국지사로 위령탑이 건립되고 각종 추모시설이 건립되는 등 국가로부 터 그에 합당한 기림을 이미 받고 있다. 이렇게 군경에 의한 희생자에 대한 예우와 상당한 차이를 보이지만, 모두가 전쟁의 광기가 부른 참혹 한 희생이라는 점에서 망자의 원혼을 천도한 뒤 살아남은 사람들끼리 서로 위로하고 용서하고 화해하는 것이 곧 씻김굿의 핵심이라 할 수 있 다. 씻김굿은 망자들의 맺힌 한을 풀어주는 절차들을 통해 결국은 현실 의 엉킨 실타래도 동시에 풀어내는 일이다.

이런 상생과 화해의 씻김굿을 남한의 중심부인 대전에서 좌우익에 의한 모든 학살 희생자의 유족들과 시민들이 모여 함께하는 굿판으로 기획해 실행할 수 있다면, 그야말로 국민화합과 진영화합의 큰 마당이 될 것이다. 우리 한국작가회의가 기획하는 '제노사이드 종단벨트 작업' 이 국민화합의 기폭제가 되고 또 그 과정에서 문학의 힘과 가치를 확인 하는 소중한 기회가 될 것이며, 문학인의 자부심 또한 자연히 회복될 수 있을 것이다. 이것이 바로 한국문학이 현실과 만나는 방법이며 또한 진 보문학의 힘이다.

사례 : 산내학살 희생자의 유족, 작가 김성동

　『만다라』의 작가 김성동의 선친 김봉한은 일제강점기 경성콤그룹의 일원으로 활동하다 해방 후 예비검속으로 대전형무소에 수감됐고, 한국전쟁 발발 직후 눈물의 골짜기인 산내 뼈잿골에서 학살당했다. 김봉한은 남로당 지도자인 박헌영의 복심비선(腹心秘線)으로 대전·충남의 야체이카(세포)로 활동했다. 김봉한은 남로당 외곽단체를 대상으로 당면과제를 제시하고 투쟁지침을 하달하는 한편, 무장대 조직을 준비하기도 하는 등 비공식적 문화부장 역할을 했던 중견간부였다. 김봉한은 풍채가 뛰어나고 도량이 넓었으며, 겉으론 부드러우나 안으로는 굳센 외유내강의 조직운동가였다. 특히 타고난 명민함으로 보통학교를 마친 뒤 일본대학 강의록으로 독학해 숙명여전 수학 강사를 역임했다.

　김성동은 아버지에 대한 아득한 그리움에서 벗어나 아버지와 아버지 세대의 꿈과 좌절을 역사 속에 온전히 자리매김하는 작업을 『꽃다발도 무덤도 없는 혁명가들』로 마무리했다. 김성동은 산내학살 피해자의 유족이면서도, 그간 진상규명과 명예회복을 위한 공식적인 활동에 미온적이다가, 2016년 제66주기 17차 대전산내학살사건 희생자 합동위령제에 유족으로 참가해 추모사 '제망부가(祭亡父歌)'를 제문으로 올렸고, 선친에 대한 애끓는 사부곡(思父曲)으로 쓴 중편소설 「고추잠자리」를 계간《황해문화》겨울호에 발표했다.

　김성동의 어머니 한희전은 남편의 예비검속과 학살 이후 얻은 속병 가슴앓이에 평생 시달렸다. 인민공화국 시절엔 독립운동 애국자의 유가족이라며 인민공화국 사람들이 시켜 조선민주여성동맹위원장을 맡았다가 8년 징역을 살았고, 그 고문 후유증으로 극심한 고통을 겪었다. 김성동은 어머니의 모진 삶에 대해 쓴 단편 「민들레 꽃반지」를 2012년 계간지《창작과 비평》여름호에 발표했고, 이 작품으로 제1회 '이태준 문학상'을 수상했다. 「민들레 꽃반지」는 "아름다운 우리말과 글을 살린 문장으로 한국 현대사의 한 장면을 처연하면서도 뼈아프게 보여주어 작품의 밑절미가 이태준 문학정신에 가장 닿아있다"는 평가를 받았다. 그의 어머니는 금년 3월에 97년의 길고도 모진 삶에서 벗어나 마침내 안식을 얻었다.

다음에 덧붙인 글들은 김성동과 그의 부친의 산내 학살과 모친의 모진 삶, 가혹한 가족사의 아픔을 문학으로 승화시킨 그의 작가생활 등에 대해 금강일보에 틈틈이 발표한 칼럼들을 모은 것이다. 우리 대전 출신의 작가로 산내학살의 아픔을 상징적으로 살펴보는 작은 계기가 되리라 기대한다. 마지막으로 김성동의 선친을 포함한 산내학살 희생자들의 영령을 위로하는 뼈잿골의 추념식 자리에서 내가 추모시로 낭독한 시를 덧붙였다.

'꽃무혁'으로 대전을 찾은 김성동의 육필원고 (금강일보, 2014.03.02.)

영동 지방의 기록적인 폭설 여파로 강원도 횡성과 홍천에 인접한 경기도 양평의 산속 토굴에 칩거 중인 '만다라'의 작가 김성동을 만나러 가는 길에 걱정이 앞섰지만 토굴 진입로에 세운 '절 아닌 절'이란 뜻의 '비사난야(非寺蘭若)' 표지석에 이르는 찻길은 다행히 눈이 녹아 있었다. 하얀 눈이 남아있는 급경사 진 굽이 길을 조심스레 올라 겨우 토굴에 이르자 어지럽게 흩어진 서책 더미 속에서 벽난로에 불을 지피는 백발의 김성동이 저만큼에서 맞이한다. 전에는 서재와 거실 그리고 작은 법당이 벽이 없는 채로 자연스레 구분이 됐는데 이젠 발 디딜 틈도 없이 책과 원고 더미가 불쏘시개나 장작과 마구 뒤엉킨 가운데 쪼그리고 불을 피우는 모습이 늙은 산사람의 모습 그대로다.

그는 최근 자신의 운명을 현재의 모습으로 떠다박지른 아버지에 대한 아득한 그리움에서 벗어나 아버지와 아버지 세대의 꿈과 좌절을 역사 속에 온전히 자리매김하는 작업을 『꽃다발도 무덤도 없는 혁명가들』로 1차 마무리했다. 그가 필생의 화두로 삼았던 아버지 세대의 이야기를 모은 좌익 독립운동가 열전(列傳) '현대사 아리랑'에서 빠진 21분의 이야기를 덧붙여 74분 어르신의 이야기를 새로운 자료를 보완해 200자 원고지 4000매의 개정증보판을 낸 것이다. 그는 이번 작업의 의미를 이렇게 말한다. "난 '꽃무혁'이라고 줄여서 말하는데, '꽃무혁'을 쓰려고 내가 소설가 '쯩'을 얻은 지도 몰라 사실은. 이걸 쓰기 위해서 이 책을 쓰기 위해서." 그러니까 '꽃무혁'의 출간이 김성동의 작가생활 40년을 결산하는 작업인 셈이다. 그렇다고 그가 아버지 세대의 꿈을 일방적으로 미화하는 것은 아니다. 그간 남북의 현대사에서 잊힌 그들의 모습을 있는 그대로, 그들의 한계까지 엄정하게 보여주는 태도를 시종 견지한다. 절에서 나와 40년 동안 헌 책방에서 모은 자료를 바탕으로 현대사를 온몸으로 살아낸 어르신들의 모습을 담담하게 토박이 조선말로 보여준다.

그는 충남 보령 출신이지만 어려서 대전으로 이사해 서대전초등학교와 삼육중학교를 다녔다. 또 경성콤그룹의 일원으로 대전·충남 야체이카로 활동하다 예비검속으로 대전형무소에 수감됐던 그의 부친이 눈물의 골짜기인 산내 뼈잿골에서 학살당한 아픔을 가슴에 품은 채 '만다라' 이후 한동안 산내 구도리에서 살았으니 그에게 대전은 고향이나 진배없다. 3월 4일부터 4월 20일까지 대전문학관에서 열리는 대전작가회의 기획전에 그의 '꽃무혁' 육필원고 4000매가 전시된다. 사실 그는 컴맹이다. 물론 인터넷도 못하니 오로지 기억과 문헌자료에 의존해 200자 원고지에 세로로 글을 쓰는 가내수공업자다. 그래서 그의 검지 마디엔 굳은살이 박여있다. 요즘 같은 자동화시대에 그의 정갈한 육필원고를 확인해보는 것도 이번 전시회의 알짬 볼거리의 하나가 되리라 생각한다.

하지만 이번 기획전의 핵심은 대전지역의 진보적 문학단체인 대전작가회의의 짧지 않은 역사와 그들의 문학적 역량을 다양한 결과물들을 통해 입체적으로 확인함으로써 대전문학의 수준과 위상에 대해 시민들이 나름의 문화적 자긍심을 느끼도록 하는 것이다. 특히 70년대 말의 암울한 시대상황에 대한 저항의지로 출발한 대전의 자생적인 문학운동 단체였던 '삶의 문학' 동인들이 자유실천문인협의회 활동을 거쳐 89년 '대전·충남민족문학인협의회'를 결성한 뒤 지역에서 활동하던 '화요문학', '새날', '젊은시' 등의 동인들과 결합해 98년 사단법인 '민족문학작가회의 대전·충남지회'를 창립하고, '한국작가회의 대전지회'란 새 이름을 갖게 된 역사가 이번 전시회에 오롯이 드러난다.

'대전작가회의'가 지향하는 진보문학은 보다 넉넉하고 너그러운 세상을 이루기 위해 시대와 불화하는 것도 기꺼이 감내한다. 하지만 지향점이 같은 이들과 어깨 걸고 공생공락의 아름다운 세상을 이루고자 노력한다. 무엇보다 우리 민족의 역사적 아픔을 공감의 언어로 치유하는 일에 역량을 집중하고자 노력한다. 물론 그 과정에서 자기중심적인 독선과 아집에서 벗어나 품격을 잃지 않은 채 보다 많은 사람들과 함께하도록 노력한다. 왜냐하면 다양한 세력과 공존하는 지혜와 포용력이 진보의 미래를 결정하기 때문이다.

김성동의 제망부가(祭亡父歌) (금강일보, 2016.09.11.)

아침 일찍 경기도 양평의 한 야산 토굴에 칩거 중인 작가 김성동 형이 전화를 했다. 찌는 듯 무덥던 8월 하순 토굴을 찾은 이후, 그가 최근에 쓴 중편소설 「고추잠자리」 발표 지면 찾기가 또 어려워지나 싶었다. "영호! 그간 여러 가지로 애 많이 썼는데, 그냥 계간지 《황해문화》에 발표하기로 했어. 김명인 교수가 오랜 출장 끝에 내가 보낸 편지를 늦게 받아보고 급하게 통화했더라고." 전업작가인 그에겐 너무 적은 원고료 문제로 엽서를 보내고 답장이 없어 속을 끓이다 마침 '불교문예'에서 게재하겠다고 해 그러기로 했는데, 소통에 좀 차질이 있었지만 원고료를 좀 올려 처음 정한 대로 '황해문화'에 작품을 주기로 한 것이다.

김성동 형이 선친에 대한 애끓는 사부곡(思父曲)으로 쓴 중편소설 「고추잠자리」를 전해준 건 6월 27일 산내 뼈잿골에서 열린 위령제에서였다. 그 자신 산내학살 피해자의 유족이면서도, 그간 진상규명과 명예회복을 위한 공식적인 활동에 미온적이지만, 이번 제66주기 17차 합동위령제에 유족으로 참가해 추모사 '제망부가(祭亡父歌)'를 제문으로 올렸다. 그의 선친 김봉한은 남로당 지도자인 박헌영의 복심비선(腹心秘線)으로 대전·충남의 야체이카(세포)로 활동했다. 김봉한은 남로당 외곽단체를 대상으로 당면과제를 제시하고 투쟁지침을 하달하는 한편, 무장대 조직을 준비하기도 하는 등 비공식적 문화부장 역할을 했던 중견간부였다. 김봉한은 풍채가 뛰어나고 도량이 넓었으며, 겉으론 부드러우나 안으로는 굳센 외유내강의 조직운동가였다. 특히 타고난 명민함으로 보통학교를 마친 뒤 일본대학 강의록으로 독학해 숙명여전 수학 강사를 역임했다.

김성동은 1983년 초 해방 전후를 배경으로 아버지 이야기를 그린 장편소설 「풍적」을 연재하다 강제중단당하며 한동안 아버지 얘기를 쓰지 않았다. 그의 작품 속 아버지는 늘 부재중이고, 주인공은 그 아버지를 애타게 기다리는 소년에 머물렀다. 보이지 않는 탄압 이후 아버지 이야기를 에둘러 가려는 일종의 자기검열인 셈이다. 하지만 그는 회갑이 지나면서 아버지 세대의 민족수난사를 적극적으로 쓰기로 결심한다. "아버지보다 곱을 살았으니 이제는 죽어도 좋다고 생각했어." 그는 근현대사의 질곡 속에서 나라와 민족을 지키기 위해 산화해간 아버지 세대의 순수한 이상과 뜨거운 열정, 그리고 헌걸찬 행적의 문학적 형상화에 진력한다. 그가 필생의 화두로 삼은 아버지 세대의 이야기를 모아 내놓은 좌익혁명가 열전(列傳) 『현대사 아리랑』과 개정판 『꽃다발도 무덤도 없는 혁명가들』은 아버지에 대한 아득한 그리움에서 벗어나 마침내 아버지 얘기를 역사 속에 온당히 자리매김하기 위한 작업이었다.

그의 선친 김봉한은 1917년 생으로, 금년에 우리 나이로 100세가 된다. 그는 자신이 소설가가 된 것은 오로지 아버지 이야기를 쓰기 위해서였으며, 절에 들어간 것도 결국은 작가가 되기 위한 위장입산이었다고 고백한다. 그는 아버지께 제사를 올리고 향불을 피우는 간절한 심정으로, 아버지가 불러주는 대로 적으며 일주일 만에 230여 장의 중편소설을 썼다. 그가 산내 위령제에서 올린 제문 '제망부가'는 중편 「고추잠자리」 맨 앞의 프롤로그이기도 하다. 그런데 발표 지면이 없다는 것이다. 문제는 지면을 알아보려면 일단 원고 파일이 있어야 하는데, 그는 컴맹이니 난감했다. 그래도 일이 되느라고 가끔 교유하는 박용래 시인의 딸 진아 씨가 파일로 옮겨놓았다. 그 파일을 얻어 제문과 중편을 합한 뒤 출판사 '창비'의 지인에게 그의 소설을 봐달라고 메일을 보냈다. 더구나 4년 전 《창작과비평》에 어머니 얘기를 쓴 「민들레꽃반지」가 게재됐으니 아버지 얘기가 짝을 이뤄 묻혔던 현대사의 일면을 복원해낸 의미가 크다는 점을 누누이 강조했다. 그러나 기다림 끝에 지면 관계로 게재가 어렵다고 했다. 망설이다 한겨레신문 최재봉 기자에게 사정을 말하고 원고 파일을 보낸 뒤, '남로당 아버지 소설로 썼는데, 발표 지면 마땅치 않네요'란 기사가 나갔고, 마침내 《황해문화》에 수록되게 된 셈이다. 전화 마지막에 김성동 형이 말했다. "아버지의 삶이 간단치 않더니 아버지 얘기를 쓴 소설도 우여곡절이 많구나, 휴우!"

민들레 꽃반지 끼고(금강일보, 2018.03.18.)

지난 금요일 우유와 포스트로 간단한 아침식사를 하며, 전날 비가 와서 포기했던 산행을 해야지 하며 하루 일정을 계획하는데 휴대전화가 울렸다. '아침부터 누구지?' 하며 전화를 받으니 『만다라』의 작가 김성동 형이다. 경기도 양평군 청운면 우벚고개의 가파른 언덕 위 외딴집 생활을 청산하고, 옥천면 용문산 입구로 이사를 한 뒤 찾아보지 못한 터라 마음이 찔렸다. 더구나 당뇨가 심해져 지인이 줄기세포 임상치료 대상자로 소개해줘 일본을 오가며 치료한다는 소식을 들은 터라 더 면목이 없었다. 나의 무심함을 꾸짖으려니 하며 "건강은 어떠시냐"고 물으니, 대뜸 어머니가 어제 저녁 열반하셨다는 부고를 전한다. 토요일에 성남 화장장으로 발인을 한다니 양평병원 장례식장에 곧장 다녀와야 했다.

평소처럼 맞벌이를 하는 아들 집 청소를 한 뒤 출발하기로 하고 집을 나서는데 친구 이은봉 시인이 소식을 듣고 연락을 했다. 금년 8월 말 광주대에서 정년을 맞는데, 전날 수업을 끝내고 세종에 있는 집에 와 있으니 함께 양평으로 가잔다. 서둘러 청소를 마치고 집에 와 검정 양복을 입고 세종시에 가니 약속시간인 오전 11시가 조금 넘었다. 부지런하고 활동적인 이은봉 시인인지라 최근 문단에서 벌어지는 미투운동에서부터 충청도 정치인의 수난사까지 다양한 뒷얘기를 듣다보니 어느새 자그마한 시골병원 장례식장에 도착했다.

대개의 조문객이 밤에 오다 보니 점심 무렵의 빈소는 한적했다. 칠십대의 백발인 김성동 형과 누님이 검은 상복을 입고 우리를 맞이한다. 순탄치 않았던 결혼생활이어서인지 성인이 됐을 아들 미륵이와 딸 보리는 보지 못하고, 영정 속 노모를 향해 합장하고 절을 올렸다. 뛰어난 천재로 소학교만 마치고 독학으로 영어·수학을 공부해 숙명여전 교수를 하던 남편 김봉한은 남로당 지도자인 박헌영의 복심비선(腹心秘線)으로 대전·충남의 야체이카(세포)로 활동하다 예비검속으로 대전형무소에 수감됐다가 한국전쟁 발발 직후 산내 뼈잿골에서 희생됐다.

그 뒤로 평생 속병을 얻어 고생을 하며 모진 삶을 살아온 그녀의 삶이 마침내 안식을 얻게 된 것이다. 성동 형이 살던 구도리 집을 찾으면, 김영호가 우리 아들 술을 먹여 힘들게 한다며 내 앞에서 타박을 해 나를 무안하게 했던 기억이 난다. 서울로 이사를 간 뒤 세검정 집에 갔다 미륵이가 실수로 방문을 잠갔을 때, 베란다 난간으로 나가 창문을 넘어 문을 열어준 뒤로 비로소 타박의 대상에서 벗어났다. 양평의 외딴 집 앞에서 혼자 밭을 매시던 모습을 멀리서 뵌 뒤로 요양원에 모셨다는 얘길 들었으니, 중년의 영정 사진과는 퍽 달랐을 노년의 모습은 기억나지 않는다.

영정 앞에 향을 피우다 보니 향로 위쪽으로 어머니의 모진 삶에 대해 쓴 단편 「민들레 꽃반지」가 게재된 계간지 《창작과 비평》이 놓여 있다. 그의 어머니 한희전은 남편의 예비검속과 학살 이후 얻은 속병 가슴앓이에 평생 시달렸고, 인민공화국 시절엔 독립운동 애국자의 유가족이라며 인민공화국 사람들이 시켜 조선민주여성동맹위원장을 맡았다가 8년 징역을 살았고, 그 고문 후유증으로 극심한 고통을 겪었다. 97년의 길고도 모진 삶에서 벗어나 마침내 안식을 얻었으니, 풍채 좋고 도량이 넓으며 늘 부드러웠던 남편이 그녀에게 정표로 준 민들레 꽃반지를 끼고 그녀의 삶에서 가장 빛나던 그 짧은 시절의 행복을 함께 추억하고 있으리라. 김성동은 이 작품으로 제1회 '이태준 문학상'을 수상했다. 「민들레 꽃반지」는 "아름다운 우리말과 글을 살린 문장으로 한국 현대사의 한 장면을 처연하면서도 뼈아프게 보여주어 작품의 밑절미가 이태준 문학정신에 가장 닿아있다"는 평가를 받았다.

김성동은 오래 전에 중단했던 대하소설 『국수』를 결국 마무리해 출간을 앞두고 있다. 조선조 말 전통 예인들의 희망과 좌절을 당대의 풍속사 속에 생생한 조선말로 재현해내 문단에 큰 반향을 일으켰던 작품을 마무리한 것이다. 그는 작년에 아버지의 행적을 그린 중편소설 「고추잠자리」를 발표하면서 부모의 한 많은 삶을 문학적으로 형상화했다. 그는 이제 해방에서 한국전쟁까지 이른바 '해방 8년'의 우리 민족의 굴곡진 현대사를 그린 역사소설을 계획하고 있다. 우리 땅 어느 곳에서나 질긴 생명력으로 자라나 왕성하게 번지는 민들레 같은 민초들의 삶을 그린 역작을 기대해 본다.

꽃그늘로 오시는 임
 ─ 산내 뼈잿골에서

평생 땅을 훑으며 사는 농투성이든
옹이 박힌 손에 기름 마를 날 없는 테바치든
파리한 손가락으로 글을 짓는 샌님이든
내남없이 고루 웃음 짓는
맑고 곧은 그런 세상 그려보겠노라
밤새 골목길을 숨죽이고 헤매다
문득 안경알 반짝이며 멋쩍게 미소 짓던 임이여

어둠 속에서도 아침을 움켜쥐고
푸른 하늘을 굳게 간직한 채
할퀴며 덤벼드는 미친 파도에
수없이 뒹굴고 엎어져 자맥질해도
그예 무릎 세우고 곧추 허리 펴고
매운 바람결에 쫓긴 작은 새들 보듬으며

순순히 꽃그늘을 내어주던 임이여

갈라진 가슴밭에 흥겹게 물을 대고
맨발로 첨벙대며 얼싸절싸 써래질하며
신새벽의 카랑한 풍경소리를
흙고무래로 곱게 빗질하던 임이여
그 고운 마음씨 마침내 생채기 되어
시샘 많은 뻐꾸기에 둥지를 빼앗긴 채
소쩍새 핏빛 울음 마른 침으로 삼키며
가슴 속 풀무질 숯덩이 되어 차마 잠들지 못하는 임이여

어둑새벽이면 맑은 이슬로 내리고
햇살 펼치면 아지랑이로 피어오르며
손가락 끝에 노오란 민들레 꽃반지로 찾아와
함께 어깨 겯고 부둥켜안고 무동 태우며
결코 시들지 않는 함성으로 하얗게 풍매화로 날아올라
온 들판에 꽃덤불로 끝내 살아나시라 끝끝내 살아나시라
(2015년 4월 17일, 산내 뼈잿골에서 억울하게 희생된 영령들, 그리고 김
성동의 부친 김봉한과 일제강점기 독립운동과 해방 후 혁명활동을 함께
했던 동지들의 영령을 추모하는 추념식에서 추모시로 낭독된 김영호의
시로, 추념식에는 김성동, 안재성, 최용탁, 남궁 담 등의 작가들이 함께하
였다)

03

산내 민간인 학살 희생자 유족,

작가 김성동

김 성 동

고 은*

저 화엄종찰도

이 골짝

저 골짝

금당 법당도

기어코 그대한테는

한 오백년 썩은 시궁창이겠지

떠나야지 뭐

이 성안 성밖

이 거리

저 거리

장바닥 되지 못한 근대 또는 탈근대의 것들

그대한테는 헛궁합이었겠지

---

* 시인, 시집 『입산』, 『새벽길』, 『문의 마을에 가서』, 『백두산』, 『만인보』 등

떠나야지 뭐
그런즉 어쩔 것이여

절도 아닌
저자도 아닌
어느 길모퉁이 비 새는 골방 거기
그대 지친 팔정도(八正道) 마른 새우 한짐으로 부려놓을 밖에

얼마나 배곯았어
얼마나 해골 않았어
그간 두홉들이 한두 번 아니게 비우고 비웠겠지

오늘같이 들입다 추운 날
그대 무덤덤한
그대 단호한 넋의 처마 끝
춘삼월도 모르는 고드름이나
툭
툭
달렸다 끊어지겠지

또 떠나지 뭐
　　　　　　　　　　－ 『내 변방은 어디 갔나』 2011년 〈창비〉

민들레 꽃반지

서정춘*

어이, 친구 성동이
자네 소설을 읽었다네
얼라, 나 여러 번 겁나부렀네
얼라얼라, 반미에 반일로
통일나라 꿈꾸는
김봉한 동무와
한련희 동무가
자네를 낳아 준 부모님이라니
나, 겁나부렀네
자네 그 소설을 읽는 동안은
나, 반헌영의 야체이카였드라니
얼라, 나 시방 떨고 있네

— 『시에』 2020년 가을호

---

* 시인, 신아일보 신춘문예로 등단, 시집 『죽편』, 『물방울은 즐겁다』, 『이슬에 사무치다』,
『하류』

이제 '병 속의 새'는 밖으로 나왔을까?

홍성식*

> * 이 글은 21세기 벽두, 그러니까 김성동이 50대, 필자가 30대 때 쓴 것이다. 지금 시점에 맞춰 아주 조금 수정했다. 놀라운 건 그때의 김성동이나 오늘 일흔을 넘긴 김성동이나 성정과 어법 모두에서 크게, 아니 작게도 변한 게 없다는 사실이다. 이는 다른 유사한 경우를 찾아보기 힘든 희귀한 사례임이 분명해 보인다.

만다라(曼茶羅)에 이르는 길은 수월치 않았다. 법명 정각(正覺), 속명 김성동(金聖東)을 찾아가는 길엔 애초 시인 두 명이 동행키로 언약이 되어 있었다.

하지만, 정작 그가 작업실을 꾸려놓은 경기도 양평으로 떠나야 할 날 오후. 약속이나 한 듯 두 명의 시인은 예기치 않은 일을 이유로 함께 갈 수 없음을 통고해왔다.

난감했다. 생면부지의 초행길을 혼자 나서야한다는 당혹감은 물론이거니와, 더 난처한 건 "한국에서 더 이상의 구도(求道)소설은 이전에도 없었거니와 앞으로도 생겨나기가 힘들 것"이란 평가를 받는 〈만다라〉

---

* 경북매일 기획 · 편집위원

의 작가와 밤새 둘이 마주앉아 무슨 말을 해야 할까 하는 것이었다. 김성동과의 만남은 1박2일의 '음주 인터뷰'로 예정되어 있었던 것이다.

청량리 역 인근 경동시장에서 양수리로 향하는 166-2번 버스에 올라서도 걱정은 여전했다. 하지만 버스가 시내를 벗어나 교문리를 지나고, 다산 묘소에 이르자 들썩이던 심장이 다소간은 가라앉았다.

서울에서 고작 40여분을 달렸을 뿐이지만, 차창을 스치는 풍광은 도시의 그것과는 천양지차였다. 실로 오랜만에 달려본 시골'길'은 아름다웠다. 코앞까지 다가온 산에는 희끗희끗 잔설이 저녁 햇살에 빛나고, 팔당댐의 물빛은 울렁거리던 가슴을 진정시키기에 넉넉하고도 남았다. 그래 가보자. 정각의 말처럼 '진리는 길 위에 있'고 나는 길 위에 서있지 않은가.

나를 '삼팔'으로 떠돌게 한 건 아버지

양수리에서 완행버스를 타고 양평, 거기서도 10여 리를 더 들어가는 골짜기 그의 작업실에 도착했을 때 다람쥐 꼬리처럼 짧은 늦겨울 해가 지고 어둠이 내리고 있었다.

가방을 내려놓고, 외투를 벗으며 그와 악수를 나눈 순간. 나는 아직도 떨쳐내지 못하고 있던 두려움과 막막함의 부스러기를 훌훌 털어낼 수 있었다. 김성동의 손이 너무도 따뜻했던 것이다.

술판의 시작은 초저녁이었다. 안주로 나온 버섯전골은 물론 함께 차려진 밥에는 젓가락 한번 대지 않고, 그는 내처 동동주만을 들이켜며 소설가 집안의 소설 같은 가족사(家族史)를 들려주었다.

"아버지(김봉한)는 1948년에 예비검속으로 대전교도소에 수감됐고, 1950년에 대덕 산내 처형장에서 돌아가셨어. 좌익인사라는 이유였지. 제삿날도 몰라. 엄마(한희전)는 그때부터 지금껏 50년이 넘게 아버지

생일날에 제사상을 차리고 있어. 숙부도 대한청년단에게 맞아 죽었어. 인민군이 진주했을 때 인민위원회 청년위원장을 했거든. 엄마도 여성동맹위원장을 했다는 이유로 국군이 들어왔을 때 고문을 모질게 당했지. 외가? 말도 마라. 그쪽은 좌익들에게 풍비박산이 났어. 외삼촌은 홍성에서 면장을 했는데 반동 부르주아라는 이유로 인민재판에서 처형당했고…. 하긴 그때 우리 집안만 그랬겠어. 좌우의 대립이라는 역사가 남긴 상혼이지."

아버지 김봉한은 젖먹이 김성동에게 공무원과 장교가 될 수 없고, 고시를 패스해도 임관될 수 없으며, 비행기 타는 것조차 자유롭지 못한 '빨갱이의 자식'이라는 멍에만을 남기고 떠났다. 아버지에 대한 원망과 미움이 클 법도 하다.

"아니. 아버지는 당대의 이상주의자였고, 내겐 원초적 그리움의 대상일 뿐이야. 오십 평생 살면서 단 한 번도 아버지를 의심한 적이 없어. 나 같은 작가가 몇 있어. 이문구, 김원일, 이문열이지. 이문구의 경우는 유년 시절 아버지로 인해 겪은 정서적 충격이 그의 소설을 온건하게 만든 경우고, 이문열은 아버지에 대한 원망이 그를 반공작가로밖에 갈 수 없게 만든 거야."

1958년 김성동의 가족은 고향인 충남 보령에서 대전으로 이주한다. 바로 그날, 아홉 살 소년 김성동은 40년이 지난 지금도 기억에 생생한 끔찍스런 일을 체험한다. 늦은 밤 제복을 입은 건장한 사내가 김성동의 할아버지를 찾아왔다. "대전엔 왜 왔느냐?" "누구의 지령을 받고 온 것은 아니냐?" 등을 캐묻고 돌아가던 이 사찰계 형사가 두려움에 눈을 동그랗게 뜬 아이에게 대뜸 던진 한마디. "붉은 씨앗이로군."

김성동은 아직도 우체국 외에 관공서 출입을 꺼린다. 심지어 관공서 냄새가 난다는 이유로 은행조차.

"제복을 보면 아직도 무섭고 두려워." 김성동의 어머니라고 다를까. 머리가 하얗게 센 아들에게 요새도 이런 말을 한다. "너는 왜 자꾸 이 나라가 나쁘다는 글을 쓰고 그러니. 그냥 다 좋다고 그래라. 연속극 같은 거나 쓰면 얼마나 좋아."

김성동이 아버지의 이야기를 구체적으로 들은 건 5.16 쿠데타가 일어난 1961년이었다. 출생과 고통의 비밀을 알아버린 눈 맑고 조숙한 열다섯 소년에게 아버지는 지울 수 없는 멍울로 각인 됐다. 그의 첫 출가도 바로 그 해.

대전발 목포행 완행열차를 '빠방 틀었다'(훔쳐 탔다). 호주머니엔 비상금을 대신할 할아버지의 손목시계와 한하운의 시집 〈보리피리〉가 들어있었다. 하지만 그 첫 출가(?)는 5일 만에 끝이 났다.

"땅과 존재의 끝을 찾아 가려했던 그 첫 출가가 왜 그리 빨리 실패로 결말이 났냐?"고 물었다. 너무나 어이없는 대답. 그러나 그가 가진 성정의 진면목을 읽게 해주는 대답. "외항선을 타려 했는데, 그건 바다 가운데 있더라고. 근데 거기까지 가는 배를 탈 방법이 없는 거야. 수영도 할 줄 모르고."

돌아온 그는 깨달았다. '이 땅이 싫어도 여기서 살아야 한다. 그렇다면 나는 무엇을 해야 하나?' 적지 않게 마신 막걸리에 자세가 흐트러질 법도 한데, 초지일관 반가부좌한 다리를 풀지 않고 그가 말을 잇는다.

"출신 성분과 학벌을 따지지 않고, 자신만의 노력으로 인정받을 수 있는 게 뭐가 있을까 찾았지. 그래서 '돌판'(바둑), '중판'(승려 생활), '글판'(문단)을 떠돈 거야. 내 삶이란 이 삼판(돌판, 중판, 글판)으로 요약할 수 있지. 물론 그 떠돎의 근원적 이유가 된 건 내 아버지고."

'돌판'에서 '중판'으로

오후 7시에 시작한 술판이 밤 10시를 넘고 있었다. 동동주를 넘치게 담은 큼지막한 뚝배기가 세 개째 식탁에 도착했다. 네온사인 따위가 없는 깡촌의 밤은 심청색으로 적요하다. 개 한 마리 짖지 않는 고요함.

열일곱에 처음 바둑을 접하고, 단 10개월 만에 1급에 오른 김성동은 당시 한국기원이 인정하던 촉망받는 기사(棋士)였다. 쟁쟁한 프로기사들이 그의 기재(棋才)에 혀를 내두를 정도. 하지만 어째서인지 그는 입단 시험을 보지 않았다. 진작부터 어린 김성동의 가슴을 점령하고 있던 뿌리 깊은 허무와 '대체 인간이란 무엇이고, 삶이란 어디서부터 온 것인가'라는 풀 수 없는 고답적인 질문은 그를 좁은 바둑판에서 견디지 못하게 만든다.

하지만 바둑 이야기를 하는 그의 목소리는 밝다. "문단에선 송영(소설가·2016년 사망) 정도를 빼고는 적수가 없어. 신경림(시인)은 다섯 점을 깔고도 나한테 안 돼. 기원(棋院)은 내 보급창고였지. 서점에 들렀다가 사고 싶은 고서(古書)가 있으면 주인에게 '팔지 말고 두 시간만 기다리시오'하고는 기원에 가는 거야. 내기바둑 서너 판이면 그 책은 내 거지." 그가 소리 내서 웃는다.

1965년. 김성동은 서울 세검정의 대고모집에서 생활했다. 당시 아버지의 고모부는 거대한 저택에서 영화를 누리던 유명 인사였고, 불교신자였다. 10개월 동안 억지로 다니던 고등학교를 자퇴한 열아홉 살 김성동은 거기서 하릴없이 시간만 죽이고 있던 터.

그 집에서 머물다 우연히 만난 노승(老僧)은 섬약해 뵈는 청년에게 이런 말을 던진다. "스스로 깨달음을 얻으면 부처가 되는 거야. 부처가 뭐냐고? 우주의 근원을 아는 사람이지. 네가 우주의 근원을 얻을 수도 있는 거야." 두 달을 그 집에서 머문 노승은 길을 나서며 묻는다. "갈래?" 잠시의 망설임도 없이 김성동은 답했다. "가야쥬."

이후 6년을 김성동은 정각(正覺)이란 법명으로 도봉산 천축사와 합천의 해인사, 해남 대흥사를 돌아다니며 '부처'가 되기 위해 정진했다. 세월이 흘렀고 스물다섯이 되었다. 일본에서 불교에 관해 더 공부해보라고 그에게 유학이 주선됐다. 그러나, 신원조회에서 그는 또 한 번의 절망감에 가슴을 쳐야만 했다. '붉은 씨앗'은 비행기를 탈 수 없었던 것이다. 잊으려 했던 아버지의 기억이 한꺼번에 밀려왔다.

"방황이 다시 시작됐어. 아무리 벗어나려 해도 '아버지의 죽음'에서 한 발자국도 자유로울 수 없는 나를 다시 본 거지. 그때 문학을 만났어. 내 삶을 정리하지 않고는 아무 것도 할 수 없다는 생각에 글을 쓰기 시작했지. 구구절절한 내 삶과 수십 년 맺힌 한 때문에 짧은 운문보다는 산문을 택했어."

1974년 그의 첫 소설 〈목탁조〉가 주간종교 문학공모에 당선된다. 하지만 그 작품은 정각에게 소설가가 되었다는 기쁨보다는 고난을 준 애물이었다. 〈목탁조〉의 내용 중 일부를 조계종 지도부가 문제 삼았고, 종단과 전체 승려를 폄훼하는 소설을 쓴 정각의 승적(僧籍)을 박탈한다. '정각에게 숙식을 제공하는 사찰이나 암자가 있다면 같은 죄를 묻겠다'는 공문이 크고 작은 절로 발송됐다. 애초에 승적을 만들지도 않았던 정각은 그의 표현대로라면 '무승적 제적' 됐다.

"2년을 떠돌았지. 육체적으로도 힘들었지만 더 괴로운 건 정신적 상처였어. 최소한의 비판도 허용하지 않는 내가 속한 집단에 대한 회의감 말이야. 말사(末寺)로 이리저리 떠돌며 도반(道伴)들에게 몸을 의탁했던 시절이야. 그때 내 삶은 '길' 위에 있었지."

'중판'에서 '글판'으로

시간은 자정을 넘었다. 술자리는 김성동의 작업실로 옮겨졌다. 주종도 동동주에서 맥주로 바뀌었다. 그러나 그의 술잔 뒤집는 속도와 반가부좌는 여전하다. 젊은 내가 먼저 자자고 청할 수도 없고, 점점 난감해지기 시작한다.

1975년 정각은 김성동으로 환속(還俗) 한다. 자의보다는 타의가 컸다. 세속으로 돌아왔지만 당장 갈 곳이 없던 그는 막막했다. 그 막막함을 먼저 달래준 건 '돌판' 친구들이었다. 종로 한평여관. 친구들은 내기 바둑과 마작으로 밤을 샜고 그 옆방에서 김성동은 며칠간 더부살이를 했다. 그리고 그 방에서 야간 여자고등학교 선생이었던 최원식(전 창작과비평 편집주간)을 만난다.

곡기를 끊은 채 한숨도 안자고 2박3일 동안을 4홉들이 소주만 마셨다. 동석했던 최원식의 선배는 이틀째 쓰러졌고, 다음날 최원식이 술잔을 든 채 뻗어버렸다. 3일 밤낮을 이어지던 그 술자리에서 김성동이 반가부좌를 틀고 미동도 하지 않았다는 믿기 힘든 이야기는 아직도 문단을 떠도는 전설(傳說)이다.

"그 사건으로 최원식은 학교에서 시말서를 썼지. 1978년에 한국문학 문예공모에 〈만다라〉가 당선됐을 때, 최원식을 다시 만났는데 엄청나게 반가워하더군. 내 속명을 몰랐으니, 그 공모에서 떨어진 줄 알았던 거야. 얼굴을 보고서야 '아, 김성동이 바로 정각스님이었구먼'하며 파안대소(破顏大笑) 하더군."

이듬해 단행본으로 출간된 〈만다라〉는 천박하게 표현하자면 '독서계의 돌풍'을 일으켰다. 밑을 알 수 없는 깊은 절망에서 연유한 '지산'의 만행과 무엇을 하고 어떻게 살 것인지를 고뇌하며 끝없이 떠도는 '법운'의 방랑은 당대 젊은이들의 감수성을 사로잡았다. "병 속의 새를 어떻게 꺼낼 것인가"라는 화두는 법운만의 몫이 아니라 책을 읽은 독자 전체의 몫이 되었다.

1981년 전무송(지산), 안성기(법운) 주연으로 임권택 감독에 의해 영화화 된 〈만다라〉는 눈이 시린 겨울 산을 담아낸 아름다운 화면으로 한 번 더 대중들을 사로잡는다. 무지한 질문을 던져 보았다. "〈만다라〉의 모델이 된 사람이 있는가?"

"소설은 수기가 아니다. 그러니 지산과 법운의 실질적 모델은 없다. 그러나 작가의 경험은 작품에 녹아들기 마련이다." 문득 〈만다라〉를 다시 한 번 읽고 싶어졌다. 작가의 경험이라….

〈만다라〉 이후에도 그는 많은 작품을 썼다. 조선조 말 몰락의 위기에 놓인 전통 예인들의 희망과 좌절을 당대의 정치, 사회, 풍속에 대한 철저한 고증과 탁월한 문장으로 재현한 미완성작 〈국수〉(2018년 완간됐다), 시인 김지하가 '웃음과 풍자와 웅혼한 비약이 스며들기 시작했다'라 평한 소설 〈길〉, 가족공동체를 떠나서는 삶 자체가 존립할 수 없다는 그의 깨달음이 읽히는 〈집〉, 그리고 아름답고 단아한 산문집 〈먼 곳의 그림내에게〉 등등.

애초 그에게 소설은 고문의 후유증으로 앓아누운 엄마를 위로하는 수단이었다. 열두 살 소년에게는 엄마의 고통을 멎게 해 줄 약을 살 돈이 없었다. 떠나간 아버지를 기다리는 가족의 이야기를 지어내 공책에다 끼적였고, 그걸 엄마에게 읽어줬다. 가만히 아들이 읽어주던 이야기를 듣던 엄마가 묻는다.

"누가 쓴 것이여?"

"난디유."

"근사한디."

"정말유?"

"너무 슬픈디."

그날 이후로 김성동의 가슴엔 '문학은 슬퍼야 한다'는 나름의 정의가 섰다. 이 '슬픈 문인'이 '작금의 슬픈 문학 현실'을 말한다.

"문학은 그리움이야. 이루어지지 않는 것에 대한 그리움. 문학의 유효성이 어디 있냐고? 갈빗대 밑을 후비는 힘에 있지. 개인을 넘어서 세상을 위무하는 힘. 요새 작가들? 맘에 안 들어. 한마디로 함량 미달이야. 근원에서 멀어져 지엽과 말단으로만 떨어지고 있어. 작가 개인의 문제라기보다는 시대의 탓도 크지만, 어쨌건 문학은 본질을 봐야하는 것 아니겠어. 우직하게 근원을 추구했던 김소진(소설가 · 1997년 사망)이나, 전통적 이야기꾼의 재질에다 유장한 민족적 서정을 보여주는 한

창훈(소설가) 같은 젊은 작가가 너무 적어."

문학과 문단 현실에 대해 담아둔 이야기가 많았던지 맥주 한잔을 시원스레 비우고 난 뒤 그가 말을 잇는다.

"서정주(시인)의 경우를 봐. 그의 친일문제에 관해선 어느 신문도 대놓고 이야기하는 경우가 드물어. 최근엔 오히려 미당의 친일행위를 거론하는 것이 범죄가 되는 분위기였어. 이건 본말의 전도야. 문학이 아무리 위대해도 본질적 삶을 넘어설 수는 없는 거야. 비단 미당 개인의 문제만을 말하는 건 아냐. 일제 잔재의 청산이 범죄가 될 순 없잖아. 그렇다면 그 시절 이름도 없이 사라져간 무수한 사람들은 뭐야? 문학하는 사람으로서 참 착잡하지."

"문학동네 출판사는 내가 제호도 지어주고, 창간호에 쓰일 로고 글씨까지 썼어. 근데 이젠 거기에서 나오는 책 안 읽어. 출판사도 최소한의 문화 마인드가 필요해. 그런데 장사하기 위한 보조 소품으로 작가를 만들어내고 있잖아. 그 작가에 대해서 어떤 책임도 지지 않고. 작가는 궁극적으로 가 닿아야 할 마지막 언덕이지 수단이 아니지 않겠어."

"병 속의 새는 꺼냈는가?"라는 내 나름의 비장한 질문을 이어 던졌다.

"지금도 같아. 술이나 마시지"라는 대답이 왔다. 술기운이 그 알량한 기자근성을 발동시켰다. 끈덕지게 물었다. 내 얼굴을 한참 물끄러미 쳐다보던 그가 말한다.

"새벽이슬에 바짓가랑이 적시며 처음 입산하던 열아홉 살부터 이날 이때까지 '벌벌 떨며' 살아왔지. 새는 아직도 병 속에서 못나왔어." 내겐 그 대답이 더 난해한 화두 같았다.

그 화두를 받아 안은 채 나는 꿈도 없는 아득한 잠으로 걸어 들어갔다. 머리맡엔 치우지 않은 술병들이 어지러이 널려 있었다. 새벽이었고, 몹시 추웠다.

앞으로의 꿈? '고루살이'

낯선 곳에서의 아침, 아직도 입에선 술 냄새가 진동한다. "어디 가서 뜨거운 국물이라도 좀 먹자"는 내 말을 자르며 김성동은 전화로 맥주 한 박스를 배달시켰다. 술 좋아하는 많은 문인과 인터뷰를 해봤으나, 이런 인터뷰 상대는 보다보다 처음이다. 그러나 묘하게도 그가 건네는 술잔을 거부할 수가 없다.

곧 창작과비평사에서 출간 예정인 장편소설 〈꿈〉(인터뷰 몇 개월 후 책이 나왔다)과 월간중앙 연재 예정인 신작 〈신돈〉에 대한 이야기는 맥주잔이 서너 순배 돌고서야 시작됐다.

"사람들이 불교소설이라는 카테고리 안에서 나를 평가할 때 언제나 미안했어. 사실 내 소설 중에 본격 불교소설이라 할 만한 건 별로 없거든. 그리고 열정만으로 불교소설은 되지 않아. 연륜과 경험이 쌓이는 50대는 돼야 제대로 쓸 수 있는 거니까. 〈꿈〉은 50살이 되면 불교소설 한 편을 쓰겠다는 나와의 약속을 지킨 것과 동시에 개인사를 접는 마지막 작품이야. 불교신문에 연재했으니, 절집에서 잔뼈가 굵은 것에 대한 보은도 한 셈이지. 어떤 내용이냐고? 아무 것도 아닌 존재로 태어난 인간이 어떻게 사랑하고 좌절하는가에 대한 이야기야. 육체를 벗어난 피안(彼岸)에 대한 그리움으로서의 사랑 말이야."

"〈신돈〉은 애초에 써놨던 원고 1000매가 작년 물난리에 몽땅 유실됐어. 망연자실해 앉아있는 데 비몽사몽간에 부처가 보이는 거야. '나 좀 꺼내 줘' 그러더군. 뭐에 끌린 듯 개울을 따라 가다가 진흙에 반쯤 파묻힌 조그만 부처를 발견했어. 미륵불이더군. 미륵은 미래와 당대를 총괄하는 존재이자, 혁명의 부처야. 그러고 보니 내가 쓴 〈신돈〉과도 연결이 되는 거야. 그래서 잃어버린 원고를 아깝지 않게 생각하기로 했어. 미륵불이 내가 〈신돈〉을 다시 쓸 수 있도록 기억을 복원해줄 테니까."

요사이 김성동의 가장 큰 관심사는 '고루살이'(공동체)다. 그는 인생이 슬프고 세상이 막막한 자들을 모아서 함께 살고 싶단다. 땅을 기반으로 에너지와 교육까지 자급자족하는 것을 대원칙으로 하는 고루살이.

"공동체라는 단어는 서구 개념이야. 그 단어엔 우리 철학이 부재해 있어. 고루살이가 적절한 표현이지. 함께 부대끼며 이 시대가 안고 있는 여러 문제를 논의하고 모색할 공간이 필요해. 〈꿈〉의 원고료를 종잣돈 삼아 강원도 골짜기 땅이라도 얼마간 사 둘 생각이야. 벤치마킹을 위해 윤구병이 부안에 만든 고루살이와 허병석 목사의 무주 고루살이, 경남 산청의 천규석 고루살이까지 시간을 내서 다 돌아볼 거야."

그리고, 남은 이야기들

김성동은 '진혼곡' 같은 소설을 쓰고 싶다고 했다.

슬프고 가여운 영혼을 제자리로 돌려놓는 노래를 부르고 싶다고 했다.

'경희대학교 2학년 중퇴'로 학력을 위조해 자신을 잡지 여원(女苑)에 취직시켜준 시인 박정만의 죽음을 아직도 아프게 기억하고 있었다.

'병원의 밤은 깊어가고, 깁스한 다리 안에선 귀뚜라미가 울고 있으오'라 보내온 '눈물과 결곡의 시인' 박용래의 철필(鐵筆) 세로 편지를 떠올렸다.

해사했던 얼굴을 온통 바꾸어 버린 1983년의 교통사고를 이야기했다.

불행했던 두 번의 결혼 이야기는 끝내 피했다.

아들과 딸의 이름이 '미륵'과 '보리'인 이유가 술 취한 1980년 겨울, 시청 지하철역에서 이미 박범신(소설가)에게 그렇게 하겠노라 선언했기 때문이라며 웃었다.

이제 막 중학교를 졸업한 어린 딸의 문학적 재능을 자랑했다.

어휘가 상실되고 진지함이 거세된 '컴퓨터 만능의 세상'을 준엄히 꾸짖었다.

아직도 컴퓨터 키보드에 손을 대보지 못했고, 원고료 계산에도 한없이 서투른 김성동. 그가 책상 겸 밥상으로 씀직한 낡은 소반(小盤) 위에 〈꿈〉의 초고가 누런 16절 갱지에 촘촘한 글씨로 앉아 있었다. 그는 그걸 다시 원고지에 정서해 출판사로 보낼 것이다. 자그마치 1500매를. 소설 쓰기란 얼마나 지난한 노동인가.

　오후가 됐다. 이만 가보겠다고 인사를 하고 일어서는 내 손을 그가 잡는다.

　"너 가면 나는 어떡하라고? 너는 외롭지 않니?"

　가벼운 실랑이 끝에 결국 나는 떨어지지 않는 발걸음을 애써 가다듬으며 작업실을 나왔다. 문밖까지 따라 나와 합장 배웅하는 정각스님 세속의 긴 머리칼을 바람이 날렸다. 김성동을 스친 바람에선 술 냄새가 아닌 새벽 산사(山寺)의 향 내음이 느껴졌다. 제스처로서의 슬픔이 아닌 진실로 큰 슬픔 안에서 살아온 사람에게서만 맡아지는 향기였다.

시대의 피울음을 글꽃으로 피워내다

『꽃다발도 무덤도 없는 혁명가들』 펴낸 소설가 김성동

신석준*

김성동 씨를 만나러 가는 길은 언제나 부담이 없었다. 만날 때마다 '소설가는 아무나 되는 게 아니구나'라고 생각할 정도로 한 마디만 던지면 물 흐르듯이 재미있는 이야기를 풀어놓았다. 시간 가는 줄 모를 정도였다. 그러나 이번에는 무거웠다. 인터뷰를 해야했기 때문이다. 뭘 물어야 하나? 운전하는 내내 머리는 무거웠고 마음은 어지러웠다. 그래서 그냥 김성동 씨의 입담에 맡기기로 했다. 말 그대로 한 시대를 풍미한 이야기꾼 아닌가?

1월 17일, 김성동 씨를 인터뷰하기 위해 그의 집 비사란야(非寺蘭若)에서 만났다. 비사란야. 란야(蘭若)가 절이니, '절이 아닌 절'이란 뜻이다. 세간(世間)과 출세간(出世間)을 굳이 나누지 않는 '전직(前職) 중' 전중거사(前中居士) 김성동 씨 집 이름으로는 아주 어울리는 곳이다.

---

* 월간 「좌파」 편집위원

어쩌다가 소설가가 됐습니까?

내가 1965년도 서라벌 고등학교 3학년 때 한 열 달 다니다 자퇴를 했단 말이에요. 거기에 아주 민족의 비극이 있다니까. 연좌제라는 거. 그때 내가 분명히 알았지. 삼불(三不)의 덫, 세 가지 안 되는 덫에 쳤단 말이에요. 군대를 가도 장교가 되지 못하고, 공무원이 되지 못하고, 고등고시 합격을 해도 임관이 안 된다는 거. 한 마디로 비행기를 탈 수 없는 사람이라고 했어. 외국여행을 못하니까.

우리 스님이 지효(智曉)스님이라고, 1913년생이신데 평안북도 정주 출신이에요. 오산학교 나오시고, 독립운동 하신 어른이라. 돌아가셨죠. 지금도 놀라운 게 나한테 직접은 말씀은 안 했는데, 주변에서 들은 얘기로는 내 아버님을 아시는 거야. 스님이… 지금두 뭐 여기 있다고 해서 전라남도 쪽 운동권을 모르겠습니까? 충북 운동권이? 이런 식으로 다 통하는 거 같애.

그래서 아주 나를 굉장히 사랑하셨지. 일체의 문자를 못 보게 하고 참선만 하라고 하셨어요. 참선제일주의, 중심주의였죠. 그런데도 내가 너무 맺힌 게 너무 많으니까 참선 가지고 풀어낼 수 없는 그걸 아신 거에요. 일본에 고마자와(駒澤) 대학이라고 있어요. 어느날 누굴 하나 불러가지고 '얘 좀 데리고 가라. 공부시켜라. 아무래도 안 되겠다. 참선도 잘 못하는 거 같고' 그래서 나도 흥분했지. 일본 갈라고. 다 했단 말요, 신체검사 뭐 다. 나도 불안했지. 아니나 달라? 신원조회 딱 걸렸단 말이에요. 그 뒤로 또 한 번 그랬는데, 내가 76년에 하산을 했는데 또 연락이 온거요. 우리 스님은 날 그냥 머리깎고 와서 있고, 보통의 경우는 하산하면, 나가면 쳐다도 안 봐. 인연 끊었다고 생각해서. 우리 스님은 날 똑같이 생각하신 거야. 머리를 기르든 깎든. 거기 또 가라고. 혹시 모른다고. 혹시는 역시나더만. 그때 내가 소설로 돌은 거요. 사실은.

내가 할 수 있는 건 아무것도 없구나. 학력이 필요없는, '쫑'이 필요 없는 것이 뭐가 있을까… 그래서 내가 한 얘기가 있어. '무쯩'으로 도전할수 있는 것이 세 가지가 있다. 첫째 돌판, 두 번째 중판, 세 번째 글판. 삼판이란 말여. 돌판이 바둑계야. 프로기사 되는 거. 그런데 뭐 학력 없다고 짤리지는 않잖아. 중은 안 돼 요새는. 고졸이상여. 나이 제한두 있구.

🖋 나이제한요?

IMF 때 IMF 행자가 생겼어. 40, 50된 놈들이 대거 들어갔어. 그런데이게 감당이 안 되는 거야. 통제가 안돼. 절에서 그냥 막 술먹고 지랄들해쌌고 행패부리고. 나이 40, 50 되가지고 잘 안 되잖아. 제어가. 그런사회적 현상이 있다니까 절집하고 같이 연결된 게.

그래서 내가 참 놀라움을 깨달았던 게 어느 날 변조스님 같은 어른들이 사회와 절집을 나눠보지 않았다 이거지. 사회의 다른 얼굴이, 세속의 다른 얼굴이 절집이고, 절집의 다른 얼굴이 세속이다. 즉 세간과 출세간, 두 개는 이어져 있다는 거지. 그렇게 본 거죠. 다시 말하면 출가가목적이 아니야. 수단이지. 방법이고. 중이 되는 게 목적이 아니라니까. 조용한 곳에 가서 풍경소리 딸랑하고 앉아서, 맑은 물 마시고 앉아가지고 얼굴 맑갛게 앉아서, 요지랄 하고 앉아가지고. 뭐 귀신 씨나락 까먹는 소리한단 말여. 무슨 말인지도 모를 소리, 그것도 요새는 다 중국 꺼 커닝구. 옛날에두 그랬지만, 중국꺼. 천년전 당송시대 뛰놈들이 한 얘기야. 말하는 저도 사실은 무슨 말인지 몰라. 요새 평론하는 놈들이 바흐친이 어떻구 무슨 뭐 브레히트가 어떻구 노가리 하잖아. 노깡인지 라

깡인지, 쓰는 자기두 몰라. 무슨 말인지. 계속 인용만 하잖아. 그거랑 똑같아. 불교 절집두. 그런데… 아, 내가 이거 또 불교 생각하니까 흥분해 가지구…

　　재미있게 듣긴 했는데 '잘못 물어봤구나' 싶었다. 나름 준비한 질문인데, '꾼'의 이야기 솜씨에 빠져들고 만 것이다. 인터뷰를 하러 간 사람이 그냥 이야기를 듣고 있다니… 이런 식으로 하다가는 2박3일이 아니라, 29박 30일로도 모자랄 것이다. 될지는 모르겠으나 순간 단답형으로 답할 수 있는 질문으로 바꾸기로 한다. 곧 될 일이 아니라는 걸 알게 됐다. 그냥 흘러가는대로 하기로 다시 마음 먹었다.

🎙 65년에 출가 이후…

　　아… 가출!

🎙 가출요?

　　난 출가(出家)라고 하기엔 수준이 낮으니 가출이라고 하는 거지. 허허. 출가든 가출이든, 세간과 출세간을 굳이 나눌 필요는 없어요. 사실 나는 80년대 대학생들이 위장취업한 거처럼 '위장입산'한 거에요. 세속에서는 살 수가 없었으니까. 내가 산에 있을 때 정식 법명은 정각(正覺)이었는데, 그 전에 묘돈(妙吨)이라고 했어요. 묘청과 신돈을 줄인 거야. 감당하기 어려운 큰 이름이었죠.

🎤 **'쫑 필요 없는' 삼판 중 먼저 간 게 돌판입니까?**

그렇죠. 그런데 돌판은 좌절 됐죠. 입단을 못했으니까.

🎤 **기재(棋才)가 대단했다면서요?**

있었죠. 기재(棋才)가. 열달만에 1급을 달았으니까. 만약 입단을 했다고 한들, 이창호, 이세돌한테 내가 되겠어요. 그리고 반집에 목을 거는 그짓을 어떻게 해. 승부의 세계는 나하고 원래 맞지 않는 거에요. 이기고 지는 거, 누구를 꺼꾸러 뜨려야 내가 산다는 거. 체질적으로 안되는 거라. 어떻게 보면 악랄한 자본주의야. 바둑이. 바둑 한판에 5억을 받는단 말여요. 이게 말이 되는 얘기요? 그것두 부익부 빈익빈요. 여나무 명 빼놓고 나머지는 밥도 못 먹어. 모든 부분이 다 그렇지만.

중 또한 어쨌든 좌절됐잖아요. 좌절도 기가 막힌 게 내가 무슨 비리를 저지르고 그런 게 아니라, 소설 써가지고 쫓겨났난 말이에요. 「목탁조(木鐸鳥)」, 75년도.

글판 남았잖아. 두판은 좌절인데. 현재 진행형요, ing. 글판은 아직 좌절을 말하지 말자 이거지. 나 입관(入棺)한 다음에 이야기 하자. 그거지.

🎤 **지켜우시겠지만, 아무래도 김성동 하면 「만다라」입니다. 화두 '병속의 새'는 아직도 사람들 입에 오르내립니다. 어떤 기사 보니까 「만다라」를 300번이나 읽은 분도 있더군요.**

그거 읽고 중된 사람이 오라고 해서 절에 가서 얘기도 하고 그랬죠.

🎙 그 책 읽고 중 된 사람도 있습니까?

여러 사람 있었습니다.

🎙 그런 분들은 뭐 다른 얘기 안 합니까? 다른 독자들과 다르게?

아니… 그들의 인식이라는 게, 머리 기르고 나와서 산다는 걸 실망했다는 식으로 말하는 거야. 나에 대해. 인식 수준이 그런거라. 뭐, 아득한 저 세계에 뭔가 있는 걸로 생각하는 관념적인 거 있잖아요. 지금 거의 거기에 빠져 있어요. 관념의 늪에.

🎙 부처의 뜻은 그게 아니지 않나요?

절대 아니죠. 불교는 과학이지. 불교야말로 아주 리얼리즘이죠. 현실이고. 불교의 핵심은 연기론(緣起論)인데, 연기(緣起), 다 이어졌다는 거 아닙니까? 연기의 주체는 나고, 내가 한 모든 게 업이고, 카르마고 이것이 쌓여서 계속 돌고 돈다. 세상이, 사회가. 그런데 현실은 안 그렇단 말이죠. 역사적인 불교도 그렇고. 현실을 빼 버리고, '극락세계, 하늘나라, 천당은 어디 동네 다른데 있다. 니가 고생하는 건 니 업이 많아서 그렇다. 죽은 뒤에나 좋은데 갈 생각해라. 돈 빨리 많이 내고' 이게 미타불교, 통일신라 이후에 그렇게 악화되지 않았습니까? 통일신라이후에 불교가 용도폐기된 거 아뇨? 거기에 대한 안티로 나온 게 묘청(妙淸)이고,

궁예(弓裔)고, 고려조에서 마지막 버티기를 했던 게 변조스님 아닙니까? 신돈(辛旽).

그리고 원효(元曉), 원효설화도 재밌는데… 원효도 전기 원효가 있고 후기 원효가 있단 말요. 사람 일생이 똑같지 않잖습니까? 글많이 쓰고 책을 내고 했던 것은 교학불교로 갔던 것, 이론 세계로 빠졌던 것은 체제 불교에 갔던 거여. 그런데 요석공주(瑤石公主)란 과부하고 이렇게 딱 '이층 때려가지구' 설총을 낳았잖아요. 그때부터 타락한 게 아니라 현실로 들어왔잖아. '고통받는 이웃과 같이 가야 된다' 복성거사(卜性居士)라고 했어요. 지팡이 두드리고 다니면서. 당시 지배계급에게는 굉장히 미움받은 거지 원효가. 받을 수밖에 없죠. 그 정신이 그러니까. 그런데 원체 학벌도 쩡쩡하고 원효는 논문같은 게 지금으로 말하면, 국제지에 실리고 하니까 어떻게 건드리지 못한거지. 당(唐)제국에서 와서 똘만이들이 절하고 이러니까. 역으로 서라벌이 국제도시가 되고. 그래서 글의 힘이 무서운 거라. 소설도 마찬가지고.

이번에 『꽃무혁』난 이렇게 줄여서 말하는데, 『꽃다발도 무덤도 없는 혁명가들』을 쓸려고 내가 소설가 '쫑'을 얻은 지도 몰라 사실은. 이걸 쓰기 위해서, 이 책을 쓰기 위해서.

🖋 그래요? 『꽃무혁』 이야기는 이따가 하기로 하죠. 그런데 돌판은 스스로 맞지 않아서 가지 않은 거고, 중판은 강제로 제지당한 것이라면, 글판은 의식적으로 진입한 겁니까?

그렇죠. 76년 늦가을에 (절에서) 나와서 77년엔가 왔을거요. 고마자와 대학 또 좌절됐잖아. 그리고 나니까 '내가 정말 할 게 없구나. 아 내가 소설 쓰면서 쫓겨났었지' 이런 생각이 나면서, '제대로 해보자. 종교지, 특수지 이런데 당선이 아니라, 제대로 세상과 대결을 해보자' 그래서 내가 회사를 그만 뒀다니까. 바로.

🖋 회사는 어디?

바둑잡지. 시험봐서 들어갔지. 40명이 왔더라니까. 한 명 뽑는데. 입사시험 문제가 세 가지였어. '바둑이란 무엇인가?' '한국바둑의 앞날에 대하여' '조치훈 바둑에 대해 논하라' 아주 철학적인 제목들이지.

🖋 수준이 굉장히 높았네요?

맞어요. 대단하죠? 기본적인 철학을 본거라. 일간신문도 아니고 특수지 기잔데 말요.

🖋 촉망받는 바둑 기자였을텐데 그만둔다고 하니 붙잡지 않았나요?

잡았지. "앞으로 우리 바둑계에서 문자로 된 것은 다 김형이 맡아줄 걸로 다 알고 있는데 직급이 불만이냐? 그럼 편집차장을 주겠다" 잠깐 흔들렸지. '차장님, 차장님'하고 여직원들이 부르는 게 너무나 좋아서. 그래도 단호하게 사정이 있어서 안 되겠다고 하고 그만 뒀지.

🎤 **그러고 나서 쓴 게 「만다라」인가요?**

직장 그만둔다고 다 소설 쓰면 누가 못 써. 몇 달 살다 보니까 어머니하고 단칸방에서 살고 있는데 막 불안하고 죽겠는 거죠. 그래서 직장을 몇 군데 다녔잖아요. 월간 〈공간〉이라고 있어요. 합격을 했는데 쯩 때문에 안되는 거야. 최종학교 졸업증명서를 갖고 오라는 거라. 겁나서 그만뒀지. 그래서 월간 〈물가정보〉라는 데를 들어갔잖아. 한 일주일 다녔는데, 정말 못하겠더라고. 차라리 자살하는 게 낫지. 숫자⋯ 이거 내가 어떻게 따져. 그래서 도망나왔지.

그러고 있는데 안기부에서 군사깡패들한테 맞아죽은 시인 박정만이가 취직을 시켜주겠대. 그러고는 경희대학교 국문과 3학년 중퇴로 이력서를 써주는 거야. 떨려서 고쳤지. 1학년 중퇴. 허허. 그래서 〈여원〉이라는 잡지 재창간할 때 들어가게 되었지. 그런데 일이 안 되는 거라. 내가 청탁을 할 데가 있어야지. 거기서 내가 이를 악물었다는 거 아뇨. 청탁하는 자가 되지말고, 청탁받는 자가 되자. 사진을 찍는 자가 되지 말고 사진을 찍히는 자가 되자.

결정적인 일이 있었어요. '어느 호스테스의 수기'라는 걸 편집주간이 쓰라는데, 난 심층취재를 하려고 했지. 그런데, 편집장이 "아, 적당히 쓰쇼. 적당히. 이것저것 떠들어보고서" 나보고 도둑질하라는 얘기야. 원래 그렇게 하는 거래. 다음날 꽉 나와버렸지. '내가 사문서 위조를 했다' 이렇게 말하고. 그러고 나서 강원도로 갔지.

🎤 강원도로 가서는 바로 썼나요?

아니. 두 달 동안 있는데, 한 자도 못 쓰는 거야. 쓰긴 쓰지. 밤새 뭐라고 흥분해서 막 쓰지. 아침 되면 말이 안 되는 거 같아서 다 태워버리고… 소위 역사의식 이런 걸 생각하고 엄하게 생각한 거라. 그래서 죽을라고 경포 해수욕장을 갔잖아. '아, 난 문학은 안 된다' 이러면서. 바닷속으로 계속 들어갔지. 수상경찰한테 잡혀서 끌려나왔지. 시말서까지 썼다니까. 다시는 안 그러겠다고(웃음). 물 줄줄 흘리면서 올라와서 내가 본 게 「목탁조」 스크랩이야. 그때 묘한 뭐가 오는 거야. '아, 이걸 쓰자. 내가 익히 아는 내 세계, 내가 겪은 나의 아픔인데… 이걸 하자' 그래서 쓴 게 「만다라」야. 목탁조를 대본 삼아서. 그러니 막힐 게 없지. 한달도 안 걸렸지.

🎤 「만다라」 당선 되고 나서는 어땠습니까?

그런데 기가 막힌 게… 이 이야기는 꼭 써요. 보통 현상모집에 당선하면 애썼다고 쓴 술이라도 한 잔 사주고 그러는 거 아뇨? 난 날 죽이겠다고 쳐들어왔어. 조계사에서. 어떤 중놈이 선동해가지고 조계사 신도 ×들이. 그러니까 아주 천박한, 비판과 비난을 구별 못하는, 왜 불교계 어두운 면을 건드렸느냐 이거지. 「목탁조」 제적당할 때와 똑같은 얘기야. 플랭카드 걸고 '김아무개 처단하라' 이렇게. 그런 걸 사진 찍어놔야 되는데 진짜. 사장이 돈 줘서 집에도 못 들어가고 열흘 동안 여관생활 했다니까.

몰지각한 일부 불교계야 그렇다 치고 반응이 좋았던 것 아닙니까? 대중의 반응을 느끼셨나요?

그럼요. 몸으로 느꼈지. 일단 사람들이 우러러 보는 눈빛으로 쳐다보는 거야. 내가 아주 쑥스러울 정도로. 술집 가면 마담, 아가씨 전부 와서 막 박수 치고, 싸인 해달라고 하고, 술 갖다 주고, 안주 갖다 주고. 택시 운전사고 누구고 손 좀 한 번 잡아보자, 얼굴 좀 만져보자 그러는 사람도 있고, 보살들이. 말도 마. 정신도 없고, 내가 이래도 되는가 싶고, 이게 뭔가? 도대체. 아주 실감을 했지. 베스트셀러라는 것을. 그래서 내가 한동안은 아주 치를 떨었죠. 날 만나면 '만다라, 만다라' 그러니까. 나는 그냥 한 번 해봤던, '방황하는 젊은이의 잿빛 노트다. 통과제의로 한 번 겪어야 되는 거' 그 정도였는데 말야.

「만다라」 다음 작품이 「엄마와 개구리」인가요?

그리고 나서 창비에서 청탁이 왔어요. '제목 자유, 내용 자유, 원고지 7, 80장' 그런데 자유라는 말이 그렇게 구속하더라니까. 뭘 자유롭게 해. 끙끙 않다가 낼 모레 마감날인데, 절망했지. 사실, 지금도 그래요. 완전히 절망하고 나서 힘을 얻지. 잘못 쓰면 겁나는 게 당선 취소될 거 같더라고. 상금 압수할 거 같애. 마지막에 '그래, 소설이 별 거냐. 맺혀 있던 것을 풀어내는 걸텐데, 그렇다면 나도 할 말이 있다' 그리고 나서 하룻밤에 썼지. 83장. 그게 단편 「엄마와 개구리」에요. 세간의 평이 그래. '6.25의 참혹한 참상을 순진한 어린이의 눈으로 전혀 새롭게 접근했다, 6.25를 재해석했다' 80년 말에 올해의 소설 베스트 5에 뽑혔어요. 난 「만다라」는 물론이고 처음 쓴 단편, 「엄마와 개구리」가 뽑혔다는 큰 힘이었어요. '아, 이렇게 쓰면 되는구나. 이렇게 목에 차오르면 되는구나. 이

걸 사람들은 소설이라고 그러고, 잘 썼다고 그러고, 칭찬을 해주는 구나' 거기서 작가생활에 큰 힘을 얻었죠.

🎤 어린 시절부터 책을 많이 읽었다고 들었습니다.

그게 그야말로 불우한 얘긴데, 배고파서. 아버지를 일찍 잃고, 집안은 풍비박산나고, 집이 극도로 극빈이니까, 책을 읽으면 배고픔을 잊을 수 있었단 말요. 실존적인 문제라. 지금 저기 남아있는 아버지 장서 50권, 다 없어졌죠. 압수되고 할아버지가 묻고 태우고. 무애무득(無碍無得)한 책들만 남았지, 문학 수학. 저거 뭐 볼 수 없잖아. 일본꺼니까. 그래도 봤지. 한문은 읽으니까. 논어, 맹자 사서삼경은 너무나 지겹거든. 그러고 시장에서 콩나물 싸온 신문지 쪼가리 그거 말려서 읽고. 읽고 또 읽고. 읽는 게 너무나 목말랐어요. 처음엔 나도 만화책을 봤죠. 만화책은 상상력을 제약하더라니까. 뒤가 너무나 빤해. 결과가. 권선징악, 그때만 해도 이런 식의. 재미가 없는 거라. 작의(作意)가 들켜버리니까. 그래서 소설로 간 거죠.

그리고 나는 진짜 뭐 뜻은 모르지만 철학, 역사책을 봤다니까. 국민학교 5학년 때. 뭐 통일천하 같은 거, 중국 4대 기서, 키에르케고르, 칸트, 니체 같은 거. 뜻은 모르지만 읽는다는 게 굉장히 중요하다는 것을 내 알았지. 그리고 뭐 라스코리니에프스키… 러시아는 이름이 프스키, 프스키 굉장히 길잖아. 그래도 기를 쓰고 읽었지. 그런데 그게 배고픔에서 시작했다는 거.

▋ 어머니께서도 만만치 않은 삶을 사신 걸로 들었습니다. 민들레꽃반지는 아직도 닦으시나요?

어머니가 징역을 8년을 살았어요. 고생 고생 참… 말로 다 할 수가 없지. 참, 민들레 꽃반지 유래 알아요? 일제시대, 해방정국 때 연인이나 부부 사이던 공산주의자들이 민들레 문양이 들어간 반지를 약속의 징표로 주고받았어요. 그것도 참 애잔하잖아요. 공산주의자들이 그 문양을 살짝 해서 주고받았다는 게… 민들레는 조선 어디 곳에서나 자라고 질긴 생명력을 자랑합니다. 게다가 그 전파력, 민들레는 질긴 생명의 전파력을 상징하죠. 바로 밟아도 밟아도 일어나는 민중의 모습이죠. 그리고 인간은 누구나 자기가 가장 빛났던 때를 기억하는 법입니다. 우리 어머니도 지금 93세지만 민들레 꽃반지를 닦으면서 짧았던 몇 달, 자신이 가장 빛났던 때를 기억하고 아버지와의 약속을 떠올리고 그러시는 거지.

▋ 그래요? 이른바 '친노'들이 민들레를 자기들의 상징이나 당명을 삼자는 사람들도 있습니다.

에이… 지랄하네. 클 날 소리 하고 있네. 유래도 모르면서. 참 천박해요. 아마 유래를 알게 되면 지들이 알아서 안 할 거예요. 허허. '앗 뜨거라. 좋은 건 줄 알았는데 이거 무섭구나. 민들레가 공산주의자들의 상징화래' 하면서.

노무현이가 어떤 사람요? 그 자가 신자유주의로 가는 레일을 깔았단 말이에요. 무지막지하게. 이명박하고 박근혜는 그 레일을 달린거야. 김대중이는 또 뭐여. 그 자가 은근히 친일파, 친미파거든. 차악이니 뭐니 하지만, 어떻게 보면 그 사람들이 더 나빠. 지금 뭐 정의당인지 불의당인지가 노무현 패거리가 하는 당이요? 그런 사람들이 어떻게 민들레를 자기들 상징을 삼을 생각을 해에? 민중을 짓밟은 사람들이. 참, 세상이 거꾸로 가도 분수가 있지. 민들레, 정말 피가 어린 꽃인데…

📝 **이제 본격적으로 『꽃다발도 무덤도 없는 혁명가들』 얘기를 해보겠습니다. 아까 『꽃무혁』을 쓰기위해 소설가 '쭝'을 얻었다고 얘기 하셨습니다.**

난 실제로 유년기부터 엄청난 얘기가 있지만, 개인사로 겪었던 고통, 연좌제에 의한 고통이라고 할 수 있죠. 말이 연좌제지, 진짜 겪은 사람은 그야말로 운명이 걸린 문제에요. 아무것도 할 게 없다니까. 취직도 못 하고. 소설가, 바둑쟁이, 중, 그거밖에 할 게 없어. 그러니 길을 제대로 찾긴 찾은 거죠.

그런데도 늘 소설을 쓰면서도, 칭찬도 받고, 웃긴다는 얘기도 듣고 하면서도 '이게 다인가? 내가 뭐 이거 할라고 평생을 이 짓을 하는가?' 늘 가슴에 얹혀있던 게 있었어요. 그게 아버지였단 말이에요. 우리 아버지가 32살에 감옥에 가서 34살에 돌아가셨으니까. 아버지에 대한 그리움이 공부를 통해 내 개인사만의 아버지가 아닌 우리 민족사, 민중사, 해방사, 혁명사 이렇게 들어가게 된 거죠. 그걸 소설로 쓰게 된 거고.

📝 **아버지 영혼을 화자로 한 소설이 「풍적」(風笛)아닙니까?**

「풍적」! 그거 하다가 1회 하고서 짤렸잖아. 첫 회가 나가고 나서 주목을 많이 받았어요. '마르케스 류의 환상적 리얼리즘이 어떻고, 마술

적 리얼리즘 어쩌고…' 지랄들 하더라고. 1회 하고 나서 그렇게 기대도 많이 받고 했던 작품인데, 2회를 써가지고 갔더니 안 된다는 거에요. 고치고 말고 안 된다는 거야. 당시 〈문예중앙〉 편집장이 타사 일간지까지 다 보내서 물어봤는데, 전부 안 된다고 했대. 이건 〈문예중앙〉이 문제가 아니라, 모(母)기지 삼성이 날아갈 문제라고.

「풍적」 자르고 나니까 미안했던지, 본지(중앙일보)에서 연재를 하라는 거야. 그래서 연재한 게 「그들의 벌판」이에요. 68데모 이야기죠. 그것도 58회 연재하고 짤렸어. 두 달도 못한 거지. 그리고 나니까 2년간 아무데서도 청탁이 안 오는 거야. 소문이 난 거지. 저놈 골치 아프다. 청탁 안 하는 게 편하다 이렇게 된 거지.

🎙 지금 보니, 「엄마와 개구리」, 「풍적」 같은 소설이『꽃무혁』을 쓰기 위한 사전 작업처럼 보이네요?

꼭 그런건 아니에요. 쓰고 나서 보니까 다 이어졌더라고. 출발서부터 지금까지, 내 생계까지. 절에 간 것도, 쫓겨난 것도, 글을 쓰게 된 것도 말이죠. 다행히 내가 그건 있죠. 자랑까지는 아니어도 떳떳한 건 있지. 무슨 뭐 더러운 비리를 저지르다가 쫓겨난 것도 아니고. 글을 쓰다 쫓겨난 거야. 이놈들의 무지와 몰이해로. 누가 어디 내봐도 겁날 게 없죠.

🎙 그렇게 보면『꽃무혁』은 75년 「목탁조」이래, 40년 작가 인생에 처음부터 가지고 왔던 '어떤 것'을 내놓은 거라고 봐도 되겠습니까?

그렇죠. 이제 겨우 1차적으로 마무리를 좀 지은 거죠. 아버지를 포함

한」어른들한테 뭔가 쪼그만 뭐를 했다. 향 한 대는 꽂았다. 분향 한 번 했다. 이 정도죠. 그 어른들을 덮어놓고 찬미해서도 안 되고, 억지로 미화할 필요도 없고, 사람들에게 역사적 사실 자체를 보여주자, 한계는 한계대로 보고 그러자는 거지요.

지금도 아쉬운 게, 신형도 아시겠지만 그야말로 밤하늘의 별 같은 할아버지들이, 선배어른들이 얼마나 많습니까? 난 그래도 『꽃무혁』에라도 이름이 올라간 어른들은 행복한 분들이라고 생각해. 이름을 남기셨잖아. 그나마 이름도 없이 돌아간 사람들이 셀 수도 없어요. 내 힘이 벅차서 못한 거죠. 힘만 있다면 더 좀 발굴해서 해야 하는데…

🎤 책이 나오자 마자 스스로에게 숙제를 내시는 겁니까?

그런가? 딴 길을 간 적이 없었으니, 그것은 문학으로 글로, 소설로 지속을 해야죠. 머리말에도 썼지만, 혁명이 사라진 시대에 스러져간 혁명가들의 이야기를 하는 게… 부박(浮薄)한 지금 세상에서, 아마도 관심이 없겠죠. 아주 적은 숫자의 사람들만 관심을 갖겠죠. 그러나 그들이 민족의 양심이고, 힘의 원천입니다.

이제는 특정인을 하나 전기처럼 쓰는 것이 아니라, 단편, 중편으로 그 사람을 넣고 당시의 상황 정황을 소설로 써볼라고 합니다. 문학화, 역사의 문학화지. 대중화라는 것은 문학화요. 그 이상은 없잖습니까? 『꽃무혁』은 그야말로 엄정한 역사라고 본다면, 『꽃무혁』에서 다루지 못한 이름이 남지 못한 어른들의 이야기를 문학으로 표현해서 많은 사람들이 볼 수 있게 해야지요. 소설가로서, 문학가로서 숙제지요.

🎤『꽃무혁』을 쓸 때 자료는 어떻게 수집하신 겁니까?

　내가 헌 책방을 많이 다녔고, 눈에 띄면 샀죠. 그때는 안 읽었지. 다만, '언젠가는 볼꺼다. 필요하다' 그렇게 생각했지.『현대사 아리랑』에 나온 참고자료는 내가 다 가지고 있던 거야. 그러니까 오래된 거요. 절에서 나와서 계속 모은 거지. 당장 안 봐도 언젠가 쓸거 같애. 그래서 모은 거지, 40년 동안. 그래서 깜짝 놀랬다니까. '결국은 이렇게 써먹는구나'하고.

🎤『꽃무혁』을 전에 나온『현대사아리랑』은 원고의 상당부분을 줄였다고 들었습니다.

　거기서 부담스러워 하더라니까. 책이 두터워지고, 분책하기도 그렇다면서 나보고 조심스럽게 덜어달라는 거라. 어떻게 해? 책이 나오려면 하는 수 없지. 덜고 냈지. 그런데 이번에『꽃무혁』은 그때 덜었던 거와 다시 또 보완된 거, 그리고 참 잘 된 게, 수정증보판, 개정증보판이 그냥 붙이는 말인 줄 알았는데 나야말로 명실상부하게 개정증보판이 되는 거라. 몇 군데 오류도 바로 잡았고, 또 덧붙인 게 많아. 나중에 내가 본 자료들이 있거든.『현대사아리랑』이 원고지로 2,600장인데『꽃무혁』은 4,000장이에요.

🎤『꽃무혁』에 쓰신 분들 중에 특별히 애착이 가는 분이 계신가요?

　없어요. 하나하나 다 기가 막힌 분들이고. 물론 내가 문학을 하니까 문학가들에게 더 좀 관심이 가겠지만, 또 역설적으로 오히려 비문학 쪽인 분들의 삶에 대한 관심도 있고 하니까 특정인은 없는 거죠.

🎤『꽃무혁』에 나오는 선배들 모두에 대한 존경심이 대단한 거 같습니다.
머리말에 보면 남로당을 옹호했다고 욕먹었다는 얘기도 나오는데요.

그럼요. 우리 근현대사에서 그 어른들만한 사람들 찾기가 어려워요. 그
분들은 사(私)가 없었거든. 다 내놓고, 자식들 공부도 못 시키고 말이야.

그리고 신형, 이번 기회에 확실히 말해둘게요. 뭐, 참 어이없는 일인
데, 박헌영이 간첩이니 뭐 이런 얘기는 그야말로 황당한 얘기야. 그게
원천적으로 불가능한 얘기에요.

놀라운 얘기 하나 해줄까. 내 아버님이 박헌영 선생에게 쓴 한문 편
지가 남아있어요. 아마 조직활동을 시작하기 전인거 같애. 그때 당시
어른들이 혁명운동을 해야 하는데 철학의 근본문제를 묻고 있거든. '너
어떻게 싸울 것이냐? 총이 몇 자루냐?' 묻는 건 촌스러운 일이죠. '사람
은 무엇이냐? 이 세계는 무엇이냐? 인심도심론(人心道心論). '인간의 욕
망과 도의 마음은 뭐가 어떻게 다른 것이냐? 어느 때 나오는 것이냐?'하
는 질문을 딱 던졌단 말야. 난 그런 게 놀라워. 그런 정신으로 산 그분들
에게 어떻게 변절이니, 배신이니, 간첩이니 하는 말을 할 수 있냐고. 그
런 게 있을 수 없지.

내 할아버지가 그랬어요. '니 애비를 다 살렸는데, 전향을 안 해서 죽
었다고' 아들이 죽게 생겼으니까 할아버지가 자유당 때 3선 의원을 한
처남을 찾아갔어요. 화신상회 박홍식 똘만이 노릇하던 웃기는 놈인데.
거기 가서 대물려 내려오던 『칠서』(七書)하고, 『강희자전』을 갖다 주고

살려달라고 매달린 거야. 그랬더니, '살려주겠다. 그런데 조건이 하나 있다. 전향을 해라. 전향만 하면 살려준다. 감형시켜서 빼내게 됐다' 그런데 끝내 아버지가 전향을 하지 않고 돌아가신 거야. 아버지 돌아가신 다음, 내가 저기 있는 『칠서』는 찾아왔잖아요. 『강희자전』은 잃어버리고.

🎤 싫어하시는 줄 압니다만 상투적(常套的)인 질문 하나 하겠습니다. 『꽃무혁』을 읽을 독자들에게 바라는 게 있습니까?

있죠. 쓸 때는 없었는데, 교정 보면서 자꾸 하다보니까 생겨요. 이걸(꽃무혁) 제대로 읽으면서 바로 오늘, 지금 이 자리의 문제를 생각했으면 합니다. 『꽃무혁』은 말하자면 거의 한세기, 빨라야 60년 70년 전 얘기 아닙니까? 그래도 그걸 제대로 읽으면 오늘의 문제가 어디서부터 왔는가가 보이니까.

이 할아버지들이 왜 이렇게 외롭게 싸우다가 돌아가셨는가? '내가 풀어봐야지' 이런 사람은 당연히 월간 『좌파』 해야지. 송금도 하고, 와서 공부도 해야지. 박수도 치고. 그들이 자기 꿈을 『좌파』에 던진다면, 그렇게 물방울 처럼 꿈이 모였을 때 일이 되는 거 아닌가? 김형선 선생이 유명한 얘기했잖아. 물방울이 모여서 내가 되고 대하가 되서 다 무너뜨린다. 우리 믿고 나가야 된다. 놀랍게도 낙관적 혁명주의랄까 그걸 가지고 있었죠.

🎤『꽃무혁』에 나온 혁명가들의 한계라고 해야 할까… 이 나라는 물론이고 북한에서도 결국 패배하고, 김씨 왕조처럼 되어버렸잖습니까?

왕조처럼이 아니라, 왕조지. 그것도 아주 독특한 절대왕조지. 나도 금강산 갔을 때 그쪽 동무하고 얘기를 해봤는데 깜짝 놀랐지. 전혀 모르더라고. 인물을. 박헌영조차도 몰라. 전혀 몰라. 누구네? 뭐 하는 사람이네? 참…

박동무(박헌영)가 참 대단한 사람이지만 너무 착해가지고 죽었지. 정치에는 맞지 않는 사람이야. 유일하게 이강국 선생이 가장 정치적 감각이 있는 분이라, 해방정국에서 '10년 후 대통령'이라고 했다니까. 이상국 선생이 박동무에게 '우리도 어떻게 해야 된다'고 그랬거든. 그걸 박동무가 계속 말려. 괜찮다고. 뭐가 괜찮어? 괜찮긴. 죽을라고? 박동무가 혁명을 하는 것은 개인이 아니잖아. 결국 오늘날까지 대를 물려서 고통 받고. 참… 이 나라 역사가 어쩌다 이렇게 되 가지고… 이명박이라는 '나까마'한테 휘둘리질 않나, 다까끼의 딸이 다시 권력을 잡고 저 지랄을 하고. 북조선은 할아버지, 아들, 손자까지 권력이나 대물림하고 말이지.

이것도 안 할 말이지만, 이쪽이 더 낫다고 생각해. 차라리 자본주의 똥바다가 낫다니까. 적어도 『꽃무혁』 냈다고 잡아가지는 않을거 아녀? 잡아간다면 그것도 아주 좋은 저기가 되고. 여기 수준을 보여주는 거니까. 북은 아예 싸그리 없애버렸어요. 모든 자료를. 참담한 일이지.

🎙 너무 갖다붙이는 거 아닌지 모르겠는데, 『만다라』의 화두 '병속의 새'도 『꽃무혁』과 일맥상통하는 게 아닌가요?

그렇게 볼 수도 있죠. 다시 말하면, 삶이라는 거, 인생이라는 거, 인생을 뭐라고 하겠어? 그냥 살아내야 되잖아. 근데 어떻게 살아야 돼? 어떤 걸 아름다운 삶이라고 그러냐 이거지, 올바른 삶이라 그러고. 혁명은 뭐고, 반란은 뭐고, 체제는 뭐고, 억압은 뭐고, 피억압은 뭐고? 뭐 이런 저런 생각을 하다 보니까, 떠오르게 된 거죠. 풀리지 않는 화두죠. 새, 병이라는 절대적인 공간에 들어가서 커서 나올 수가 없다 이거지. 그걸 깨뜨리면 된다는 무지막지한 대답도 있고, 한때 자긴 뺄 수 있다는 사람도 있고, 별 사람 다 있었다니까.

원래 전통적으로 있는 화두에요. 어떤 고승이 원을 하나 그려놓고, '입야타불입야타(入也打 不入也打)'라고 했어요. '들어와도 때리고 안들어와도 때리고' 그때 한 중이 원을 지웠다 이거지. 그런데 더 맞었어. 허허. 내 화두에서 병을 깼거나 마찬가지지. 그런 거 같으면 왜 문제가 되겠어.

『만다라』가 화제가 된 게 풀리지 않는 문제를 던졌던 것도 있어요. 화두는 제대로 거기 들어가면 뭘 얻는 거지. 화두타파가 되는 거지. 화두가 문제제기거든. 문제의식이 철저하냐 아니냐 그게 문제거든. 못 견디게 끝까지 오면 어느날 탁 터진다는 거지. 운동에서도 그렇고 모든 걸 그렇게 볼 수 있는거 아뇨. 출구가 안 보일 때 '이거 어떻게 해야 될까?' 이런 게 화두가 될 수 있죠. 갈수록 인심이 야박해지고, 인성은 악해지지만, 그래도 어떻게 해? 인간이 가지고 있는 선성을 믿고 나가야죠.

🎤 끝으로, 월간 『좌파』 독자들에게 한 마디 해주시겠습니까?

나는 뒤늦게라도 『좌파』 동지들을 만난 게 참 행복하다고 생각해. 끝까지 못 만날 수도 있었잖아. 죽을 때까지 계속 이상한 놈들만 만날 수도 있잖아. 뒤늦게라도 나는 너무 다행이라고 생각한다니까. 『꽃무혁』도 이번에 다시 내지만은 부끄럽지 않은 게 상당부분을 다시 썼고, 새로

넣었기 때문에『좌파』독자들에게 부끄럽지 않아요.

『좌파』독자라면,『꽃무혁』은 반드시 읽어야 되요. 내 책 광고하는 게 아니라, 이치가 그래.『좌파』하는 사람들이 정말 그 헌걸차게 싸우다 스러져갔던 어른들의 이야기를 몰라서야 되겠어요? 열심히 읽고 각자 자기의 문제를 푸는데 조그만 도움이라도 됐으면 합니다.

자기 문제를 단지 개인 문제가 아니라, 집단 문제로 보자 이거지, 구도의 문제로 보자는 거지. 나아가 민족 문제로. 갑자기 뭐 '미제의 각을 뜨자'해가지고는 안 되니까, 각이 떠지겠어? 그놈들이? 내가 왜 오늘날 요모양 요꼴인가? 돌아보자 이거지. '개인의 문제는 반드시 이웃과 사회로 연결되고, 사회는 결국 나라밖으로 연결됐구나'하고 어느날 탁 터질 거란 말요. 개안(開眼)이 된단 말이지.

그냥 두면, 끝나지 않을 김성동 씨의 입담을 할 일이 있다는 이유로, 시간을 핑계로 막아서야 했다. 오전에 갔는데, 벌써 밤이 되어 있었다.
눈덮힌 산길을 내려오면서, 시시한 걱정이 앞섰다. 인터뷰를 정리할 일이 아득했다. 소설 100권을 한꺼번에 읽은 느낌이랄까. 그래도 머리가 맑아졌으니 다행이었다.

'절이 아닌 절' 산속 깊이 들어앉은 비사란야(非寺蘭若). 언제나 그렇듯이 고즈넉했다. 빛이 없어서 인지 하늘에 무수한 별들이 쏟아져 내려왔다. 김성동 씨의 말대로 '그 어른'들이 저 하늘의 빛이 되어 굽어보고 나 있지 않을까.

김성동의 사모곡

민들레 꽃반지

김성동

칼바람 소리만 귀를 물어뜯는 것이었다.

한참 동안 아무것도 없는 하늘만 바라보다가 얼크러지고 설크러진 고무딸기 가시며 두릅 가시 피하여 발몸발몸 아래채 뒤란 돌아 부엌켠 흙벽에 귀를 대어보던 김씨는 흡, 숨을 삼키었다. 우우-우우- 아우성 치며 달음박질쳐 가는 골바람 소리만 귀를 물어뜯는 것이었고, 아무런 소리도 들려오지 않는다. 다시 한 번 숨을 삼키며 귀를 붙여보았지만 부엌 안에서는 아무런 소리도 들려오지 않았고, 큰일 났구나. 졸졸-졸 졸- 눈자라기● 오줌발 떨어지는 것 같은 소리일망정 물 나오는 소리가 들려오지 않는 것이니, 마침내 아래채마저 수돗물이 끊어져버린 것이 었고, 아아. 세굴차게 도머리치던 김씨는 어금니에 힘을 주며 부엌으로 들어갔다. 그리고 군데군데 금이 가고 파여 식은 떡덩어리같은 거스렝 이가 일어나는 흙장판 위를 발몸발몸 걸어 개수대 위에 달린 수도꼭지 를 바라보았다. 어제저녁에 받쳐놓았던 비닐자수통에는 물이 가득하였 고, 그렇다면 오늘 아침에 끊어졌다는 말인가? 에멜무지로 수도 손잡이

● 눈자라기 아직 꼿꼿이 앉지 못하는 어린아이.

를 올려보는데, 푸앙-푸앙- 물애기가 옹알이는 것 같은 소리가 나더니 눈자라기 오줌발처럼 떨어져 내리는 물인 것이었고, 살았구나. 어머니가 또 수도꼭지를 내려버린 것이었다.

"왜 대이구 수도꼭지를 내린대유. 그러지 마시라니께 증말."

"아까워서 그려."

"아깝다뉴?"

"아깝잖여. 아깐 물 버리넌 게."

"그니미 여긔끼지 물 끊어지면 워쳑헐라구 대이구 잠군대유, 잠구길."

"무섭잖여."

"뭐이가 무섭대유?"

"수돗세. 수돗세가 월매나 무선디."

"새꼽빠지게 뭔 말씸이래유?"

"아, 수돗세가 월매나 무선디. 다락같이 올르만 가넌 물간디, 수돗세락두 애껴야지."

"여긘 수돗물이 아니잖유."

"물 한방울이 픽 한방울인디. 넝사꾼덜헌틴 물이 픈디. 아, 예전 육니오 때 야산대 사람덜 보니께 토굴 속이 숨어서 물 떨어지니께 심설 자긔 오줌을 받어 먹더라니께. 물이란 게 자고루 한울님인겨."

"아이구, 어머니. 흘러가넌 물이라 갱기찮다니께 그러시네. 아, 우덜이, 젤 꼭대기 사넌 우덜 집이서 물을 흘려줘야 저 아랫말 넝군덜두 사를 짓넌다니께 그러시네."

김씨는 들창문을 닫고 창호지가 찢겨 너덜거리는 덧문을 닫았다. 그리고 보일러실에 들러 어머니방 칸에 파란불이 켜 있는 것을 다시 한 번 확인하고 나서 물매진 언덕길을 올려다보며 어금니에 힘을 주었으니, 아득한 것이었다. 한 이십미터쯤밖에 안 되는 가까운 거리인데, 여간 조심스러운 것이 아니다. 물매가 심한 것이야 산등성이를 까뭉개고 앉힌

집이라서 그렇다고 하더라도 잣눈 덮힌 길 한쪽 가생이로만 길을 뚫어놓았는데 유리알처럼 미끄러운 빙판길 위로 뿌려진 자욱눈이어서 여간 바드러운 것이 아니다. 사람 하나가 겨우 지나다닐 좁좁한 가생이 길 옆으로는 애두름이 이어졌는데 창날처럼 뻗쳐나온 가시나무들이다. 아무리 급하다고 하더라도 손 뻗쳐 잡아볼 것 하나 없고, 오늘두 안 올 모냥일세. 눈자라기 오줌발 같을망정 아직은 물이 나오니 살았지만 부르르 한번 진저리를 치고 나서 바지 단추를 여미는 아이처럼 그나마 물이 끊어져버린다면, 아흐. 죽음이라고 부르자.

화불단행(禍不單行)이요 복무쌍지(福無雙至)라든가? 나쁜 일은 홀로 오지 않고 좋은 일은 겹쳐서 오지 않는다고 하는데, 아래채마저 물은 마침내 끊어질 수 있다. 아니, 끊어질 것이다. 대동강 물도 풀린다는 우수雨水가 지났어도 무슨 조홧속으로 날은 더욱 추워지기만 하니, 그렇게 될 것으로 보아야 한다. 그렇다면 어떻게 할 것인가? 나 혼자 몸이라면 하루에 라면 한봉다리씩만 끓여 먹으며 날이 풀릴 때까지 어떻게 견뎌볼 수도 있겠지만, 어머니를 어떻게 할 것인가? 방을 얻으려면 마을로 내려가야 한다. 그러나 언젠가 전 이장한테 들은 대로 마을에 군식구 들일 만한 여웃방 있는 집은 없는 것 같았고, 그렇다면 소재지로 내려가야 한다. 십리쯤 떨어진 마을에서 십리쯤 더 가야 소재지가 나오는데, 변변한 여관은 그만두고 여인숙도 보지 못한 것 같다. 그렇다면 민박을 들어야 하는데, 달세가 사십만원이라던가. 그것도 몇해 전 이야기니 이제는 더 올라서 아마 오륙십 만원은 달라고 할 텐데…… 좋다. 민박집 방을 얻어 들어간다면 매끼를 사 먹을수는 없는 일이고 방 안에서 밥을 해 먹어야 할 텐데 우선 솥단지와 밥그릇은 어떻게 하나. 이 그릇들을 챙겨 내려갈 수도 없는 일이고, 반찬은 또 어떻게 하나. 명색이 면 소재지라는데 이지가지 젓갈과 김치 깍두기에 무엇보다 싸전이 없으며 그리고 목간통이 없다. 전에는 쇠시장이 섰던 대처여서 색시 둔 술집에 따기꾼이며 노름꾼에 깡패까지 득시글거렸다는데 옆댕이로 강원도 가는 고속화도로가 뚫리면서부터 바짝바짝 오그라들어 가는 소재지가 되어버렸다고 한다. 아직도 닷새마다 한번씩 장이 서기는 하나 장꾼보다 장사꾼이 더 많다. 살 만한 게 별로 없다는 말이다. 그래서 농협에서 세웠다는 하나로마트인가 하는 데서 비닐봉다리에 든 동태도막 갈치도막도 사고 청양고추며 콩나물에 두부서껀 그리고 비닐봉다리에 든 쌀이며 보리쌀에 검정서리태도 사는데, 목간을 하려면 시외버스를 타고 한 삼사십 리는 나가야 한다. 같은 면소재지지만 그곳에 가면 사람도 많고 없는 것이 없다. 뜨거운 물이 콸콸 쏟아지는 사우나탕에 온탕 냉탕이 따로 있는 목간통만 두 군데이니, 꼭 강남에 간 것 같다. 같은 장날이라도 그곳에만 가면 없는 것이 없다. 매일같이 먹는 배추김치, 겉저리김치, 파김치며 총각김치, 깍두기에 물김치와 고들빼기김치까지 살 수 있고 어머니가 좋아하시는 인절미는 물론이고 송편에 절편, 시루떡이며 백무리까지 언제라도 살 수 있다. 한봉다리에 이천원씩이니 만원 주고 다섯봉다리만 사면 효자에 더해 부자가 된 것 같다. 손으로 빚은 두부며 도토리묵에 새악시 볼따구니 같은 홍시감에 밤 대추며 주전부리할 막과자와 제과점 생과자에 통닭이며 갓 쪄낸 호빵도 있으니 먹을거리는 그곳에서 사 나르면 되지만, 골칫거리는 돈이다. 쩐. 허나 또 어쩌겠는가. 마이너스통장을 헐어서라도 버틸 때까지는 버틸 수 있을 것이고, 한 달이면 되겠지. 아무리 충청도에서 사과가 열리고 서울에서 대나무가 살아가는 이상기온이라지만 한달만 버티면 얼음이 녹으면서 물이 쏟아지겠지.

　맘밑을 늦이면서, 그리고 될 수 있는 대로 좋은 쪽으로만 생각하는 김씨가 정작으로 막막해하는 것은 어머니다. 어떻게 어머니를 모시고 내려가느냐는 것이다. 어녹이치는 빙판길 이백여미터를 내려가는 데 십오분은 걸린다. 발뿜발뿜 조심조심 꼭 잠자리 잡으려는 아이처럼 게걸음쳐 내려가야 되는데 아무리 조심을 한다고 해도 한두번은 꼭 엉덩방아를 찧는다. 비록 다 털어낸 깻단 같은 몸피여서 한주먹밖에 안 된다지만 어머니를 업고 내려가볼 자신이 없다. 젊은 뼈다귄디, 돌팍두 씹어 색일 젊은 뼈다귄디, 그깐느미 호박죽 한그릇 더 못 색인댜. 맛있는 별미라며 당신이 키워 쑨 호박죽을 자꾸만 더 먹으라고 했을 때 비쩌자●어머니가 했던 소리다. 어머니가 돌멩이라도 씹어 삼킬 수 있는 젊은 뼈다귀라고 하는 김씨도 이제는 경로우대석 처지다. 어쩌다 서울에 갔을 때 전철을 타면 떳떳하게 노약자석에 앉아도 되는 법정연령이 된 것이다. 예순다섯 살. 일흔 아니 일흔다섯은 되어야 겨우 노인 취급을 해주는 세상이 되어 예순다섯이면 경로당에서 아이 취급을 받는 나이라지만 어쨌든 노인은 노인인 것이다.

그렇다면 손을 잡고 내려가야 하는데 또한 자신이 없다. 자가 넘게 쌓여 있어 미끄럽지 않은 쪽으로 내려가면 되는지 모르지만, 해산미역이 되어버린 극노인이 어떻게 그 눈구덩이를 헤쳐간다는 말인가. 그렇다면 업고 내려갈 사람을 구해야 되는데 누가 그 일을 하려고 하겠는가. 이백미터쯤 내려가면 대문인데, 택시가 거기까지는 안 온다. 눈이 조금만 쌓여도 헛바퀴만 돈다며 오지 않는다. 대문에서 다시 삼백미터쯤 내려가야 비로소 콘크리트로 포장된 일차선 농로가 나오는데 또한 어떻게 내려간다는 말인가. 택시 운전사한테 부탁하면 들어줄까? 물론 시간이 돈인 사람들한테 아무리 극노인이라고 해도 삼백미터를 눈구덩이 뚫고 올라와 업고 내려가달라고 할 수는 없으니, 삯을 줘야겠지. 택시비가 소재지에서 대문 앞까지 왕복 이만원이니, 왔다 갔다하는 시간비에 업어 나르는 삯까지 쳐줘야겠지. 이만원쯤이면 될까? 콜비까지 합쳐 한 사만원이면 될라는가? 택시 운전사한테 어떻게 조닐로●부탁을 해볼 수는 있겠지만, 골칫거리는 어머니다. 어머니를 어떻게 대문까지 모시고 내려간다는 말인가. 모래밭 지나가는 긴짐승처럼 구불텅구불텅 물매

───────

● 비쩌다 사양하다.
● 조닐로 제발 빌어서.

심한 이백여미터를 무슨 재주로 내려간다는 말. 내려가는 것도 그렇지만 매일같이 되풀이되는 싱갱이에 영 진력이 나는 김씨였다. 적어도 하루에 한번씩은 꼭 어머니 방을 들여다보는 김씨인데, 그때마다 되풀이되는 일이다.

"지발덕분 불 점 꺼줘."

"예에?"

"지발덕분 불 점 꺼달라니께. 여긴 시방 뜨거서 발을 댈 수 읎다니께."

그럴 리가 없다고 생각한 김씨는 어머니 방으로 들어가보았는데, 그러면 그렇지. 발끝을 타고 올라오는 냉기를 밀어내고 요 밑에 손을 넣어보면, 사위어가는 난로처럼 밍그지근한 것이었다.

"위떠? 뜨겁쟈? 손두 뭇 느케 팔팔 끓잖여."

"뜨겁네유. 손두 뭇 느케 팔팔 끓넌구먼유."

뒤란에 있는 보일러실로 간 김씨는 온도를 더 올렸는데, 장 되풀이 되는 일이었다. 그때도 그러하였다.

"불 점 줄여줘. 단내가 막 나잖여. 까스불이 뭘 올려났나 싶어 뷕이루 대이구 가볼 만침 단내가 막 난다니께."

삼십여 년 전이었다. 충청남도 대덕군 산내면 낭월리 속칭 뼈잿골 옆댕이에 살 때였다. 아버지 백골이 묻혀 있을 뼈잿골이 건너다보이는 산자락 마을에 스물다섯평짜리 양옥집을 지어 어머니를 모시고 살 때였다. 그때에 김씨는 본채 위에 댓평쯤 되는 사랑채 명색을 들여 살고 있었는데, 방이 뜨겁다는 것이었다. 그때도 칼바람 몰아치는 한겨울이었는데 방이 뜨거워서 살 수가 없다는 것이었다. 깜박 잊고 온도를 최대치로 올려놨나 싶어 보일러실로 달음질쳐 가보았는데, 빨간불이었다. 불이 들어가지 않는데도 자꾸 방이 뜨거워 못 살겠다는 것이었고, 숫제 보일러를 꺼버렸다. 그런데도 여전히 방이 뜨겁다는 것이었고, 별꼴이다 싶어 들어가 봤더니 진짜로 방이 펄펄 끓고 있었다. 밤새도록 참나무

장작 지펴 쇠죽을 끓여내던 예전 시골 머슴방처럼 펄펄 끓는 것이었다. 심야전기 보일러를 아무리 온도 높여 땐다고 하더라도 그처럼 펄펄 끓는 방이 될 수는 없는 것이니, 그야말로 귀신이 곡할 노릇이었다. 어머니가 주무시는 안방은 밤낮을 가리지 않고 펄펄 끓어오르는 것이었고, 이것이 무슨 조홧속이라는 말인가? 겁이 난 김씨는 알고 지내던 사이인 그 고장 무슨 공업전문대학 교수한테 말하였고, 보일러에 빠삭한 도사들이라는 전문가 두 명이 출장을 나왔다. 기계공학 전공이라는 그 전문대학 교수들은 한시간이 넘게 보일러를 짯짯이 살펴보며 온도를 올렸다 내렸다 해보았는데, 마찬가지였다. 손잡이를 올려도 방은 뜨거웠고 손잡이를 내려도 방은 뜨거웠다. 이마에 깊은 골을 파며 고개를 갸웃거리던 그들은 숫제 계량기 전원을 꺼버렸는데, 또한 마찬가지였다. 다시 또 보일러를 짯짯이 살펴보고 방으로 가보기를 몇차례 되풀이하던 그들은 말없이 김씨를 바라보았는데, 공포를 먹은 낯빛이었다. 공구가방을 챙겨 들고 보일러실을 나서며 그들이 한 말이었다.

"이건…… 우리가 아는 기계공학으로 해명될 사안이 아닌 것 같습니다."

보일러를 틀지 않아도 방이 뜨거우니 기름값이 안 들어 좋기는 했지만 이게 무슨 조홧속인가 싶어 어쩔 줄 몰라하던 김씨는 턱 끝을 주억이었으니, 아버지! 아버지인 것이었다. 아버지 넋이 오신 것이었다. 피 같은 기름값이 아까워 동동거리는 당신 각시가 안쓰러워 기름을 때지 않아도 방이 뜨거워지게 한 것이었다. 더구나 당신이 마지막 숨을 거두었던 곳이 건너다보이는 곳으로 와 집을 짓고 살며 아침저녁으로 정화수 떠놓고 비손하는 당신 각시를 추위에 떨게 해서는 안 될 것이었다. 그렇게 풀쳐생각●할 수밖에 없는 김씨였는데, 그해 겨울이 끝날때까지 어머니 방은 식지 않았던 것이다.

● **풀쳐생각** 맺혔던 생각을 풀어버리고 스스로 위로함.
● **가리** 경우. 마당. 때. 곳.

그런데 이번에는 가리•가 다르다. 아니, 가리가 다르고 무엇이고 할 것 없이 무엇보다도 먼저 물이 나오지 않는 것이다. 눈자라기 오줌발처럼 졸졸거리며 찔끔거리는 물일망정 끊어지지만 않는다면 밥을 지어 먹을 수 있고 위채에서는 힘들지만 아래채에서 받아다 먹으면 된다. 물이 나오지 않아 첫째로 두려운 것은 보일러를 켤 수 없다는 것이다. 보일러실 물통에 물이 차 있어야 보일러가 돌아가며 그 물이 덥혀져 방 밑으로 깔아놓은 파이프를 타고 흐르면서 방이 더워지는 것인데, 아흐. 수도에서 물이 나오지 않는다. 위채는 보일러 물탱크에 사다리 걸치고 올라가 손을 넣어보니 손이 적셔지는 것이어서 적어도 올겨울은 물이 더 올라가지 않아도 보일러를 돌리는 데 아무런 하자가 없을 것이고, 아래채가 골칫거리인 것이다. 그런데 물이 얼마나 담겨 있는지 알아보려고 아무리 보일러실을 둘러봐도 물탱크가 보이지 않는다. 물탱크처럼 생긴 쇠통이 있어 열어보았더니 무슨 단추 같은 것만 여러 개 달려 있지 아무리 짯짯이 톺아봐도 물이 담겨 있을 두멍 같은 것은 보이지 않는다. 보이지 않는 것은 물탱크만이 아니다. 이른바 컴본주의 세상이 되어서 그런지 편지도 보이지 않는다. 얼추 다 전화로 하거나 문자를 날리지 편지라는 것은 거의 사라져버렸다. 있다고 해도 무슨 기계로 찍은 것이지 어지간해서는 펜을 들어 종이에 쓰지 않는다.

우편함은 위채에서 이백미터쯤 밑 녹슨 철대문 바로 안쪽에 놓여 있었다. 플라스틱 옷상자로 된 우편함을 열어보던 김씨는 낙이 없는 얼굴이 되었다. 이미 구문이 되어버린 어제치 신문 한 부만 달랑 들어 있을 뿐이었다. 물매가 심한 이백미터를 올라가려면 어제가 다르게 여간 힘이 드는 게 아니어서 김씨는 늘 올라가면서 구문을 펼쳐들고는 하였는데, 얼라! 신문지 틈에 끼워져있던 무슨 편지 한 통이 툭 하고 떨어지는 것이다. 집어 보니 수신인이 '한전희'로 되어 있었다. 한전희라면 어머니 함자인데 누가 보낸 편지라는 말인가? 이제까지 살아오면서 단 한차례도 어머니 함자 앞으로 된 편지가 온 적이 없었다. 발신인은 그냥 'ㅇ

○ 1234부대'라고만 되어 있었다. ○○은 김씨가 머무는 곳 바로 옆댕이에 있는 군 이름이었고, 빌꼴이 반쪽일세. 뭔느믜 군부대서 어머니헌티 편지가 다 오구? 내용물은 더구나 야릇하게도 천연색으로 된 사진이 앞뒤로 박혀 있는 한장짜리 무슨 전단지 같은 것이었다. 「6·25 전사자 유해 소재 제보접수」라는 제목이었다. '육군 병장 아무개'라고 새겨진 빗돌 앞에 하염없는 얼굴로 앉아 있는 허연 수염발에 쳇다벙거지● 쓴 영감님과 온갖 깃발 든 국군 의장대며 '국방부 유해발굴 감식단'이라고 써진 무슨 가죽점퍼 같은 옷 입고 확대경처럼 생긴 기구로 해골을 비춰 보고 있는모습, 그리고 '육군 하사 아무개'라고 새겨진 빗돌 앞에 태극기 들고 아그려쥐고 있는 어린이 모습이 박혀진 천연색 사진 아래 이렇게 적혀 있었다.

　　우리 마을의 이름 모를 산하에서 6·25 전쟁 시 나라를 지키시다 목숨을 바치시고 묻히신 선배전우들을 가족의 품으로 보내드리려고 합니다

　　□ 전사자 유해가 묻히신 장소를 제보해주십시오
　　※발굴유해에 따라 포상금 차등 지급(20~70만 원)
　　1구 기준　　1구 추가시　　12구 이상
　　20만원　　5만원　　　　70만 원

　　□ 제보접수 담당/연락처
　　0267-보여단 주임원사 최철재: 011-9705-XXXX
　　0222-기보대대 주임원사 석지류: 011-2805-XXXX
　　○ 전화 인사참모처 : 301 077-0016~5

● **쳇다벙거지** 우묵모자. '중절모자中折帽子'는 왜말임.

○ 제80기계화보병사단

뒷면에는 무슨 군번줄 같은 것을 손가락에 끼고 눈물을 흘리며 들여다보고 있는 사람 얼굴과 태극기에 덮인 유골함 같은 그림이 깔려 있는 위로 이렇게 적혀 있었다.

우리 마을의 이름 모를 산하에서 6·25 전쟁 시 나라를 지키시다 목숨을 바치시고 묻히신 선배전우들을 가족의 품으로 보내드리려고 합니다

□ 전사자 유해가 묻히신 장소를 제보해주십시오
※발굴유해에 따라 포상금 차등 지급(20~70만 원)

1구 기준	1구 추가시	12구 이상
20만 원	5만 원	70만 원

□ 제보접수 담당/연락처
○ 중령 남병금: 010-4805-XXXX
○ 대위 이혁진:010-4805-XXXX
○ 전화 인사참모처 : 130 077-0016~4
○ 제20기계화보병사단

어머니 앞으로 온 그 편지가 아닌 공지사항을 들여다보던 김씨 낯에 핏기가 사라졌으니, 왜 이런 것을 보내왔다는 말인가? 6·25때 인민군 손에 죽은 국방군도 아니고 자위대 손에 죽은 악질반동 하앵이도 아니며 더구나 6·25가 일어나기 해 반 전에 예비검속으로 잡혀갔다가 6·25가 터지던 해 7월 첫때쯤 학살당한 남편을 둔 안해한테. 그것도 그냥 여느 안해가 아니라 남조선노동당 외곽단체인 남조선민주여성동맹 면당 위원장을 지내며 '공산세상을 이루고자 견결히 투쟁해온 사람'한테. 이른바 국가보안법에 걸려 6년 징역을 살았고 더하여 한차례 집행

유예 전과까지 있는 사람한테. 이른바 '국보 전과'까지 있는 사람한테. 거처를 옮길 때마다 반드시 찾아오는 매롱매롱한 눈매 신사복들로 봐서 강고한 연좌제 쇠사슬에 동여매져 있다는 것을 잘 알고 있는 김씨였다. 연좌제에 묶인 사람들 가운데서도 아주 기분 거시기한 경우였으니, 육군 기무사령부 소속이었던 것이다. 서울과 경기도와 강원도는 '접적구역'에 가까우므로 군 정보기관에서 관리하고 충청도와 경상도와 전라도와 제주도에 사는 사람은 국가정보원에서 관리한다는 것이다. 연좌제면 다 똑같은 것으로 알고 있던 김씨로서는 운동권 출신으로 무슨 혁신정당 운동을 하고 있는 사람한테서 그 이야기를 듣고는 영 후꾸룸한° 기분이었던 것이다. 관리 대상자 신상명세가 입력된 프로그램이 오작동을 일으킨 것이라면 더구나 우스운 노릇이었다. 그렇다고 하더라도 어떻게 연좌제에 걸려 있는 사람이 6·25 때 전사한 국방군 전몰장병 유가족으로 바뀔 수 있다는 말인가? 이른바 남조선 국가정보기관에 있다는 자들 엉터리 같은 업무 태도에 쓴웃음을 짓던 김씨가 정작으로 두려워 하는 것은 적바림이었다. 공식적으로는 이른바 연좌제라는 말도 안 되는 악법이 없어진 지 삼십년이 다 된다고 하지만 속으로는 더욱더 완강하게 관리되고 있었으니, 이만명이라고 하였다. 10·26 사건이 일어나기 직전 청와대 경호실장이라는 자가 "우선 이만명만 처단하면 된다. 쓸어 없애야 할 진빨 이만명만. 캄보디아 폴포트 정권에서는 이백만명을 죽였다는데, 까짓것 가빨까지 합쳐 모두 이십만명쯤은 조족지혈이다"라고 했다는데, 무엇보다도 먼저 '쓸어 없애야 할 진빨'들인 그 이만명이라는 숫자는 어디서부터 나온 것일까? 8·15 직전까지 계급해방을 이룬 바탕 위에서 민족해방을 이루고자 뜨겁게 싸웠던 좌익 쪽 인사들이 이만 명이었고 그 반수가 감옥에 있었다고 하는데, 거기서부터 나온

° 후꾸룸한 으스스한.

숫자인가? 어떤 권력자가 처단하겠다는 이십만 명 가운데 '가장 악질적인 공산주의자'는 이만 명이라는 것이었다.

하기야, 김씨는 생각하였다. 온갖 이상하고 또 요상한 기술이 자꾸 늘어나는 세상이라 보일러도 자꾸 신형이 나오니 요즈막은 물탱크 없이도 방이 더워지는 새로운 보일러가 나온 것인지도 모르겠다. 그래서 십 리쯤 밑 마을에 있는 예전 이장한테 전화를 하였더니 자기는 보일러 관계는 잘 모른다면서 일러준 소재지에 있는 어떤 철물점에 전화를 하였다. 철공소 주인 말이 위채는 구형 보일러인 것 같은데 탱크에 물이 가득하다니 염려할 것 없고 아래채 것은 신형인 것 같은데 아무래도 직접 살펴보지 않고는 알 수 없다는 것이었다. 철공소 사람을 부르면 적어도 출장비는 주어야 하므로 하루에 세 번만 다니는 마을버스를 타고 소재지로 갔다. 전화로 물었을 때 주인 영감은 직접 보지 않고서는 무어라고 말할 수 없다고 했고, 그러면 보일러 기술자라도 소개해달래서 알게 된 전화번호였다. 몇번을 걸어보았지만 전화를 받지 않는 것이었고, 겨울이면 보일러 기술자들이 세가 난다는 말을 들었던 터라 눈앞이 캄캄하였는데 전화가 왔던 것이다. 철공소 주인이 전화로 김씨집 사정을 말해주었던 모양이었다.

"갈훈리 어디라고요?"

손전화기를 귀에 대자마자 들려오는 소리였고, 마침 늦은 아침을 먹느라고 입 안엣 것을 씹던 김씨는

"예에? 뉘신지이?"

하고 물었고, 곧바로 들려오는 목소리였다.

"수돗물이 안 나온다고 하셨잖아요."

"아, 예에."

입 안엣 것을 꿀꺽 삼키고 난 김씨는 말하였다.

"갈훈리가 아니구 갈현린데유."

"갈현리 어디쯤이지요?"

"우벚고개라구 있잖남유, 븝화사란 절 있넌디 위쪽."

"그쪽은 안가봤는데요."

"아, 예에. 찾기 쉽거던유. 소재지서 읍내컨이루 오다보면 갈현리 들어가넌 이정표가 있잖유. 거기서 한 칠팔키로 쭈욱 오다보면 포장이 끊나면서 븝화사라구 돌팍이다 새겨논 게 있넌디, 거기서 븨포장이루 한 삼백메다쯤 올러오면 바른컨이루 녹슨 철대문이 있넌디 찾기 쉬어유."

"거기서 다시 전화하지요."

"아뉴. 지가 마중나갈 테니께 동네 들올 때 즌화 주세유."

보일러쟁이가 세가 난다는 말 듣고 소재지 철공소에 갔다 온 지 사흘째 되는 날 낮전이었다.

"안되겠는데요."

"예에?"

"내가 가지고 있는 기계론 한 이삼메다밖에 뚫어볼 수 없는데, 여기 수도 뽑아논 거 보니까 아무래도 땅을 파보지 않고서는 알 수가 없겠는데요."

"땅을 파서래두 물이 나오게 헤야지유."

김씨 목소리에 힘이 빠지는데 보일러쟁이는 픽 하고 콧소리를 냈다.

"땅을 누가 파요?"

"땅을 누가 파다니?"

보일러쟁이는 담배에 불을 붙였다. 그는 한심하다는 표정으로 김씨를 바라보았다.

"땅이 꽝꽝 얼어붙어서 아무도 이런 때는 일을 안 하려고 한다 이런 말씀이지요."

"날삯을 주넌디두 일을 안 헌단 말유?"

"사장님도 참. 요새는 이런 일 하려는 사람 없어요."

"이 사람은 사장이 아닌데유."

깜짝 놀라 손사래 치는 김씨에게 웃음기를 보이는 보일러쟁이였다.

"그런데 날삯이란 말이 무슨 뜻인가요?"

궁금하다는 눈빛으로 물었고, 김씨는 어이가 없었다.

"아니 조선사람이 날삯이란 말두 물르슈?"

"처음 듣는 말 같아서……."

"하루 일헌 품삯을 말허넌거유. 하루 품삯."

"아, 일다앙!"

"일당은 왜말이구 날삯은 우리말이지. 날품이나 날품삯이라구두 허구."

김씨가 혼잣말처럼 말하는데 보일러쟁이는 담배연기를 길게 내뿜었다. 그리고 혼잣말처럼 말하였다.

"파이프 열어보는 건 날 풀린 담 하더라도 우선 물이 나와얄 테니……."

실개울 건너편 애두름으로 길게 드리워진 플라스틱 파이프 몇 군데를 출렁여보던 보일러쟁이가 말하였다.

"파이프나 몇 군데 잘라보지요."

"빠이뿌를 짤르다뉴?"

"파이프가 얼어서 그런 것 같으니 잘라놓고 물을 받아다라도 쓰서야지요."

"빠이뿌를 짤르넌 것 말구는 뭔 방법이 읎으까유?"

"없음다. 파이프 자르는 것도 사장님보다 내가 해드리는 것이 나을 것 같아 그러니, 무슨 톱 같은 것 있으면 갖다주세요."

"난 사장이 아니라니께유."

김씨가 말하였는데 보일러쟁이는 들은 척도 하지 않았고, 김 씨는 집 안에서 접이톱을 찾아가지고 나왔다. 당뇨와 관절염 잡는 데는 동쪽으로 뻗은 소나무 뿌리 넣고 담근 독주를 장복하는 게 좋다는 말 듣고 접때 챙겨둔 것이었다.

"줘보세요. 저건 또 특수 파이프라서 잘 잘릴까 모르겠네."

"…… 빠이뿌는 냅두지유."

"예에?"

"특수 빠이뿌면 새루 구허기두 어려울 테니께 말유. 여기는 냅두구 저 아래채나 가보쥬."

"좋도록 하세요."

선의를 자빡맞았다고 느꼈는지 보일러쟁이는 담배꽁초를 밑으로 패대기친 다음 장화발로 짓이겼고, 김씨는 몸을 돌렸다. 그리고 아래채로 내려간 김씨는 부엌 바깥 흙벽에 귀를 대보던 평소와 달리 곧장 부엌으로 들어갔다.

개수대 위로 뽑혀 올라온 수도에서는 아무런 소리도 들려오지 않았고, 마침내 플라스틱으로 된 특수 파이프를 잘라야 된단 말인가? 파이프 자르는 것이야 골치 아픈 일이 아니라고 할지라도 곧 다가올 봄에 얼음이 풀려 물이 콸콸 쏟아질 때는 어떻게 할 것인가? 잘린 파이프를 어떻게 이어놓는다는 말인가? 더구나 잣물이 아닌가. 장뼘도 훨씬 넘게 깔린 낙엽을 적시고 깊숙이 박힌 잣나무뿌리 휘감으며 줄먹줄먹한 바위너덜 밑으로 욜그랑거리고 살그랑거리며 흘러내리던 산골물이었다. 저 아래 산밑 동네 사람들 말로는 잣물이라는 것이었다. 전에는 부대기•들이 살던 곳이라고 하였다. 그 아주 예전에는 무슨 암자 같은 것이 있었던 모양이었다. 깨어진 돌확이며 무슨 사천왕상 깨어진 조각들이 땅속에서 나오는 것으로 봐서 그렇다. 사십여 년 전 그러니까 칠십년대 첫 때쯤 군사정권에서 부대기들 흩어버린 부대앝• 자리에 잣나무를 심었던 곳이다. 그래서 잣물이라고 부른다고 한다. 김씨는 또 생각하여본다. 제 아무리 날마다 더 새로운 기술이 나오는 컴본주의 시대라고 할지

• 부대기 화전민.

• 부대앝 화전.

라도 잘려진 파이프를 새것처럼 잇는 솜씨는 없을 것이고, 마침내 새 파
이프로 바꿔 깔아야 될 것이었다. 그러자면 천상 사람을 사서 백미터가
넘는 파이프를 새로 구해다가 깔아야 되는데, 파이프 삯이며 삯꾼들 품
삯은 또 어떻게 할 것인가. 어떻게 돈이야 장만한다고 하더라도 그 특수
파이프라는 것을 쉽게 구할 수나 있을 것인가. 마음속으로 세굴차게 도
머리를 치고 나서 에멜무지로 수도꼭지를 올려보았는데, 졸졸졸. 꼭 눈
자라기 오줌발 같은 물이 나오는 것이었고, 살았구나! 파이프를 자르지
않더라도 어떻게 날이 풀릴 때까지 버텨볼 수 있을 듯하였다.

골프장 때문일 겁니다.

서울 여성이 한 말이었다. 이곳에 살게 된 것이 팔년째지만 이제까지
이런 일이 없었는데 참 별꼴을 다 본다고 김씨가 말했을 때 김씨와 알음
이 있는 그 젊은 여성은 아주 딱 잘라 말하는 것이었다. 김씨가 사는 집
과 한 십리쯤 떨어진 곳에 골프장이 들어선 것이 서너 달 전쯤 되는데
그곳에서 다량으로 물을 빼어 쓰기 때문이라는 것이다.

에이 설마아?

아무리 물을 많이 쓰는 골프장이라고 하더라도 십리씩이나 떨어져
있는 곳에서 어떻게 물을 끌어다 쓸 수 있느냐? 그것도 땅 속 깊은 곳에
서 흐르는 지하수에서? 김씨가 도머리를 쳤을 때 얼마든지 그럴 수 있
다고 하는 서울 여성이었다. 우리가 살고 있는 땅속으로는 수많은 물길
이 나 있는데 그 물들이 흐르는 방향에 따라서 십리 아니라 백리라도 얼
마든지 끌어다 쓸 수 있다는 것이었다. 몇백마력짜리 고압 모터로 빨아
들인다고 하였다. 그 골프장은 그리고 김씨 집보다 낮은 곳 애두름을 뭉
개버리고 들어앉은 것이어서 그리고 보면 그럴 수도 있겠다는 생각이
었다.

"예는 그레두 쬐끔씩이래두 물이 나오넌구먼유."

수도꼭지 밑에 플라스틱 자배기를 받쳐놓고 나서 부엌을 나왔다. 그
리고 정랑淨廊이 있는 칸 바깥을 돌아 어머니가 계신 방 쪽으로 가던 김

씨는 흡, 숨을 삼키었다. 노랫소리가 들려왔던 것이다.

　　"철새에 발목 잽혀 어둠속이 잠자던 우덜

　　동해에 해 뜨구 철새는 끈허져간다

　　다가치 일어나라 새조선 근설 위헤

　　우리덜 일홈은 여청……"

　저 깊은 땅속에서 물이 흘러가는 소리 같고, 어떻게 들으면 깊은 밤 먼 데서 여인이 옷 벗는 소리 같으며, 또 어떻게 들으면 소리 죽여 흐느끼는 속울음과도 같은 그 노래는 「여청가」였다. 8·15 해방이 되던 해 끝 무렵 림화가 노랫말을 짓고 김순남이 곡을 쓴 「조선여자청년동맹가」.

　며칠 전이었다. 쿵 하는 소리와 함께 무엇이 무너지는 것 같은 소리가 들려왔고, 김씨는 방을 나왔다. 문간문을 열면 손님맞이방으로 쓰는 큰방으로 곧바로 들어가게 되어 있었는데, 어머니였다.

　"어머니 웬일이세유?"

　김씨가 어머니 두 어깨를 잡았다.

　"뭔 일루 여길 오셨댜? 이게 도대처 워치게 된겨?"

　비닐돗자리가 깔린 방바닥에 엎드려 있던 어머니는 한참을 가만히 있다가 끙 하는 소리와 함께 허리를 폈는데,

　"왜 이러신댜?"

　사시랑이처럼 야윈 두팔로 김씨 바짓가랑이를 잡는 것이었다.

　그리고 울음 섞인 소리로 말하였다.

　"워디 갔다가 인저 오셨대유?"

　"예에? 뭔 말쩜을 이렇게 허신대유, 시방."

　김씨는 어이가 없어 같은 말만 되풀이하는데 어머니가 고개를 쳐들었다. 그리고 눈물주머니가 그렁그렁 매달린 눈으로 김씨를 올려다보는 것이었다.

"핑양 있다 오신규? 아니먼 지리산 있다 오신규?"

"어머니!"

"박동무°넌 핑안허시구, 리환상 슨상님두 강령허시쥬?"

"왜 이러신대유, 증말."

김씨는 울상이 되었는데 어머니는 자꾸 붙잡고 있는 바지 자락을 흔들었다.

"인저 저허구 사넌 거쥬? 우덜 시 식구 하냥 사넌 거쥬? 유자생녀 만수다복 향복허게 하냥 사넌 거쥬?"

"어머니, 절 물러유? 아들두 물러본단 말유? 시바앙!"

김씨는 안타깝게 소리치며 움켜잡힌 바지 자락을 빼내려고 하였는데, 별꼴. 이제 달포만 있으면 망백望百이 되는 그 늙은 여자는 두 팔을 높이 치켜올리며 이렇게 소리쳤다.

"죄선공산당만서이!"

아마도 8·15 바로 뒤라고 생각하는 모양이었다. 그래서 아들을 보고 이미 땅보탬이 된 지 육십년도 지난 남편이라고 생각하는 모양이었는데 아아, 그렇다면 그러니게 망령이 드셨다넌 말인가? 왜식말루 치매? 김씨는 어머니 두 어깨를 잡고 흔들었다.

"전 냄편이 아니구 아들유, 아들. 아들두 물러보신단 말유? 시방."

김씨는 울먹이며 말하였는데, 그 늙은 여자는 아들 말이 안들리는지 두 팔을 높이 치켜올리며 소리쳤다.

"위대헌 지도자 박흔옝 됭무 만서이!"

"친왜 친팟쑈 및 민족반역자럴 제외헌 죄선민쥐지이 림시증부 수립진 만서이!"

김씨 어머니는 족보에 오른 '진빨'이었다. 1969년 대검찰청 수사국에서 비매품으로 박아낸 『좌익사건실록』이라는 책에 나와 있다. 모두 12권으로 되어 있는 그 책은 각각 삼백면이 넘는 두께였는데, 「여맹원 한전희 북괴 고무찬양 사건」이라는 제목이다.

한전희씨는 모르고 있지만 김씨는 그 책을 본 적이 있다.

피의자 한전희는 1946년 7월경에 남로당 외곽단체인 부녀동맹에 가맹한 자인바 동 여성동맹이 국헌을 위배하여 국가를 변란할 목적으로 조직된 비밀결사인 점을 충분히 지실함에도 불구하고 현재까지 재맹 중이며 거리에서 농업 겸 가사에 종사하고 있는 자로서 1946년 7월 하순경에 피의자 자택에서 남로당원 양인병에게 부녀동맹 투쟁기금으로 현금 10원을 갹출한 사실이 있고, 1946년 10월경에 피의자 자택에서 남로당원 양인병에게 부녀동맹 투쟁비로 백미 2승 가량을 갹출하여 민중의 복리를 위한 미군정계획에 반한 불온음모를 획책토록 방조하고, 1947년 10월 중순 오후 9시경에 피의자 자택에서 남로당 ㅇㅇ군책 이점석에게 남로당 투쟁비로 백미 5승 가량을 자진 공급하여 이 등의 행위를 용이하게 방조하고, 평소에 적색사상을 포지하고 암암리에 지하공작을 기도하던 자인바 1948년 8월 15일 대한민국정부가 수립되면서 일제치하부터 소위 조선독립운동을 한다며 망동하던 악질 공산주의자였던 남편 김일봉이 피체되어 대전 형무소에 수감되면서 남편의 사상을 받들어 공산주의 사상을 반포하고자 암약하다가 6·25 사변 돌발과 함께 총살된 남편의 원한을 복수코자 여맹위원장에 취임코 당지에 침공한 북한괴뢰군과 호응하여 부락민 약 30명을 동원하여 동 부락회관에 집합시켜놓고 약 1시간 30분에 걸쳐 북한괴뢰군 집단의 정치이념인 남녀동등권 법령 실시에 대한 각종 선전「슬로우건」을 동 부락민 등에게 고취한 사실이 있고, 범의를 계속하여 동년 8월 16일 오후 8시경 부락민 10여명과 인민학교 아동 10여명을 동 부락회관에 집합시켜놓고 약 2시간에 걸쳐 소위 인민공화국의 정치이념인 남녀동등권 법령 실시 및 대한민국의 부패상을 지적하여 인민군에게 물질적 원조 등을 역설 선전하고 동시에 학생 아동들로 하여금 괴뢰 괴수 김일성 찬가,

장백산 줄기줄기 피 흐른 자욱

압록강 굽이굽이 피 흐른 자욱

오늘도 자유조선 꽃다발 위에

명석히 비춰주는 거룩한 자욱

아ー 그 이름도 빛나는 김일성 장군

이상과 같은 찬가를 고창케 하여 민심을 교란케 한 사실이 있고, 계속하여 1950년 8월 일자불상 자진하여 괴뢰군 10명에게 식사를 제공한 사실이 있고, ○○리 후산에서 봉화전을 감행하고, 50년 9월 괴뢰군 위문품으로「독립만세」라고 수를 놓은 손수건 10매 양말 2족 보릿가루 5포를 갹출하여 괴뢰군에게 직접 제공한 사실이 있고,

북조선인민공화국은 노동자 농민이 잘 살고 있다!

농민에게 무상으로 토지를 분배하여 주고 있다!

노동자 농민이 잘살 수 있는 정부는 인민공화국이다!

인민군 만세!

스따린 대원수 만세!

김일성장군 만세!

같은 구호를 외치게 하고 또「삐라」에 박아 사람들이 많이 모이는 곳에 뿌렸고, 동년 9월 10일경 ○○면 18개 부락 여맹위원장 등에게 지시하여 괴뢰군 등에게 제공할 목적으로 면포제 국방색 군복(상하) 1착씩을 제작 납부토록 할당 군복 18착(싯가 약 9만 원)을 징수하여 ○○군 여맹본부에 조달 납부한 사실이 있고 , 범의를 계속하여 동면 3개 부락 여맹위원장 성명불상자에게 지시하여 동 부락민으로부터 부식물인 된장, 고추장, 고추, 마늘 등 싯가 약 1,500원 상당을 할당 징수케 하여 전술 ○○군 여맹본부에 조달 납부한 사실이 있고, 범의를 계속하여 동년 10월 8일 오전 10시경 군경이 당지에 진주함을 계기로 계속 지하운동을 감행할 목적으로 거주면 ○○리 후산에 비설된 소위 ○○면 노동당「아지트」에 기피입산하였으며, 식량 등을 약탈할 목적으로 동면 ○○리에 침입 도중 동 부락 후측에서 잠복 중인 경찰에 체포당한 자임.

선고

피의자 한전희는 1950년 11월 21일 대전지방법원에서 국가보안법 위반으로 다음과 같이 선고되었다.

한전희 : 징역 4년, 7년간 집행유예

한전희라는 이름이 나오는 꼭지는 한 군데 더 있었다. 「여맹원 북괴 찬양고무 사건」이라는 제목이었다.

관련자 인적사항

피의자 한전희는 1936년 충남 홍성군 홍동면 소재 홍동소학교를 졸업하고 1943년 김일봉에게 출가하여 일제시대부터 조선공산당 수괴인 박헌영의 비선참모로 맹약 중이던 김일봉의 사주로 부청과 여청 여맹에 가맹하여 대한민국정부를 전복시키고자 암약하다가 1948년 10월경 김일봉이 서울시경 소속 특별경찰대에게 체포되어 대전형무소에 수감되어 있다가 1950년 7월 초순경 처형되자 대한민국정부에 증오감을 포지하고 정부 전복을 위하여 암약하던 중 인민공화국 정권이 수립되었던 ① 1950년 8월 20일경 동면 ㅇㅇ리 김병모가에 피난 중인 ㅇㅇ면 병사계원 이순우, ㅇㅇ리 거주 우익요원 유남수 양인을 악질 반동분자라 하여 분주소로 인치케 하고

② 동년 8월 25일경 인민군의 승리를 일반에게 주지시킬 목적으로 허위화상●을 1매 작성하여 동 부락 강기봉 자택 벽에다 첩부한 악질적 행동을 기화로 괴뢰도당이 말하는 소위 투쟁경력을 축적하여 혁명정신을 고취코저 1950년 8월 말경에 ㅇㅇ면 내에 산재하여 있는 11개 리에 긍하여 여성동맹을 조직 결성시켜 동원 133명에 달하는 세포를 조직한 후

● **허위화상** 맥아더 장군이 이 대통령을 양다리 사이에 놓고 트루먼 대통령에게 전과 보고하는 형상.

동 맹원들로부터 수건 80매, 양말 20족, 현금 6만원을 갹출하여 이적의 목적으로 전기 금품을 괴뢰군에게 직접 제공하여 이적행위를 감행하고, 조선민주주의인민공화국 만세, 토지개혁 성공 만세 등의 내용이 기재된 불온 벽보 50여매를 ○○리 여맹원들로 하여금 부락 각 요소에 첩부하여 일반민으로 하여금 대한민국에 적개심을 환기하여 김일성 괴뢰집단에 협력하게 하고 동 기간 내 부역군 모집 및 여맹원 포섭을 목적으로

① 의용군에 참가하자

② 피 끓는 여성은 여맹 기빨 아래로 등의 내용이 기재된 「비라」를 면소재지 일대에 뿌리며 인민공화국 세상이 이루어지기를 기원하였던 자로

① 미군은 철퇴하라!

② 토지를 무상으로 농민에게 분배하라!

③ 모든 여성들은 여성동맹 기빨 아래로!

④ 머지않은 장래에 행복이 온다!

⑤ 미제의 주구인 매국역적 리승만 김성수를 타도하자!

⑥ 지주와 자본가의 대변자인 한민당을 박살내자!

⑦ 위대한 영도자 박헌영 동무 만세!

같은 불온「비라」200여매를 등사하여 일반 부락민들에게 배부한 자로서 인민군이 후퇴하고 사세 불리하게 되자 이북으로 갈 것을 결의하고 북쪽으로 40리가량 가다가 청년단원들에게 체포된 자임.

처분결과

피의자 한전희는 1951년 4월 26일 대전지방법원에서 다음과 같이 선고되었다.(괄호 안은 구형량)

한전희: 징역 6년(징역15년)

노랫소리를 들었는지 못 들었는지 보일러쟁이는 김씨 어머니가 있

는 방 밖을 돌아 마당 쪽으로 가고 있었고, 김씨는 얼른 어머니 방으로 들어갔다. 그 늙은 여자는 마치 화두를 좇아가는 선승처럼 팽댕이를 치고 앉아 있었다. 마당 쪽 벽 앞이었는데 별꼴, 자기가 무슨 갓 시집온 홍색짜리라고 그야말로 녹의홍상으로 떨쳐입고 있는 것이었다. 어머니가 시집올 때 가지고 왔다는 무명으로 된 붉은 치마와 노랑 저고리 차림이었고, 초례청에 선 새악시처럼 정성껏 단장을 하고 있었다. 틀어올려 쪽을 진 머리칼은 눈처럼 하 는데 무엇을 발랐는지 꼭 동백기름 내음이 났고, 무엇으로 그렇게 하였는지 연지 찍고 곤지 찍는 성적成赤을 한 얼굴에서는 분가루 내음이 났다. 어머니는 아들이 들어온 것을 모르는지 왼손으로 쥐고 있는 무엇을 다후다 조각으로 닦아내고 있었는데, 무엇인지 번쩍번쩍 빛을내고 있었다.

어머니가 홍색짜리였던 시절 그러니까 남조선민주여성동맹 ○○면당 위원장이 되었을 때 새서방님한테서 받은 것이었다. 등허리에 민들레꽃 무늬가 새겨진 것으로 내외지간이나 정인이 된 여성 손가락에 남성이 끼워주던 금반지였다. 사회주의운동에 몸과 마음을 던진 사람들이 하였던 무슨 하냥다짐과 같은 것이었다. 달포가 넘게 끔찍한 족대기질을 당하고 나서 반십년이 넘는 옥살이를 할 때도 오른손 약지에 끼고 있던 것이었다. 형무소 당국에 영치시키라는 것을 삼칠일이 넘는 단식투쟁 끝에 얻어낸 것이었다.

어머니는 무슨 노래인가를 부르며 기와가루 묻힌 다후다 조각으로 반지를 닦고 있었는데, 「해방의 노래」였다. 천재 시인으로 조선문학가동맹 중앙집행위원이던 림 화가 노랫말을 짓고 또한 천재 음악가로 조선음악동맹 작곡부장이었던 세계적 작곡가 김순남이 곡을 붙인 것이었다. 그때에는 좌익 쪽만이 아니라 인민 얼추가 죄 이 노래를 불렀으므로 애국가 마침었다고 하였다. 어머니는 무슨 제삿날 쓰일 제기라도 닦는 것처럼 민들레꽃반지를 닦고 또 닦는 것이었는데, 지그시 눈을 감고 있었다.

사람은 누구나 이제까지 살아온 세월 가운데 가장 빛났던 순간 또는 시절을 떠올리며 그때로 돌아가고 싶어 한다는데, 어머니 또한 많은 사람들 손뼉소리를 받으며 연설을 하고 노래를 가르치고 또 정의로운 일에 몸과 마음을 다 바치는 아름다운 사람들 뒷바라지를 하는 틈틈새새로 『자본주의의 한계』 『레닌주의의 기초』 같은 책을 읽으며 궁구를 하던 세월로 돌아간 것 인가. 아니면 숫제 그 시절을 살고 있다고 잘못 생각하고 있는 것인가. 김씨가 그렇게 생각해서 그러한 것인지 등꼬부리에 버커리인 어머니 조붓한 얼굴 두 뺨에는 붉은 기운이 어리는 것 같았다.

　서둘러 방을 나온 김씨는 잰걸음을 쳤다. 그럴 리는 없지만 만에 하나라도 보일러쟁이가 알아들을까 봐서 어머니 방에서부터 멀어지려고 하는 것이었는데, 무슨 소리가 들려왔다. 몇달만 있으면 망백이 되는 그 늙은 여자가 부르는 노랫소리였다. 「해방의 노래」 2절이었다.

"뇌동자와 넝민덜은 심을 다헤서
늠덜헌티 빼앗겼던 퇴지와 공장
중이에 손이루 탈환하여라
제늠덜에 심이야 그 무엇이랴"

『창작과비평』 2012년 여름호

김성동 모친 추모 소설

달뜨기 마을

안재성*

　달뜨기는 나룻배 모양의 타원형 분지에 십여 가구가 농사를 지으며 살아온 작고 아늑한 마을이었다. 봄날 맑은 밤이면 찰랑찰랑한 논물 위로 두둥실 떠가는 달이 꿈같이 아름답다고 해서 옛사람들은 그곳을 달 뜨기 마을이라 부르고 한자로는 개월(開月)이라 썼다.

　1910년 조선을 점령한 일본인들은 조선반도 구석구석의 작은 마을 이름까지 다 바꿔 버렸다. 달뜨기 마을이 속했던 충청도 홍주목 번천면은 충청남도 홍성군 홍동면이 되었고, 달뜨기 마을은 월현리로 등재되었다. 면소재지는 마을에서 논길을 따라 20분쯤 걸어가는 곳이었다.

　세상은 바뀌었지만, 마을의 주인은 바뀌지 않았다. 달뜨기의 주인은 조선왕조 중기부터 3백년이나 터 잡고 살아온 양반가문인 한씨네였다. 좁은 분지에서 얻는 소출에는 한계가 있어 큰 부자는 아니었으나, 머슴들에게 자비롭고 주변 사람들에게 인심이 좋아 근동에서 널리 존중받

---

* 소설가. 제2회 전태일문학상으로 등단. 장편소설 <파업> <황금이삭> <아무도 기억하지 않았다> <명시> 등을 썼으며 박헌영, 이관술, 이현상 등 다수의 인물 평전을 썼다. 최근 인물 약전 <항일전사 19인>을 발간했다.

는 집안이었다.

아들 하나에 딸 셋인 한 씨네 자녀들도 집안의 긍지에 욕되지 않게 잘 성장했다. 그중에도 막내딸 한연희는 수려한 외모로 주목을 받았다. 사람들은 한연희가 나타나면 주변이 환해진다고 했다. 무성영화에 나오는 서양 여배우처럼 예쁘다는 이도 있고, 월현리에 선녀가 현신했다고 말하는 이도 있었다.

처음에는 미모 때문에 놀랐던 사람들은 다음에는 성격에 놀랐다. 한연희는 착하고 온순하다거나 상냥하고 애교 넘치는 그런 여자는 아니었다. 상대가 선생님이든 동네 어른들이든, 옳지 않다고 생각되면 곧이곧대로 따지는 꼬장꼬장한 성격이었다. 아버지는 막내딸이 3.1만세운동의 정기를 받았나보다고 했다.

공부욕심도 대단했다. 여자는 한글만 배워도 다행인 문맹시대였는데 오빠를 졸라 천자문을 뗀 다음 논어, 맹자를 혼자 공부했다. 일본인들이 세운 보통학교는 월사금이 비싸 웬만한 집 아이들은 가기 어려웠다. 아버지는 큰아들을 서울의 전문학교로 유학 보내느라 얼마 안 되는 농토까지 팔고 있었지만 딸의 요구를 뿌리치지 못하고 홍동면소재지에 세워진 보통학교에 보내주었다.

여학생은 몇 명 되지도 않던 보통학교에서 한연희는 단연 1등을 유지했을 뿐 아니라 대장 노릇까지 했다. 말싸움에서 남학생들을 압도하는 것은 당연했고, 키가 크고 경쟁심이 강하다보니 운동에서도 남학생들을 거의 다 제압했다. 남학생들은 말했다.

"선녀 중에 대장이 있다면 아마 한연희일꺼야."

보통학교를 졸업하여 완연한 처녀가 된 한연희를 본 어른들은 충남 일대에 회자되어온 전설을 떠올리곤 했다. 홍동면소재지에서 논길을 따라 한 시간 반쯤 걸어가면 나오는 예산군 신양면의 주막집 아들 박헌영에 관한 이야기였다. 정확히 말하자면 박헌영의 아내 주세죽에 관한 이야기였다.

서울로 유학 간 박헌영이 유명한 독립운동가가 되어 몇 번이나 신문에 사진이 실리고 형무소를 집처럼 드나든다는 이야기는 근동의 화젯거리였다. 1930년 무렵이라 했다. 서울에서 신문기자로 일하던 박헌영이 신양에 내려와 결혼식을 했는데, 박헌영보다 더 관심을 받은 이가 주세죽이었다. 주세죽의 수려한 미모는 수많은 말로 묘사가 되고 부풀어져 전설로 남았다. 그리고 그 찬사가 이제 한연희에게 이어졌다. 어른들이 한연희와 주세죽을 비교해 말했다.

"어쩌면 둘이 자매처럼 닮았을까?"

"인물은 우리 연희가 더 낫지."

한연희는 25살이나 차이가 나는 주세죽을 사진으로도 본 일이 없지만, 왠지 친근한 언니가 생긴 기분이었다. 방학을 맞아 집에 내려온 오빠에게 박헌영 내외에 대해 물어본 적도 있었는데 공부만 잘하는 순둥이 모범생인 오빠는 동네 어른들보다 아는 게 없었다. 두 사람에 대해 좀 더 알게 된 것은 결혼한 후였다.

일본이 미국과 중국을 상대로 전쟁을 일으키면서, 식민지 조선인들의 삶은 더욱 팍팍해 졌다. 여자 나이 18살만 되면 여자근로정신대로 끌려가던 치욕의 시대였다. 결혼하면 끌고 가지 않았기 때문에 나이가 차면 아무 남자에게나 시집보내기 바빴다. 하지만 일본경찰과 관리들도 유서 깊은 가문인 한씨네 딸을 건드리지는 않았다. 혼처를 고르고 고르던 아버지는 딸이 21살이 되어서야 마땅한 상대를 찾아냈다.

달뜨기 마을의 뒷동산에 오르면 서해바다 쪽으로 멀지도 가깝지도 않은 들판에 홀로 우뚝 선 큰 산이 눈에 들어왔다. 오서산이었다. 해발 8백 미터가 안 되지만, 주변의 나직한 야산들 사이에 외로이 솟은 자태가 웅장해 인근 3개 군의 분기점이 되는 산이었다. 한연희는 도도히 서 있는 오서산을 볼 때마다, 그 너머에는 누가 살고 있을지, 보령 바다는 어떤 모습일지 궁금해 했다.

아버지가 혼처로 선택한 집안은 그 오서산 너머 보령군 청라면 명대리에 사는 김진사 댁이었다. 오서산을 관통하는 산길로 넘어가면 빠르지만, 무한천을 따라 평지로 걸어도 하루거리가 안 되는 곳이었다.

남자든, 여자든, 상대방의 얼굴 한 번 보지 못한 채 부모가 정해준 대로 혼인하던 시대였다. 아버지는 말했다.

"김진사 어른은 훌륭하신 분이다. 왕조 말에 과거시험에 붙어 진사가 되셨는데 왜놈들이 조선을 점령하자 스스로 곡기를 끊어 자결하신 애국자이시다. 네 배우자가 될 그 집 장손도 조부를 닮아 아주 영민하고 반듯한 청년이라더라. 나이도 너보다 다섯 살이 많으니 꼭 맞는 배필이다. 기쁜 마음으로 혼례를 준비하도록 해라."

1943년 봄이었다. 혼례를 위해 사대관모 차림으로 당나귀를 타고 월현리 친정에 찾아온 신랑은 마른 체구에 갸름한 얼굴을 가졌는데 긴 눈은 끝이 날카롭게 치켜 올라갔고, 큰 귀도 위로 뾰족한 것이 아주 깐깐하고 매서운 인상이었다. 그러나 한연희는 왠지 그가 무섭지 않았다. 맺고 끊음이 없이 두루뭉술하게 살아가는 식민지 남자들의 비굴함을 경멸해온 한연희에게는 오히려 꼭 맞는 사람 같았다. 나이는 26살, 이름은 김일봉이었다.

전통에 따라 월현리 친정에서 사흘간 잔치를 한 후 고운 색동저고리 차림으로 꽃가마에 올라 온종일 걸려 도착한 명대리 시댁은 오서산 남향 산기슭에 자리 잡아 너른 들판과 신작로가 한눈에 내려다보이는 아담한 기와집이었다. 집 뒤로 웅장하게 펼쳐진 오서산을 올려다보니 어려서부터 꿈꾸어온 이상향에 온 기분이었다.

오서산에 대한 환상 때문이었을까, 신혼생활은 꿈만 같았다. 전시라고 해서 농사지은 기름진 쌀을 모두 빼앗기고 중국에서 들여온 썩은 콩깻묵이며 돌가루 같은 옥수수로 연명해도 좋았다. 유서 깊은 진사 가문에서 선비 교육을 받은 김일봉은 날카로운 인상만큼이나 절도 있는 사람이었다. 다섯 살 어린 아내에게도 반드시 존댓말을 하고, 누구와도 함부로 언성을 높여 싸우거나 욕설을 하는 일이라곤 없는, 품격 있는 선비였다.

성실하기도 했다. 굶을 지경이라도 머슴을 고용해 일을 시키고 자신은 논물에 발을 담그지 않는 것이 양반의 체면이던 시절인데 남편은 달랐다. 모판에 볍씨 뿌리기부터 수확한 벼를 탈곡하는 일까지 모두 직접했다. 그는 아내와 함께 일하며 말하곤 했다.

"농사는 천하의 근본이요, 농민은 천하의 주인이오. 농사일은 힘들지만 부끄러워해서는 안 되오. 땀 흘려 일하는 농민들과 공장에서 일하는 노동자가 세상에서 가장 고귀한 사람들이오."

남편은 '고귀한'이라는 단어를 좋아했다. 세상과 인간에 대해 한참 흥이 나서 이야기를 하다가 '고귀한'이라는 단어가 나오면 스스로 감격해 음성까지 떨곤 했다. 또한, 낮은 사람일수록 더 고귀하게 여겼다. 집에 찾아오는 걸인 하나도 박대하지 않고 꼭 먹을 것을 챙겨주었다. 멸시 받는 머슴들에게도 꼭 존댓말을 써주고, 냄새나고 남루한 그 집 아이들을 자기 조카들처럼 살갑게 대해주었다.

한 가지 이상하게 여겨진 것도 있었다. 조선일보와 동아일보는 폐간된 데다, 청라면 소재지와도 멀어 총독부에서 발행하는 매일신문조차 배달되지 않는데도 남편은 전쟁 소식을 잘 알고 있었다. 중국에서 중국 공산당 팔로군이 일본군을 밀어붙이고 있다는 소식이며, 독일군이 러시아에서 수십만이 얼어 죽으며 고전하고 있다는 소식, 남태평양에서 미군이 연전연승하고 있다는 승전보를 어찌 아는지 몰랐다. 명대리 집 사랑방에는 가끔씩 동네 청년들이 모여들어 남편으로부터 일본군의 불리한 전황에 대해 되풀이해 들으며 감탄하고 박수를 치며 좋아했다. 하도 궁금해서 어느 날은 물어보았다.

"서방님은 남들하고 똑같이 농사를 짓고 살면서 어찌 그리 많은 소식들을 아신대요?"

남편은 잠깐 당황한 표정이 되었으나 이내 웃으며 대답했다.

"왜 있잖소. 가끔 와서 며칠씩 자고 가는 엿장수 말이오. 그이가 세상

소식을 전해주는 거요. 전국을 돌아다니며 많은 이야기를 듣는 사람이니까."

그러고 보니 한두 달에 한 번은 꼭 찾아오는 엿장수가 이상했다. 엿장수는 경상도 사투리를 썼는데 마흔 살이 넘어 보이는 새까만 얼굴에 늘 밝게 웃고 재미있는 말도 잘했다. 본래 머슴과 걸인들에게 잘해주는 남편이지만, 그 사람은 특히 각별하게 대해서 며칠씩 재워주고 밤낮없이 함께 지냈다. 남자들끼리 도대체 무슨 이야기를 나누는지 궁금할 지경이었다.

빈 지게를 짊어진 머슴차림의 남자가 엿장수와 함께 와서 며칠 묵고 가기도 했다. 큰 눈이 부리부리하니 잘 생긴 남자였는데 엿장수와는 달리 무척 과묵해서 웃는 얼굴을 본 적이 없었다. 어쩐지 가까이 하기에 무서운 느낌이었다. 그런데 시아버지는 그를 알고 있는 눈치였다. 어느 날 밖에 나갔던 시아버지가 들어오며 묻는 것이었다.

"금산 이진사댁 막내아들은 돌아갔느냐?"

한연희는 그제야 눈 부리부리한 사람이 금산의 유명한 전주 이 씨 왕손가의 한 사람이라는 것을 알았다. 그 유명한 부잣집 아들이 왜 빈 지게까지 지고 머슴 차림으로 돌아다니는지는 알 수 없었다. 남편이 두 사람으로부터 세상 돌아가는 소식을 듣고 있다는 것은 확실했다. 그 이상은 묻지 않았다. 어쩌다가 친구를 만나고 온다며 며칠씩 출타했다가 돌아오는 일 말고는 남편은 보통의 농민들과 다름없이 열심히 농사일을 하며 살아가니 궁금할 것도 없었다.

우연히, 남편이 가끔씩 어디를 다녀오는가를 알 기회는 있었다. 엿장수가 찾아온 어느 날 밤이었다. 야식으로 동치미를 한 그릇 퍼서 사랑방에 들여보내려는데, 창호지문 너머로 방안에서 하는 말이 새어나왔다. 남편의 목소리였다.

"신양 어르신은 제가 갈 때마다 주세죽 여사의 근황을 물으십니다."

주세죽이라는 귀에 익은 말에 멈칫 서있으려니 경상도 엿장수의 대답이 들려왔다.

"주 여사 소식은 아무도 모른다네. 모스크바로 돌아갔다는 소식까지는 들었네만, 벌써 10년 전 이야기고, 그 뒷 소식은 알 수가 없어."

한연희가 기척을 하고 문을 열자 두 사람의 대화는 끊어졌다. 왠지 물어보면 안 될 것 같은 생각에 더 묻지는 않았지만 신양면의 전설로 내려온 박헌영과 주세죽이라는 이름은 또 한 번 기억에 새겨졌다.

이듬해인 1945년, 마침내 일본은 전쟁에서 패배해 조선 땅에서 물러났다. 대신 승전국인 미국과 소련이 조선반도를 남북으로 분할해 군대를 진주시켰다.

한연희는 해방이 되고서야 남편을 찾아오던 이들이 누구인지를 알게 되었다. 경상도 엿장수는 조선공산당 부당수 이관술이었고, 금산 이진사댁 막내아들 역시 조선공산당 고위간부인 이현상이었다.

신혼 때 두 사람이 엿장수며 머슴 차림으로 나타난 이유도 알았다. 독립운동으로 형무소에 갇혔다가 병보석이 되자 달아나 경찰에 쫓기는 몸으로 전국을 돌아다니며 항일조직을 만들고 있었던 것이다. 신양의 주막집 아들 박헌영은 해방되는 날까지 전라도 광주에서 노동자로 일하면서 항일운동을 이끌다가 해방이 되자 조선공산당을 재건해 당수가 되었다는 사실도 알게 되었다.

함께 활동했던 이들이 조선공산당의 최고지도부가 되면서, 남편도 조선공산당 충남도당 문화부장에 임명되어 대전으로 떠났다. 공산당의 인기가 좋았을 때였다. 마을 아낙들은 무척이나 부러워했다.

"서방님이 크게 출세했다며? 돌아가신 김 진사 어른이 제일 기뻐하겠어."

"역시 피는 못 속여요. 명문가는 다르다니까."

대전으로 떠난 남편은 어쩌다가 한 번씩 집에 들렀는데 올 때마다 직책이 늘어났다. 조선공산당 충남도당 대변인을 겸임하더니 얼마 후에는 전국농민동맹 충남위원장까지 맡았다. 또 얼마 후에는 1주일에 한

번씩 기차를 타고 서울에 올라가 숙명여전에서 강의까지 했다.

마을 사람들은 어려서부터 수재 소리를 들어온 김일봉이 나라에 꼭 필요한 높은 사람이 될 거라며 부러워했지만, 한연희는 남편의 얼굴도 제대로 보지 못하는 채 시부모 모시고 농사짓느라 바빴다. 일본처럼 미군정도 모든 쌀을 강제로 수매해가니 생활형편도 별로 나아진 게 없었다. 오히려 해방 전의 두 해가 부부로서는 행복한 시간이었다.

외로운 아내를 생각했음일까, 남편은 가끔씩 집으로 사람을 보내왔다. 조선공산당의 외곽단체인 조선부녀총동맹 보령지부 간부들이었다. 그네들과 어울리면서 한연희는 처음으로 페미니즘이라는 영어단어를 알게 되었다. 남녀동등권이니 여남평등이라는 신조어도 배웠다. 그리고 이듬해인 1946년 7월에는 정식으로 조선부녀총동맹에 가입했다.

공부를 잘했던 월현리의 친정오빠는 이 무렵 면장이 되었다. 오빠는 오로지 농업 진흥에만 관심이 있었다. 우익인 한민당과 좌익인 공산당이 매일 치고 받고 싸워도 일체 상관하지 않고 농수로며 농로를 정비하느라 바빴다. 그래도 좌익들은 미군정 치하에서 월급 받으며 일한다는 사실만으로도 오빠를 우익이라고 비난했다. 한연희는 좌익 남편에 우익 오빠를 둔 셈이 되었다.

이 무렵 시아버지는 온가족을 이끌고 대대로 살아온 명대리를 떠나 들판 아래편인 장현리로 이사를 했다. 장현리는 명대리보다 지대가 한결 낮은 데다 집 앞에 작은 개울을 끼고 있어 무척 편안한 곳이었다. 명대리 집터가 오서산의 문턱이라 기가 너무 세서 집안에 불운이 온다는 풍수쟁이 말을 믿고 좀 더 아늑한 터전을 찾아간 것이었다. 하지만, 그곳도 오서산이 한눈에 올려다 보이기는 마찬가지였다.

조선공산당이 1946년 12월 남로당으로 명칭이 바뀌면서 조선부녀총동맹도 남조선민주여성동맹으로 바뀌었다. 사람들은 줄여서 여성동맹 혹은 여맹으로 불렀다. 한연희는 자동으로 장현리 여맹원이 되었다.

여맹원의 첫째 임무는 학습이요, 둘째 임무도 학습이었다. 남편은 어찌다가 집에 올 때 마다 꼭 책을 한두 권씩 갖다 주며 말했다.

"열심히 공부하시오. 학습하지 않는 운동가는 처음에는 넘치는 열정이 운동에 도움이 되는 것 같지만, 나중에는 그 열정이 오히려 동지들에게 해를 입히고, 끝내는 적에게 이로움을 준다는 것이 제정시대부터 혁명운동을 해온 선배들의 경험이요."

남편이 제일 먼저 갖다 준 책은 마르크스의 〈공산당선언〉이었다. 그토록 하고 싶었던 공부였다. 힘겨운 농사일이 끝난 밤중에 등잔불을 켜 놓고 읽었다. 선언서의 명문장 한 마디 한 마디가 가슴에 사무쳐 왔다. 몇 번이나 되풀이해 읽다보니 처음부터 끝까지 한 글자 틀리지 않고 책을 보고 읽는 듯 그대로 말할 수 있었다. 특히 마지막 부분이 좋았다.

"지배 계급으로 하여금 공산주의 혁명 앞에서 전율케 하라! 프롤레타리아트는 이 혁명을 통해 잃을 것이라고는 쇠사슬밖에 없다. 그리고 그들이 손에 쥐게 될 것은 전 세계이다. 만국의 프롤레타리아트여, 단결하라!"

아내가 열심히 공부하는 모습을 본 남편은 변증법과 유물론을 풀어 쓴 사회주의 철학서적들이며 러시아 혁명에 관한 책들을 소포로 보내오곤 했다. 〈쏘련 볼셰비끼당사〉, 〈변증법적 유물론〉 같은 번역서만 해도 열 권이 넘었다. 혼자 공부하기에는 어려운 책들이었지만 공부가 좋아서 열심히 읽으니 가끔씩 쉬어가라는 뜻으로 톨스토이의 소설 〈부활〉과 콜론타이의 소설 〈붉은 사랑〉도 보내왔다.

이듬해 말에는 새로 나온 조선인의 저서들도 샀다. 박헌영의 〈조선 인민에게 드림〉과 이강국이 쓴 〈민주주의 조선의 건설〉 같은 책들이었다. 두 사람의 저서는 주로 신문에 실렸던 내용이라서인지 무척 쉽고 재미있었다. 세계사를 배우지 못해 세계역사에 관한 부분은 잘 이해가 안 되기도 했는데, 그런 부분은 그냥 외워버렸다. 조선 제일의 공산주의 이론가라는 박치우와 신남철의 저서도 갖다 주었는데, 그 두 사람만은 너무 어려워서 읽을 수 없었다.

가장 재미있게 읽은 책은 식민지시대부터 열렬히 좋아했던 소설가 이태준의 〈해방전후〉였다. 놀랍게도 그 책에는 저자 이태준이 남편에게 써준 서명이 들어있었다. 이태준도 해방 전에 숙명여전 강사였던 인연이라고 했다. 〈해방전후〉는 한연희의 제일의 보물이 되었다.

개인적인 학습만이 아니었다. 조선공산당 기관지 〈해방일보〉부터 시작해 남로당 기관지 〈노력인민〉 등 여러 단체에서 발행되는 신문과 소책자들을 놓고 여맹원들과 함께 공부했다. 보령군 일대에서 열리는 좌익 집회마다 참석하고 신작로 곳곳에 이승만과 미군정을 비난하는 현수막을 내걸거나 전단으로 만들어 나눠주었다. 수배가 되어 오서산에 숨어있는 보령군당 간부들을 위해 돈과 쌀을 모아 전달하기도 했다. 해방은 됐다지만 먹고 사는 형편은 전과 다름없으니 한두 되의 쌀을 퍼주는 것도 쉬운 일이 아니었다.

이 와중에 아이도 낳았다. 엄마를 꼭 닮아 여자처럼 갸름한 체구에 얼굴도 곱상한 남자아이였다. 1947년 생이니, 결혼 5년 만에 태어난 장손이었다. 시부모는 본인들이 낳은 아이보다 더 끔찍이 손자를 예뻐했다. 특히나 시아버지가 얼마나 좋아하는지 아예 아이를 끼고 살았다. 여성동맹 활동으로 바빠도 아이 키우는 일은 걱정이 없었다.

정치 상황은 갈수록 나빠졌다. 1948년이 되면서 남과 북에 제각기 나라가 세워지는 게 확실해졌다. 남로당원들이 보령읍내 소학교 운동장에서 개최한 3.1운동 기념식은 남한만의 단독정부를 반대하는 집회나 마찬가지였는데, 몽둥이에 권총까지 든 우익 청년들의 공격으로 엉망이 되었다. 경찰은 싸움을 말리지는 않고 공포까지 쏘며 해산하라고만 했다. 이 충돌로 십여 명의 좌익 청년들이 피투성이가 되었다. 끔찍했다.

동네 여맹원들과 함께 이날 집회에도 참석했던 한연희는 집까지 걸어오는 내내 두려움과 분노로 떨었다. 하지만 그날의 격돌은 다가올 참상에 비하면 애들 싸움과 같았다. 결국 남과 북은 제각기 나라를 세웠고, 미아가 되어 버린 남한의 혁명가들을 기다리는 것은 죽음뿐이었다.

이 무렵, 남편은 장현리 집에 내려와 있었다. 남로당과 그 산하단체인 농민동맹은 불법단체가 된지 오래고, 숙명여전 강사직에서도 쫓겨났기 때문이었다.

낙향한 남편은 사람들과 잘 어울리지 않고, 아내와도 말을 거의 하지 않았다. 남로당 내에서 남편의 든든한 후원자이던 엿장수 이관술은 대전형무소에 갇힌 지 오래고, 이진사댁 막내아들 이현상은 주막집 아들 박헌영을 따라 북으로 올라가 버리고 없을 때였다. 식민지 시대보다 더 지독한 현실이 남편을 우울하게 했다.

굴복하지는 않았다. 함께 활동했던 남로당원이며 농민회원의 대다수가 경찰의 압박을 이기지 못해 사상전향서를 쓰고 국민보도연맹이라는 관변단체에 들어가 생명을 보존할 때였다. 장현리 집에도 하루걸러 경찰과 구장이 찾아와 공산주의를 포기한다는 사상전향서를 쓰고 보도연맹에 가입하라고 압박했다. 그러나 남편은 끝까지 가입을 거부했다.

마침내 경찰이 들이닥친 것은 단독정부를 수립하고 2개월이 지난 1948년 10월이었다. 한밤중에 몰려온 사복경찰들은 구둣발로 방안에 들어와 남편을 체포해 갔다. 신분을 묻는 시아버지에게 그들은 퉁명스레 답했다.

"서울시경 특별경찰대에서 왔소!"

체포된 공산주의자에게는 어떠한 인권도 허락되지 않았다. 식구들은 남편이 잡혀가고 몇 달이 지나서야 대전형무소에 수감되어 있다는 연락을 받았다. 그것도 경찰이 가르쳐준 게 아니라 출소하는 재소자를 통해 인편으로 전해온 것이었다.

대전형무소는 엿장수 이관술이 수감된 곳이기도 했다. 면회를 다녀온 시아버지는 손자를 안고 긴 한숨을 쉬며 말했다.

"경상도 엿장수와 금산 이 진사 아들이 너의 에비를 이렇게 만들어 놨구나. 이를 어쩌면 좋으냐. 너희 에비는 이제 감옥에서 죽게 생겼구나."

말이 씨가 되었을까? 얼마 후 재판에서 남편은 징역 10년 형을 선고받았다. 그러나 1년 반을 겨우 넘기고 죽고 말았다. 1950년 6월에 전쟁이 터지자마자 이관술과 함께 대전 외곽인 산내면 낭월리 골령골에 끌려가 총살당한 것이다.

인민군 치하에서 발행된 〈로동신문〉은 골령골에서 학살된 사람이 7천 명이라고 했고 그보다 더 많다는 이들도 있었다. 죽은 이들 중에는 보도연맹에 가입해 체포를 면하고 집에 있다가 잡혀간 사람이 더 많았다. 남편은 보도연맹에 가입하지 않는다고 잡혀갔는데, 설사 가입을 했다 해도 죽음을 피하지 못했을 것이었다.

남편이 언제 저들의 손에 죽임을 당할지 몰라 늘 두려웠는데, 막상 소식을 들으니 눈물도 나지 않았다. 다만 며칠 동안 잠을 자지 못했다. 원리원칙밖에 모르는 정직하고 올곧은 남편이 불쌍해서 잠이 오지를 않았다. 그런 남편을 죽인 세상이 무섭기도 하고 증오스럽기도 했다.

전쟁은 악인보다는 착한 사람을 더 많이 하늘로 데려갔다. 남편이 죽고 3주일이나 지났을까, 이번에는 홍동면장으로 일하던 친정오빠가 죽었다. 한없이 착하기만 한 친정오빠를 죽인 것은 우익이 아니라 좌익이었다.

개전 20일 만에 대전을 점령한 인민군이 홍동면까지 들어오자 인민위원회가 만들어지고 자치대가 결성되어 청년들이 붉은 완장을 차고 반동들을 잡으러 다녔다. 그날은 마침 일요일이어서 늦은 아침을 먹은 오빠는 아버지와 바둑을 두고 있었다. 오빠는 친일을 한 것도 없고 면장으로 재직하면서 부당한 일을 한 적도 없었기에 인민군이 오는 줄 알면서도 피난도 가지 않고 있었다. 그런데 갑자기 붉은 완장의 청년들이 대문을 걷어차고 몰려와 사나운 목소리로 가자고 했다. 오빠가 무슨 일이냐고 물어도 가보면 안다며 다짜고짜 끌고 가려고 했다. 친정엄마는 서둘러 씨암탉을 잡아 청년들에게 대접했지만 청년들은 닭만 먹어 치우고 기어이 오빠를 끌고 가 버렸다.

다음날 홍동면 인민위원회에서 주도한 인민재판에서 오빠는 이승만의 졸개노릇을 했다는 이유로 사형을 선고받아 즉석에서 청년들의 대나무 창에 난자되어 죽고 말았다. 피투성이가 되어 면사무소 뒷마당 우물 속에 던져진 오빠의 시신은 두 달 후 인민군이 물러난 후에야 거의 형체를 알아볼 수 없는 상태로 발굴되었다.

청라면에서는 인민재판이 벌어지지 않았다. 그러나 인민공화국 세상이 되자 지하에 잠적했던 남로당 조직들이 하룻밤 사이에 햇볕 아래로 되살아났다. 그들은 제일 먼저 군인과 경찰가족, 양반지주들의 가옥을 접수해 가구와 식량을 빼앗았다. 그리고 악질 반동분자로 분류된 사람들을 보안서로 이름을 바꾼 경찰서 유치장에 감금했다.

보령군 여성동맹도 재건되어 옥계리 사는 여자 정말순이 위원장을 맡았다. 정말순이 장현리 집으로 한연희를 찾아온 것은 8월 15일이었다. 청라면 여맹위원장을 맡아달라는 것이었다. 친정오빠가 좌익들에게 참혹하게 참살되었다는 사실을 아직 모르고 있던 때였다. 한연희는 아무 망설임 없이 여맹위원장 직을 수락했다.

시아버지와 시동생도 인민위원회의 직책들을 맡았다. 시아버지는 청라면 토지분배위원장을 맡았고, 시동생은 청라면 청년동맹위원장을 맡았다. 한 지붕 아래 한 가족에서 위원장이 3명이나 나온 것은 대전형무소에서 처형당한 김일봉의 유족이라는 이유 때문만은 아니었다. 시아버지는 인근에서 가장 존경받는 어른이라 해서 부여받은 명예직이었고 한연희와 시동생은 남로당 때부터 활동해온 경력을 인정받은 것이었다.

청라면 여맹위원장 임명식은 장현리 제각에서 열렸다. 30여 명의 여자들이 모인 가운데 대전에서 인민군을 따라 온 여성 선전원이 이북에 세워진 조선민주주의인민공화국의 남녀동등권 법령에 대한 설명을 한 후, 정말순이 임명장을 수여했다.

낮에는 농사를 지어야 해서 부녀동맹 활동은 주로 밤에 진행되었다. 밤 8시가 되면 부락회관에 부녀자들과 아이들을 집합시켜 놓고 남녀평등에 대해, 이북에 세워진 인민공화국 정부의 위대성에 대해 가르쳤다. 아이들에게는 김일성 찬가를 가르쳤다. 모임이 끝난 후에는 꼭 만세삼

창과 구호를 외쳤다.

"위대한 김일성 장군 만세!"

"스탈린 대원수 만세!"

"조선민주주의인민공화국 만세!"

전황은 그다지 좋지 않았다. 낙동강 전선에서 교착상태에 빠진 인민군은 미군의 폭격으로 보급로까지 끊어져 물자부족에 시달렸다. 여맹원들은 집집마다 돌아다니며 쌀과 보리, 된장과 고추장, 미숫가루 같은 식량을 징발해 보령군 여성동맹 본부로 날랐다. 마을에 찾아온 인민군들에게 밥을 해주기도 하고, 양말과 손수건을 만들어주기도 했는데, 손수건에는 '독립만세'라는 글씨를 수놓았다. 인민군복을 제작하는 것도 일이었다. 한연희도 직접 두 벌을 짓는 등, 청라면에서만 18벌을 만들어 보냈다.

보급 활동 틈틈이 선전 활동도 했다. 남로당 시절과 마찬가지로, 광목에 붓으로 글씨를 써서 마을 입구와 대로변에 내걸기도 하고, 종이에 포스터를 그려 곳곳에 붙이기도 했다.

'미제 앞잡이 리승만을 타도하자!'

'미제국주의 절대 반대!'

청라면의 인민군 천하는 불과 40일 만에 끝났다. 9월 28일, 국군과 미군이 서울과 대전을 동시에 탈환했고, 인민군은 서둘러 이북으로 후퇴하기 시작했다. 보안서는 경찰서라는 이름으로 돌아가고, 피난가거나 숨어있던 경찰과 청년단이 다시 등장했다. 한연희의 일생에 가장 빛나던 40일도 끝났다.

인민군은 대전에서 철수하기 직전, 대전형무소에 수감했던 우익 1,200여 명을 학살했다. 제대로 구덩이를 팔 겨를도 없어 많은 사람을 형무소의 커다란 우물 속에 처넣어 죽였다. 죽은 사람 중에는 유엔군으로 참전했다가 포로로 잡힌 미국인과 아일랜드인도 있었다.

대전을 탈환한 국군은 그 보복으로 대전과 인근지역에서 인민위원회에 가담했다가 체포된 1천여 명을 집단 사살해 버렸다. 서울에서도 시가지 점령이 끝나자마자 1천여 명을 체포해 즉석에서 사살해 버렸다고 했다.

보령군에도 우익들의 보복이 시작되었다. 인민위원회와 여성동맹, 청년동맹의 간부들은 국군이 대전을 탈환한다는 정보에 따라 미리 오서산으로 피신했는데, 이를 잘 모르고 집에서 머뭇대던 이들은 우익 청년단과 경찰에 붙잡혀 처참히 타살되었다.

청라면 노동당은 미군이 대전에 진주하기 전날인 9월 27일 밤, 명대리 뒤편 오소산 기슭으로 도피했다. 한연희도 아이를 시어머니에게 맡기고 여맹회원 10여 명과 시동생을 이끌고 명대리 아지트에 올라갔다. 아지트라지만 바위틈이나 나뭇가지 사이에 광목을 쳐서 밤이슬이나 겨우 피할 뿐이었다. 신혼의 추억이 어린 명대리 마을을 내려다보며 추위에 떨고 있으면, 더 멀리 들판 아래 장현리 집에서 엄마를 찾으며 울고 있을 갓난아이를 생각하면, 가슴이 너무 저려 심장이 멈추는 듯 숨이 막혀왔다.

시아버지는 총살이 되더라도 장현리 집을 지키겠다며 따라오지 않았는데 다행히 경찰서에 끌려가 조사만 받고 풀려났다. 존경받은 인물이라는 이유로 토지개혁위원장을 떠맡았을 뿐, 마을 사람들에게 아무런 해도 끼치지 않았다는 여러 주민들의 탄원 덕분이었다.

오서산에 피신한 사람들 사이에는 후퇴하는 인민군을 따라 북상하자는 의견이 많았다. 그러나 북으로 올라가는 주능선인 태백산맥까지 가는 길만도 3백 킬로는 될 것이었다. 대부분 들판과 야산인 충청도를 가로질러 강원도까지 가는 건 거의 불가능한 일이었다.

다들 좌절과 공포에 사로잡혀 있을 때, 오서산 반대편에 은거하고 있던 보령군당으로부터 희망적인 소식이 전해져 왔다. 중국 팔로군이 인민군을 지원하기 위해 조선으로 진군해 올 거라는 소식이었다. 군당에 다녀온 면당위원장 최대진은 말했다.

"중공군이 참전하면 전세가 바뀔 것이오. 생명을 보존하려고 은둔할 게 아니라 중공군의 도래에 대비해 여성동맹, 청년동맹 회원을 계속 조직해 청라면당을 재건해야 합니다."

한연희는 며칠 후인 10월 5일, 정식으로 조선로동당에 입당했다. 산중 아지트에서 치러진 입당식에는 보령군당에서 나온 간부가 축사를 했다. 한연희는 이때 '고귀한'이라는 단어를 남편만 애호하는 게 아님을 알았다.

"전황이 조금 불리해졌다고 다들 도망치거나 투항하기 바쁜 이때, 오히려 투쟁의 기치를 높이 들고 자원해서 입당한 한연희 동무의 고귀한 정신에 우리 모두 힘찬 격려와 축하의 박수를 보냅시다!"

당원이 되었다고 해서 받는 특전은 없었다. 여성동맹보다 한결 강고한 규율과 의무만이 부가되었다. 청라면당에는 총을 가진 사람이 하나도 없었다. 중공군의 도래에 대비해 국군을 교란시켜야 한다는 상부의 명령을 맨몸으로 때워야 했다. 당연히 당원들이 앞장섰다.

며칠 후 자정이 넘은 시각, 한연희가 이끄는 여성동맹원과 시동생이 이끄는 청년동맹원 8명은 청양과 보령을 잇는 비포장도로에 진출했다. 남자들은 괭이와 삽으로, 여자들은 호미와 대나무로 흙을 파서 사방으로 2미터쯤 될 구덩이를 만들었다. 다 판 후에는 인공기를 휘두르며 만세 삼창을 하고 재빨리 오서산으로 달아났다.

빨치산으로서의 군사 활동은 그것이 전부였다. 나머지는 선전선동과 보급투쟁이었다. 밤마다 청라면의 마을을 돌며 정치집회를 열고 약간의 식량과 부식을 얻어 오서산으로 돌아가는 게 매일의 일과였다.

11월 4일 밤 10시에는 최대진의 지휘 아래 13명이 향천리 불무골에 들어가 마을 사람 20여 명을 마을 회관에 모아 정세를 설명하고 이승만과 미국에 저항할 것을 선동했다. 이틀 뒤 자정에도 다시 불무골에 들어가 쌀 한 말과 간장, 된장 등을 얻어 나왔다. 11월 8일 밤 10시에는 같은 인원이 내현리 마을에 내려가 마을 사람들을 모아놓고 선전선동을 한 후 역시 쌀 한 말을 얻어서 오서산으로 돌아갔다. 다음날인 11월 9일 밤에도 의평리 마을에 내려가 선전선동을 하고 쌀 다섯 되와 된장, 고추장을 얻었고 그 다음 날 밤에는 유현리에 내려가 쌀 두 말과 된장 한 되를 얻었다.

어느 마을에 들어가더라도 민폐를 끼치거나 인심을 잃지 않는 것이 원칙이었다. 추수철이라 집집마다 쌀이 풍족했지만, 한 마을에서 고작 쌀 한두 말과 장류 한두 됫박을 얻어 나오는 게 전부였다. 강제로 뺏는 것도 아니었다. 말이 빨치산이지 총 한 자루도 없는 데다, 절반은 여성들이니 위협을 하고 싶어도 할 수가 없는 처지였다. 그래도 어느 마을도 이들을 내쫓거나 박대하지 않았다. 적어도 처음 한 달은 그랬다.

인간의 사악함에 대한 징벌일까, 자연까지 이상해진 해였다. 여름에는 평생 겪어보지 못한 무더위에 파리와 모기가 창궐해 노천에서는 밥을 먹기도 힘들었는데, 겨울은 또 얼마나 춥고 눈발이 매서운지 몰랐다. 노인들도 평생 처음이라는 혹독한 추위 속의 산중 생활은 끔찍했다. 광목천으로 밤이슬이나 피할까, 벌써 얼기 시작하는 울퉁불퉁한 맨 흙바닥에 쪼그려 자고 나면 온몸이 두들겨 맞은 것 같았다.

11월이 되면서 나뭇잎이 다 떨어져 멀리서도 사람의 움직임을 볼 수 있게 되니 토벌대의 추적도 본격화되었다. 동네마다 민보단이라는 이름의 자경단이 만들어져서 보급투쟁도 어려워졌다. 마을에 내려갔던 여맹원이 민보단에게 잔인하게 살해되어 대검에 난자된 시신이 전시되는 사건도 벌어졌다. 동계 대토벌을 위해 대규모 국군과 미군이 보령군에 들어온다는 소문도 돌았다.

오서산은 서해 바닷가 야산지대라서 우뚝 솟아 보일뿐, 해발 8백 미터가 안 되는 데다 다른 산맥과 이어지지도 않는 단일한 산이었다. 봉우리는 하나뿐인데다 깊은 골짜기도 없어서 눈까지 내린 겨울이면 몸을 숨길 데가 없었다. 훈련된 정규군이라면 한나절 만에 정상까지 싹쓸이할 수 있었다. 보령군당에 다녀온 최대진은 침통한 얼굴로 말했다.

"미제와 괴뢰군의 공격이 시작되면 우리는 그날로 몰살되고 말 거요. 일단 오서산을 떠나 북쪽으로 향하다보면 인민군이든 중공군이든 만나게 될 테니 그들과 함께 움직이다가 보령이 해방되면 돌아옵시다."

각자 살 길을 찾아 떠나야 했다. 한연희는 오서산 북쪽에 있는 홍성군 광천읍에 가서 광천여맹위원장 방귀녀를 만나 함께 이동하기로 했다. 방귀녀의 남편은 목수동맹위원장을 맡고 있는 변판대라는 목수라고 했다.

이른 추위가 매서운 12월 초였다. 벌써 눈이 깔려 미끄러운 오서산을 힘겹게 넘어 접선장소인 광천읍 외곽의 사당까지 갔으나 방귀녀 내외는 찾을 수가 없었다. 사당 뒷산에 숨어 오후까지 기다려도 아무도 나타나지 않았다. 두 사람은 벌써 도피해 북으로 갔다는 것은 아주 나중에야 알았다.

접선이 실패할 경우 혼자 북으로 걸어가는 게 두 번째 선택이었다. 굶주림과 추위를 참으며 홀로 천안 방면으로 향했다.

무섭게 춥고 외로웠다. 광천에서 천안으로 가려면 친정이 있는 홍동면을 지나야 했다. 낯익은 들과 산을 만나니 도저히 발걸음이 떨어지지 않았다. 잠깐이라도, 단 한순간이라도 그리운 부모님 얼굴을 보고 작별인사라도 하고 싶었다. 할 수만 있다면, 하룻밤만이라도 따뜻한 방에서 누었다가 떠나고 싶었다. 오후 5시도 안 되었는데 세상이 깜깜해졌다. 유혹을 이기지 못하고 친정동네 월현리로 발길을 돌렸다.

신작로를 피해 논길을 따라 월현리에 들어가려면 상낭골을 지나야 했다. 설마 그 외진 동네까지 민보단이 결성되어 야경을 설 줄은 몰랐다. 인적 없는 길을 발소리 죽여 걸어가는데 갑자기 장총과 몽둥이를 든 청년들이 쏟아져 나오며 얼굴에 전등을 비춰댔다. 그들은 유명한 빨갱이가 된 한 씨네 딸을 한눈에 알아보았다.

"빨갱이를 잡았다!"

누군가 소리치는 순간, 한연희는 날아온 총 개머리판에 얼굴을 맞아 정신을 잃어 버렸다.

한연희는 혹독한 구타와 고문의 긴 수사 끝에 1951년 3월 14일 대전지방법원에서 국가보안법 위반으로 기소되었다. 다음 달인 4월 8일 재판에서 검찰은 징역 15년 형을 구형했는데, 판사는 피고가 직접 사람을 해치거나 총기를 들고 빨치산 활동을 하지는 않았음을 참고하여 징역 6년을 선고했다.

한연희는 감형해 달라고 반성문을 쓰지도 않았고, 좌익 활동으로 체포된 사람의 유일한 희망이던 사상전향서를 쓰지도 않았다. 꼬박 6년을 채워 옥살이를 했다.

수감 몇 해째던가, 대전형무소 여사에 있을 때였다. 간수 하나가 남편 김일봉이 죽던 날의 상황을 이야기해 주었다.

"다시 태어나도 그런 참혹한 광경은 볼 수 없을 거야. 인민군이 쳐들어오고 1주일 뒤부터 총살이 시작됐지. 대전형무소 수감자만 아니라 집에서 체포해온 보도연맹원까지 죽이는데 꼬박 5일이 걸렸어. 손목을 철사로 묶으니 때려죽여도 저항을 못하더라고. 여자들도 꽤 있었는데 똑같이 죽었지. 하루에 많으면 80대 트럭이 실어 날랐으니까. 대전 남쪽 산내면의 한 야산 기슭이었어. 미리 파놓은 구덩이 앞에 세워놓고 총을 쏘기도 하고, 산채로 몰아넣고 휘발유를 뿌려 불태워 버리기도 했지. 그래도 별로 양심에 찔리지 않았어. 왜냐하면 하나같이 김일성 만세니 공화국 만세를 외쳐대니 우리도 조금은 마음 편하게 죽일 수가 있었지."

거기까지 얘기한 간수는 슬쩍 한연희를 훔쳐보고는 말을 이었다.

"두 사람은 달랐어. 댁의 남편 김일봉이 하고 이관술이라고 공산당 거물은 달랐어. 형무소에서도 둘이 내내 단짝이었는데 시체구덩이 앞에도 같이 서더라고. 근데 군인들이 총을 쏘려니까 인민공화국 만세가 아니라 그냥 조선인민 만세를 부르더라고. 김일성 만세도 안 부르고 말이야. 왜 그랬는지는 모르지. 생각하면 안 됐어. 붉은 사상만 아니면 인격적으로 참 훌륭한 사람들이었는데 말이야."

간수들은 북한에 올라간 박헌영이 김일성에게 숙청되어 처형되었으며 이현상은 지리산에서 5년이나 빨치산 대장을 하다가 국군에게 사살되었다는 사실도 알려주었다. 간수들이 이런 말을 해준 이유는 공산주의를 포기한다는 사상전향서를 받기 위함이었다. 한연희는 그러나 끝까지 사상전향서를 쓰지 않았다.

6년의 감옥살이는 한연희의 입을 다물게 했다. 마치 1950년 12월 이전의 모든 기억을 잊어버린 듯, 감옥에서 나온 뒤로 그 누구에게도 자신의 과거에 대해 말하지 않았다. 식당의 찬모니 건물 청소부로 살면서, 일체 정치니 사회문제에 대해 말하지 않았다. 아무와도 친해지지 않고, 아무에게도 마음을 주지 않았다.

이 세상에서 한연희를 웃게 만들고 입을 열게 만드는 유일한 존재는 아들이었다. 감옥에서 나오니 아들은 11살이 되어 있었다. 할아버지와 할머니가 아무 부족함 없이 키워놓은 아들은 엄마의 외모와 아버지의 성격을 꼭 닮은 데다 두뇌는 둘을 합쳐놓은 듯 했다. 한연희는 힘든 식당일과 가난에 지쳐 풀이 죽어 있다가도 누가 아들에 대해 물어보면 금방 밝게 웃으며 아들 자랑을 했다.

하지만 아들과의 행복한 시간도 계속되지 못했다. 군사쿠데타로 권력을 잡은 박정희는 1975년, 사회안전법을 만들었다. 좌익 활동으로 장기형을 선고받은 죄수 중에 사상전향서를 쓰지 않은 이들을 계속 가둘 수 있는 특별법이었다. 거기에는 이미 형기를 마치고 석방된 이도 포함되었다.

감옥의 철문을 나선지 18년째, 오로지 아들만 바라보며, 어떤 사회활동도 하지 않고, 시부모까지 네 식구 생계를 위해 살아온 초로의 한연희는 또다시 체포되어 6년의 감옥살이를 해야 했다. 너무 원통하고 억울해서 수감되고 2,3년은 극심한 우울증으로 거의 잠을 자지 못했다. 잠을 자려고 누웠다가도 가슴이 옥죄고 숨이 막히는 공황발작이 오면 벌떡 일어나 죽음의 공포를 견디며 앉은 채 밤을 지새워야 했다.

이번 감옥살이는 더 힘들었다. 사상전향을 안한다고 한겨울에 찬물을 뿌리거나 잠자는데 우르르 몰려와 두들겨 패고 가는 식으로 괴롭혔다. 너무나 분해서 차라리 맞아죽고 말지, 전향서를 쓰지는 않겠다고 바락바락 소리 지르며 싸웠다. 억울하다고 호소할 방법도 없고, 호소할 상대도 없는 지옥 같은 시간이었다.

한연희가 감방에 있는 동안 박정희는 중앙정보부장 김재규의 총에 맞아 죽어 18년 독재는 끝났다. 하지만 그 후계자들에 의해 군부독재는 계속되었다. 한연희는 6년 만기를 다 채우고서야 석방될 수 있었다. 두 차례에 걸쳐 꼬박 12년의 옥살이였다. 호미와 대나무로 비포장도로 2미터를 파헤쳐 놓고, 다 합쳐봐야 두 가마니도 안 되는 쌀을 공출한 죄로는 너무나 가혹한 형벌이었다.

두 번째 옥살이는 한연희를 더욱 침묵에 빠뜨렸다. 한연희가 두 번째 옥살이를 하는 사이, 아들은 유명한 소설가가 되어 있었다. 감수성 예민한 아들은 얼굴도 기억나지 않는 아버지에 대해 알고 싶어 했고, 어머니가 왜 두 번이나 감옥살이를 했는지 궁금해 했다. 하지만 자신이 왜 전향서를 쓰지 않아서 다시 감옥살이를 했는지, 옥살이는 어땠는지를 아들에게도 말하지 않았다.

침묵은 수십 년이나 계속되었다. 같은 시대에 여맹위원장을 했던 여성들이 거의 다 사망했을 정도의 시간이 지나서야 침묵의 빗장을 풀어 아들에게 간간이 옛날이야기를 해주기 시작했다. 기분이 아주 좋은 날은 〈공산당선언〉의 마지막 문단을 외워 보이기도 하고, 이태준의 슬픈 소설 〈달밤〉의 한 구절을 암송해 보이기도 했다. 제일의 보물로 간직했던 이태준의 서명이 담긴 책 〈해방전야〉는 경찰의 압수수색 때 빼앗겨 버렸지만, 그 내용은 하나도 잊지 않았다.

자기 어머니가 여맹위원장을 한 것이 죽은 아버지 덕분이라고 생각했던 아들이었다. 반세기도 넘은 그 옛날에 읽은 어려운 책을 암송하는 어머니를 보며 죽비로 정수리를 맞은 듯 충격을 받았다. 아들은 그 자리에서 어머니에게 넙적 큰절을 올리며 용서를 구했다.

아들은 평생 어머니를 모시고 살았고, 평생 아버지를 그리워했다. 좌익 활동을 했던 아버지를 둔 유명한 작가들이 여럿 있었지만, 아들만큼 자기 아버지를 존경하고 죽음을 슬퍼한 이는 없었다. 동료 작가들과 술을 마시다가도 아버지 이야기만 나오면 흐느껴 우는 아들이었다. 90살이 넘어서도 책을 읽는 게 유일한 일과이던 한연희는 아들이 쓴 모든 글을 읽었고, 어떤 때는 감동하고 어떤 때는 걱정했다.

한연희가 아직 책과 신문을 즐겨 읽던 2016년 가을이었다. 박정희의 딸박근혜가 죽은 아버지의 후광으로 대통령이 된 후, 아들은 줄기차게 박근혜를 비판하는 글을 쓰고 있었다. 어느 날은 아들을 앉혀놓고 말했다.

"애야, 박정희 딸네미를 욕하지 마라. 죽으면 다 소용없는겨. 네 아버지를 봐라. 서른 겨우 넘겨 저승으로 간 네 아버지를 봐. 살아야지. 살아서 새 세상 봐야지. 암, 새 세상 봐야 하고 말고."

얼마 뒤 아들이 집수리를 위해 어머니를 일주일간 노인요양원에 맡겼는데, 이사가 끝나서 모시러 가니 손을 내저었다.

"난 집에 안 갈란다. 여자들하고 같이 있으니 참 좋다."

마치 오랫동안 떨어졌던 여맹원들을 다시 만나기라도 한 듯, 남편이 그토록 중시하던 대중의 품속으로 돌아간 듯, 하염없이 밝은 얼굴이었다. 그것이 온전한 정신으로 한 마지막 말이었다.

몇 달 후, 아들의 후배 작가가 살아있는 마지막 여맹위원장을 취재하려고 갔을 때, 그녀는 정신을 놓고 있었다. 바로 전날 뇌출혈로 의식을 잃은 것이었다. 그해 겨울에 박정희의 딸이 수백만 민중의 시위로 대통령직에서 쫓겨나 감옥에 갔다는 사실을 말해줘도, 당신이 그토록 기다리던 새로운 세상이 한 걸음 더 다가왔다고 말해줘도, 알아듣는지 못 알아듣는지, 그 고운 눈매에 살포시 웃음을 지어 보일 뿐이었다.

그리고 이듬해인 2018년 봄, 그토록 그리워하던 남편을 따라 이승을 떠났다. 향년 97세였다.

마지막 여맹위원장을 운구한 이들은 조선공산당 지도자들의 항일투쟁사를 써온 후배작가들과, 북한의 조선로동당이 아니라 남한의 진보정당인 노동당 충북도당 위원장과 당원들이었다. 아들이 몹시도 아끼는 후배들이었다. 그들은 이듬해 1주기 추모를 마친 자리에서 자신들을 해방동무(解放同務)라 부르기로 했다. 이때의 동무는 친한 친구라는 뜻이 아니라, 같은 임무를 가진 동지라는 뜻이었다. 좌우 없이 기뻐하던 70년 전 해방의 그날처럼, 진보와 보수가 서로 경쟁하고 대립하고 견제하되, 서로의 존재와 역할을 인정하여 비폭력적으로 평화롭게 공존하는 세상을 만들자는 뜻이었다.

마지막 여맹위원장은 그렇게 해방동무들을 남기고 떠났다.

03

보도연맹 희생자 추모 소설

어느 물푸레나무의 기억

최용탁*

길었던 장마가 남은 기운으로 간간이 비를 뿌리던 7월 초순이었다. 정확히는 7월 6일, 음력으로는 오월 스무하루였다. 그날 새벽부터 이튿날 저녁까지, 그리고 며칠이 지난 후의 또 며칠 동안 나는 굉장한 장면들을 보았다. 그것은 일종의 축제라고 할 만한 것이었는데, 둘째 날에 내 허리가 부러지는 사건이 일어났으므로 그다지 유쾌한 기억만은 아니다.

나는 그때 만 4년이 채 안된 어린 물푸레나무였다. 싸리골이라 불리던 한 골짜기의 잡목 숲이 나의 거처였다. 조그만 시골마을에서 이백여 미터 정도 밖에 떨어지지 않은 곳이었으므로 저녁이면 땔거리가 떨어진 집의 아이들이 낫을 들고 와 한 아름씩 나무를 해가곤 했다. 불땀이 좋은 참꽃나무나 싸리나무가 인기였는데, 물론 급하게 내두르는 낫에 찍혀 나의 형제인 물푸레나무들도 속절없이 어느 집 아궁이로 들어가곤 했다. 불길에 의해 정화된 그들의 영혼은 곧바로 굴뚝을 빠져나와

소설가. 2006년 전태일문학상을 수상하면서 등단했다. 그동안 펴낸 책으로 소설집『미궁의 눈』, 장편소설『즐거운 읍내』, 평전『역사를 딛고 선 흰 고무신－계훈제』, 『남북이 봉인한 이름 이주하』, 산문집『사시사철』 등이 있다.

174 세상에서 가장 긴 무덤

뭉게뭉게 승천하는 것인데, 나는 멀리서 그 광경을 보면서 황홀한 마음에 젖어들곤 했다. 한번 자리를 잡으면 결코 다른 곳으로 옮겨갈 수 없는 운명과 언젠가는 가장 가벼운 몸을 얻어 하늘로 갈 수 있다는 것, 그러나 그 사이에 얼마의 나이테가 존재하는지, 어떤 굴곡의 나날들이 기다리고 있을지 등의 상념이 끊임없이 떠올랐다.

그날, 아직 이슬이 내리는 미명이었다. 어둠의 외투가 한 겹씩 벗겨지는 하늘엔 구름 한 점 없었다. 그런 날은 고역이었다. 장마 내내 잔뜩 물을 먹어 무거워진 잎사귀에 땡볕이 내리쬐면 도저히 견딜 수가 없다. 최대한 이파리에 주름을 지우고 고개를 숙여야 했다. 오랜만에 나타난 해의 기세에 무조건 복종하며 긴긴 하루를 견뎌야 한다. 물론 나는 이럴 때면 훨씬 유리한 조건이다. 내가 서 있는 곳은 골짜기의 한 빗면이기 때문에 정면으로 햇빛을 받는 시간은 그리 길지 않다. 그날도 나는 하늘을 올려다보고는 그저 잠든 듯이 하루를 보내려 했다. 언제나 그렇듯이 이 골짜기의 주인은 정적이었고 역시 정적의 벗인 바람만이 가끔 찾아왔으므로 어느 날과 다른 어떤 징후를 느낄 수는 없었다. 그런데,

긴 행렬이 보였다. 한 줄로 선 사람들이 마을 뒷길을 지나 이쪽으로 오고 있었다. 오십 명, 백 명, 아니 이백 명에 가까운 사람들이었다. 이토록 많은 사람들을 한꺼번에 본 것은 처음이었다. 점점 가까이 오는 사람들은 두 패로 나뉘어 있었다. 무명옷을 입은 대부분의 사람들은 놀랍게도 하나로 엮여 있었다. 양손을 철사로 묶인 사람들은 조금 더 굵은 철사로 앞 뒤 사람과 연결되어 있었다. 기나긴 행렬 옆으로는, 그러니까 예닐곱 명 정도마다 한 명씩 똑같은 제복을 입은 사람들이 섞여 있는데, 그들이 손에 든 것은 길고 시커먼 총이었다. 그리고 저마다 어깨를 가로질러 네모난 통 같은 것을 차고 있었다. 그것은 마치 학교를 빼먹고 골짜기에 와서 놀던 아이들이 꺼내 먹던 도시락 모양이었다. 진기한 구경거리가 아닐 수 없었다.

행렬은 이내 골짜기로 들어섰다. 무슨 일이 일어날지는 몰랐지만, 나

는 그들이 다른 곳으로 가지 않고 이 골짜기로 들어선 것에 일단 기분이
좋았다. 사람들 사이에는 구경 좋아하면 가난하게 산다는 말이 있지만,
그건 다 나무가 되어보지 않아서 하는 소리다. 나무는 일 년에 고작 몇
센티씩 자라는 높이대로 세상이 보인다. 마음대로 돌아다니는 발 달린
생령들은 상상도 못할 고단함이다. 세상에 나왔으면 당연히 세상 구경
이 가장 중요한 것이라는 것이 나의 생각이었다. 그러니 그들이 골짜기
로 들어섰을 때 내가 이미 약간의 흥분상태에 빠진 것도 당연했다.

사람들은 대부분 젊은 남자들이었다. 여자는 한 명도 없었다. 이십대
나 삼십대가 많았고 제일 나이든 축도 오십대를 넘어 보이지는 않았다.
늘 보던 마을의 사람들과 조금도 다르지 않은 농투성이들이었다. 그렇
지만 얼굴 표정만은 전혀 달랐다. 마치 무서운 귀신이라도 만난 듯 혼겁
한 눈동자는 풀려있고 여름날인데도 사시나무 떨듯 온몸을 떨었다. 거
의 모두 오줌을 싸서 바짓가랑이가 젖어 있었다. 내내 말없이 걸어오던
사람들은 골짜기에 들어서자마자 비명을 지르기 시작했다.

살려주시우. 지발 나 좀 살려주시우.
라고 제일 먼저 소리친 것은 대머리쟁이였고
안 쥐인다구 했잖유. 부역간다구 했잖유.
하는 조막손이와
난 안되유. 지미도 읎는 애덜이어유. 나 읎으믄 굶어 죽어유.
하며 울음을 터뜨린 족제비 수염과
나는 죄읎시유. 당최 왜 이라는규. 죽어두 죽는 영문이나 알아야 염라대
왕헌티 고할 말이 있쥬.
하며 묶인 두 팔을 내젓는 것은 곰보 자국이 숨숨한 사내였다.
썹을헐, 살다살다 이렇게 죽는 꼴은 내 처음이네.

자리에 털썩 주저앉으며 내뱉는 구레나룻의 말에는 웃음이 절로 나

왔다. 발 달린 짐승이야 다 처음 죽지, 거푸 죽는 법이 있던가. 비명과 울음소리와 무어라 지껄이는 소리들이 뒤엉켜 골짜기가 떠나가도록 시끌벅적했다. 세상에 태어나서 그런 구경거리는 듣도 보도 못한 것이었다. 재미가 깨소금 쏟아지는 맛이었다. 그때였다.

이승만 만세! 대한민국 만세!

누군가 소리치자, 사람들은 중요한 것을 잊고나 있었다는 듯이 일제히 합창을 하기 시작했다.

이승만 만세! 대한민국 만세! 이승만 만세! 대한민국 만세!……

만세소리는 끝도 없이 계속 되었고 사람들의 목소리는 더욱 커졌다. 갑자기 눈에서 생기가 나며 묶인 두 손을 치켜들려고 애를 쓰는 것이었다. 이대로 죽는 날까지 만세만 부르라고 해도 부를 태세였다.

뭐해? 어서 집어넣지 않고.

제복 중의 하나가 호통을 치자 다른 제복들이 일제히 사람들에게 달려들었다. 골짜기 안으로 들어가지 않으려고 두 발로 버티는 사람과 주저앉은 사람들에게 개머리판을 휘두르기 시작했다. 그냥 때리는 것이 아니었다. 아주 머리를 박살내려는 듯 바람소리가 쌩, 나도록 후려갈겼다. 어떤 사람의 머리에서는 바가지 깨지는 우지끈 소리가 나고 어떤 이는 퍼억, 하고 늙은 호박 터지는 소리를 내기도 했다. 피가 분수처럼 솟구치다가 아주 떨어져나간 골통 사이로 허연 뇌수가 흘러내렸다. 놀라 벌어진 눈과 입으로 불그죽죽한 피와 뇌수가 흘러들어 갔다. 어떤 이는 옆에서 맞은 사람의 머리털 붙은 살점이 날아와 뺨에 붙었는데도 알아

차리지 못하고 떨고만 있었다. 함께 엮인 사람들은 그 모양이 몹시 두려운 기색이었다. 자기가 맞는 것도 아닌데 사방에서 아이고, 아이고 하며 법석이었다. 나는 사람들이 나무를 하거나 논밭에서 일하는 모습은 자주 보았지만 이렇게 이상한 짓도 하는 줄은 몰랐다. 물론 다른 데서 모여 늘 이런 짓을 하는 걸 나만 몰랐을 수도 있었다. 그렇다면 더욱더 놓쳐서는 안 될 구경거리였다.

아주 죽었는지 일어서지 못하는 사람들이 여럿이었다. 제복들은 넋이 나간 사람들에게 계속 개머리판을 휘두르며 앞으로 나아가게 했다. 그들은 죽어 자빠진 사람들과 여전히 철사 줄로 엮여 있었기 때문에 시체를 질질 끌며 걸었다. 그 바람에 자신의 손목을 옥죈 철사가 점점 파고 들어가 팔목의 살이 훌렁 벗겨져 뼈가 드러났다. 걸음을 옮길 때마다 뼈가 철사에 갈리는 소리가 났다. 그런 이는 몹시 괴로운 듯 눈을 허옇게 까뒤집고 어흐흥, 어흐흥 하고 소 울음소리를 내었다. 내가 보기엔 남을 웃기려고 소 흉내를 내는 것 같지는 않았다. 그런데 왜 그런 소리를 내는지 우습기도 하고 뭔가 앞뒤가 안 맞는 것 같기도 했다. 어쨌든 이백 명이 넘는 사람들이 골짜기 안으로 다 들어왔다.

골짜기는 안으로 들어갈수록 좁아지지만 초입은 꽤 널찍한 편이다. 그래서 작년까지만 해도 시유지인 이 산의 마름 노릇을 하는 아랫말의 길선이가 감자를 놓기도 하고 목화를 심기도 했었다. 하지만 워낙 해가 들지 않아 무엇을 해도 남의 반 소출이 나기도 어려웠다. 그래서 올해부턴 그냥 묵히나 했더니, 이른 봄에 반 주먹쯤 되는 삼씨를 가져와 심어 놓았다. 나중에 산삼으로 속여 팔 계산인지 다 저녁에 올라온 길선이는 괜히 아무도 없는 주위를 살펴가며 삼씨를 뿌렸다. 나는 그 널찍한 초입이 끝나며 좁아지는 첫머리의 산비탈에 서 있다.

사람들이 좁은 골로 다 들어가고 맨 끝의 몇 명이 내 앞에 섰을 무렵 제복들이 반으로 나뉘어 양쪽 산으로 올라갔다. 한 쪽에 십여 명씩 되었다. 인솔자인 듯한 제복의 명령에 따라 그들은 골짜기의 사람들과 예닐

곱 발짝 되는 산허리에서 간격을 맞추어 섰다. 한 제복은 하필이면 내 밑동에 왼쪽 발을 몇 번 탕탕 구르더니 그대로 발을 얹고 자세를 잡는 것이었다. 골짜기의 사람들은 이미 혼이 중천에 떴는지 제대로 소리를 지르는 이도 없었다. 누군가의 이름을 부르는 소리만이 쉬지 않고 들려올 뿐이었다.

중택아, 아부진 인제 죽는갑다. 아이고, 아이구.

나는 남이 죽은 곳에 가서 하는 소리가 아이고인 줄 알았는데 그게 아닌 모양이었다. 자기가 죽으면서도 거의 모두 아이고 소리를 계속하고 있었다.

문희야, 선희야, 아이고, 불쌍해서 어째, 아이고. 수영들 도지나 잘 받아야 할 낀데. 아이고, 나 죽으믄 그 노무 작자가 도지나 잘 가져올지 몰러, 아이고.
아이구, 형님. 우리가 한 날 한 시에 죽는구만유. 이기 무슨 변고래유.
아녀. 우리가 지은 죄가 읎는데 죽이기야 하것냐. 호랭이 굴에 들었어두 정신만 차리믄 사는겨.
아니, 형님은 저기 총 든 순사덜 보믄서두 그런 말이 나와유.
그래두 좀더 기달려보자. 설마 다 죽이기야······

그 때 한 쪽 산허리에서 제복들을 지휘하던 한 사내가 입을 열었다.

여러분, 나는 여러분의 안녕과 치안을 책임진 창주경찰서의 아, 이름은 알 것 읎구, 하여튼 오늘 여러분은 여기서 모두 다 죽게 되었십니다. 여러분이 죽는 것은 다 즌쟁을 일으킨 북괴 탓이니께, 원망을 할라면 그 짝을 원망혀야지, 조금도 우리를 원망해서는 안됩니다. 할 말은 많지만 시간 관계 상 이걸로 마치고, 아니 하나 더 알려드리면 지난번 연맹 모임 때 모였던 12개 면의 모든 연맹원이 다 죽을 것이니께, 혹시 지금 모인 3개 면의 여러분만 억울하다고 생각하면 오해입니다. 내일 저녁까지는 다 이곳에서 죽을 것이니, 이 점 오해 없길 바랍니다. 그럼 훈화 끝.

그가 끝, 이라는 말을 갑자기 큰 소리로 말했기 때문에 제복들은 화들짝 놀라 일제히 총을 들어 사람들을 겨누었다. 사람들 사이에서 단말마의 비명이 터져 나왔다. 비명이 들끓자 일장 연설을 하던 사내가 귀찮다는 듯이 소리쳤다.

총덜 다 들었지? 쏴!

순간, 골짜기의 양쪽에서 총들이 불을 뿜었다. 난리도 그런 난리가 없었다. 수많은 총알들이 날아가서는 사람들의 몸에 박혔다. 워낙 가까운 거리인데다 한 곳에 몰아놓고 쏘아대는 것이니, 총알마다 여지없이 백발백중이었다. 골짜기는 순식간에 피바다가 되었다. 배로 날아간 총알은 창자를 감은 채 등 뒤로 쑥 빠지기도 하고 머리를 부수고 지나간 곳에는 눈알이 흘러나와 가슴께까지 늘어지기도 했다. 미처 숨이 끊어지지 않은 사람들은 삐져나온 창자를 도로 밀어 넣으려다가 또 다른 총알을 맞고는 벌렁 자빠졌다. 쉴 새 없이 울리는 총성 사이로 사람들의 비명이 섞여 마치 엄청난 음악을 연주하는 것 같기도 했다. 제복들이 가슴에 매었던 도시락에서는 밥이 아닌 총알이 나왔다. 얼굴에서 땀을 줄줄 흘리며 제복들은 계속 총을 쏘아댔다. 사실 내가 인간들에게 약간 감탄하는 것은 이런 면이었다. 인간들은 아무리 힘이 들어도 무언가 해야 할 일이면 꼭 해야 직성이 풀리는 족속인 것 같았다. 엄청나게 큰 나뭇짐을 지게에 지고 헐떡거리며 산을 내려가는 사람이나, 괴로운 얼굴빛을 하고도 쉬지 않고 깨밭을 매는 농군들을 보면 그런 생각이 들었다. 그것은 여러 생령들 중에 두 발 달린 인간들만이 하는 특이한 것이었다. 아마 오늘 골짜기에 와서 서로 총을 쏘고 총을 맞고 하는 것도 내가 알 수 없는 사람들의 일상사인지도 모를 일이었다. 어찌 되었든,

내게는 나쁜 일이 아니었다. 생전 처음 하는 구경도 구경이려니와 사람들이 흘린 피와 흩어진 살점들은 골짜기의 여러 생령들에게 뜻하지 않은 횡재였다. 아직 화약 냄새가 가득한데도 기름진 냄새를 맡은 온갖 벌레들이 고물고물 땅속에서 기어 나왔다. 제복들도 내려와 아직 무엇이 부족한지 아이고, 아이고를 연발하는 사람마다 머리에 총알 한 방씩을 더 넣어주었다. 그리고는 휭하니 돌아가 버렸다. 이제 땅속 벌레와 날벌레들의 축제였다. 세상에, 염천이긴 했지만 어디서 그렇게 금방 모여들었는지 윙윙대는 온갖 집파리 쇠파리 똥파리와 이 골짜기에서는 보지도 못하던 날것들이 까맣게 몰려들었다. 파리 중에는 애들 주먹만 한 놈들도 있었는데, 그 놈들은 한 대접 턱은 되게 피를 빨아먹고는 날지도 못했다. 땅속에 있던 종벌레, 총채벌레, 귀신벌레, 지옥벌레들도 일제히 기어 올라와 뚫린 내장 사이로 파고들었다. 잠깐 사이에 포식을 한 파리들은 이미 쉬를 깔리고 있었다. 죽은 짐승의 몸을 숙주로 자라는 노랑우산독버섯의 포자도 자욱하게 날아왔다. 그들이 열심히 파헤치고 분해한 뼈와 살들은 순한 거름이 되어 나의 뿌리에도 스밀 것이었다.

해가 높이 솟아오르고 말매미들이 쐐액, 쐐액 울고 다시 사람들이 올라올 때까지 그 엄청난 포만의 축제는 계속되었다. 이번에 온 치들은 좀 전에 온 사람들과는 달랐다. 우선 손을 묶이지 않고 굵은 철사로 발만 서로 십여 명씩 연결되어 있었다. 그들은 먼저 이루어진 살육의 현장을 보고 이미 혼이 나간 상태였다. 혀가 굳었는지 알아듣게 소리라도 지르는 사람이 없었다. 이번에는 한 꿰미에 엮인 사람들을 한 줄로 앉혀놓고 바로 뒤에서 총을 쏘았다. 그리고는 또 한 줄, 또 한 줄, 또 한 줄……먼저 죽은 사람의 몸 위로 다음 줄의 사람이 엎어졌다. 죽음을 기다리던 뒷줄의 사람들 중에 기절하는 사람이 속출했다. 아예 정신을 놓아버리

는가 하면 발광을 하듯 온몸을 버르적거리며 입에 거품을 물기도 했다. 죽기를 기다리는 사람뿐 아니었다. 총을 쏘아대던 제복 하나도 갑자기 웩웩거리며 속엣 것을 토하더니 총을 내던지고 산을 내려가기 시작했다. 다른 제복짜리가 어깨를 잡아채는데, 이미 눈빛이 실성한 사람의 그것이었다.

넵둬. 정신 돌아오믄 서(署)루 오겠지. 얼렁얼렁 해치우고 우리도 가자구.

두 번째로 온 사람들도 모두 죽자 골짜기 안은 다시 벌레들의 천국으로 변했다. 이번에는 늦게 소식을 들은 쥐들이 몰려와 내장을 뜯고 뼈를 갉았다. 피를 뒤집어 써 뻘겋게 변한 쥐들을 뱀들이 다가와 날름날름 삼켰다. 개들도 몇 마리 나타나 창자를 빼내어 아귀처럼 먹어댔다. 서산에 노을이 걸리자, 골짜기 안은 붉은 조명이 켜진 축제의 장과도 같았다. 어둠이 내려 날벌레들이 사라지기까지 그 엄청난 요란은 계속되었다. 밤이 되면서 골짜기는 다시 고요에 휩싸였다. 벌레들의 고물거리는 소리만이 희미할 뿐 여느 때와 다름없이 은하수가 흐르고 마을의 창에는 호롱불이 일렁였다. 가끔씩 먼 곳에서 쿵, 쿵하는 대포소리가 들려왔다. 죽은 사람들은 서로서로 포개진 채 아주 평온해 보였다. 작은 개울을 이루었던 피들이 굳어 별빛에 반짝이는 것을 보며 나는 그 밤을 보냈다. 아름다웠다.

날이 밝자 마을에서 사람 하나가 올라오는 모습이 보였다. 다름 아닌 길선이였다. 길선이는 땅이라도 꺼질듯이 조심조심 올라오더니, 먼빛으로 골짜기 쪽을 보다가 허방이라도 디딘 듯 제자리에 풀썩 주저앉았다. 그리고는 냉큼 일어나 허둥지둥 마을로 돌아가는 것이었다. 허둥대는 꼴이 우스워 이파리를 할랑이는데 다시 어제와 똑같은 행렬이 눈에 들어왔다. 도대체 알 수 없는 일이었다. 어제 죽은 사람만도 삼백 명이 넘는데 또 굴비처럼 사람들을 엮어 오는 것이었다. 처음에 제복이 말했던 대로 먼저 죽은 사람들이 억울하지 않게 하려는 모양이었다. 아무리 좋은 구경이라도 똑같은 것을 자꾸 보면 질리는 법이다. 나는 약간 심드렁해졌다. 그만하면 다른 골짜기로 가서 해도 좋겠는데, 그들은 여지없이 또 이리로 들어왔다.

어제 아침에 죽은 사람들은 이미 썩기 시작했다. 거의 누에만 한 구더기들이 시체의 뱃속에서 나와 기어 다니고 산새들은 연신 날아와 구더기를 물어갔다. 끌려온 사람들은 이 광경을 보고 선 채로 오줌똥을 쌌다.

나는 죽어도 좋아유. 그러니께 내 동상만은 살려줘유. 안즉 장가도 못 가 본 아유. 지발 네 동상만이래두.

한 사내가 연신 고개를 주억거리며 제복짜리를 붙들었다.

어디다 손을 대? 지금 형제가 대수여? 여긴 삼형제 모두 끌려온 사람도 있다구.
어째 집안의 씨를 말린대유? 대역죄인이라두 이런 법은 읎시유.
몰렀어? 당신덜이 바로 대역죄인이여. 자자, 다들 마지막으루 할 말 있으믄 허슈.

제복짜리의 말에 잠시 무춤하던 사람들이 전과 똑같은 소리를 외쳐 댔다.

이승만 만세! 이승만 만세! 이승만 만세….
나넌 김일성 만세다, 씨벌. 김일성 만세! 김일성 만세!

중간 어름에 있던 한 사내가 연방 김일성 만세를 불렀다. 그러자 몇 군데서 인민공화국 만세니, 조선 인민 만세니 하는 고함이 터져나왔다.

갈 데 읎는 빨갱이 새끼덜이 틀림 읎네, 나 참 기가 멕혀서.

제복짜리가 혀를 끌끌 차더니, 그만, 하고 소리를 꽥 질렀다. 그렇지만 중구난방의 만세소리는 그치지 않았다.

아, 그만덜 하라니까.

제복짜리가 권총을 빼들더니 빼곡하게 들어찬 사람들을 향해 한 방을 쾅, 하고 쏘았다. 총알은 그대로 한 청년의 목을 꿰뚫었다. 뒤로 쓰러지던 청년이 다른 사람들의 몸에 가로막혀 엇비슷하게 누워 있는 자세가 되었다. 그는 피가 솟구치는 목으로 한 손을 올리며 잠시 이게 뭐지, 하는 눈빛이 되더니 그대로 눈자위가 허옇게 뒤집히며 입을 딱 벌렸다. 그의 몸을 지탱하던 사람들이 비명을 지르며 물러나고 그의 몸은 이미 피투성이가 된 잡초 위로 풀썩 넘어졌다. 목에서는 마치 샘물이 솟듯이 피가 퐁퐁 솟았다. 제복들에게 내몰린 사람들은 그의 시체를 밟고 이미 주먹 같은 파리들이 식사를 시작한 골짜기 안으로 들어갔다. 그리고는 총소리와 비명소리, 누군가를 부르는 소리, 죽어도 그칠 수 없다는 듯이 외치는 이승만 만세 소리 등이 한동안 계속되었다. 그 아수라장이 거의 끝날 무렵, 지금까지의 제복들과는 다른 제복을 입은 사람 둘이 올라왔다. 그들을 보자 명령을 내리던 제복이 손바닥을 펴 이마에 닿게 경례를 올려붙였다.

얼마나 처리한 거요?

예, 현재 사백 팔십이 명입니다.

명단은?

예? 아, 명단은 서에 있는디유.

나머지는?

예, 백 육십팔 명이 서에 대기 중입니다. 오늘 중으로 처형입니다.

오늘밤으로 성음까지 가서 거기 연맹원들을 처형해야 하니까, 차질 없도록. 일단 창주에서는 모든 군경이 오늘 밤 철수요. 알겠소?

예예, 잘 알겠습니다. 근데 이 시체들은 다 으쩔까유?

어쩌다니, 뭘 어쩐단 말이오? 봉분이라도 하나씩 만들어 주겠다는 말이오?

아니, 그게 아니고 석유 끼얹고 불이라도 질러야 허나, 어쩌나 해서유.

건 너무 잔인하잖소? 시체라도 찾아가게 놔두지. 허, 참 당신은 여기가 고향이라면서 그런 말이 나오우?

아, 그것은 다른 게 아니구유, 지가 원체 고향이니 이런 거 보담은 나라만을 생각하면서 일하겠다, 하는 것이 신조구만유.

알겠소. 그럼 신조대로 나머지도 잘 처리하시오. 나는 다시 안 올 테니까 확인 안 해도 되겠지요?

그럼유. 여부가 있겠습니까. 그럼 살펴 가세유, 대위 헌병님.

대위님이면 대위님이지 대위 헌병님은 또 뭐요? 허, 참나.

그날 오후에 나머지 백 육십팔 명도 골짜기로 끌려왔다. 이번에는 무엇에 쫓기는지 사람들을 마구 밀어 넣고 무작정 총을 쏘아댔다. 묶인 것도 소경 굴비 엮듯 해놓아서 풀어진 사람들이 이리 뛰고 저리 뛰다가 등짝에 총을 맞는 사람이 꽤 있었다. 제복짜리들의 총알을 피해 아주 등성이를 넘어 도망간 사람도 하나 있었다. 그리고 한 텁석부리 사내가 내 옆으로 도망을 치다가, 총을 맞고는 하필이면 나를 붙잡고 자빠졌다. 죽어가면서도 어쩌나 아귀 힘이 센지 그에 내 허리께를 분지르고 말았다. 물론 나는 허리 아래에도 몇 개의 눈이 살아 있고 뿌리에서 다시 싹을 틔울 수도 있지만, 사년이나 초동들의 낫을 피해 길러온 주지를 꺾이니 좋은 구경의 대가를 치렀구나 싶어 씁쓸하였다.

이리하여 골짜기를 시체로 가득 메운 이틀간의 굉장한 난리법석은 끝났다. 갓 흘러나온 피와, 썩어가는 시체에서 나온 물과, 내장에서 나온 똥오줌 등이 섞여 작은 도랑을 이루며 흘러가고 있었다. 육백여 구 인간의 몸에서 나오는 물은 정말 대단했다. 한 바탕 거센 소나기가 지나간 것처럼 불그죽죽한 핏물은 흐르고 흘러서 아래 마을의 두레박 우물 속까지 스며들었다. 인간이 인간을 먹는다, 라는 말이 있다더니 이를 두고 이르는 것인 줄 그제야 알게 되었다. 죽음의 축제가 이어진 이틀 동안 마을은 잠자는 듯이 고요하였다. 밥 짓는 연기가 피어오르는 집도 서너 집 뿐, 아예 문 밖 출입을 하지 않았다. 마을 사람들은 그 후로도 아주 오랜 세월 동안 내가 있는 골짜기에 얼씬도 하지 않았다. 덕분에 나는 아궁이로 들어가지 않고 굵은 물푸레나무로 자랄 수 있었다.

두어 시간이 지났을까, 어제보다 더 붉은 노을이 골짜기를 비칠 무렵, 쌓인 시체와 벌레와 쥐떼와 파리들의 날갯짓 사이에서 무언가가 움직이는가 싶더니 불쑥 솟구쳤다. 놀랍게도 그것은 사람이었다. 그의 얼굴은 피와 살점들이 잔뜩 들러붙어서 전혀 보이지가 않았는데 그도 눈이 보이지 않는지 한동안 눈자위를 문질러댔다. 목에도 누군가의 창자가 새끼줄처럼 감겨 있었다. 마침내 눈을 뜬 그는 주위를 둘러보더니, 시체를 마구 밟으며 골짜기 안쪽으로 짓쳐 올라갔다. 그의 한 쪽 발이 벌어진 누군가의 배를 밟고 넘어질듯 하다가 발을 빼는데, 이미 푸르딩딩해진 간이 그의 발등에 걸려 올라왔다. 삼십대쯤 되었을까, 어느 정도 정신을 차렸는지, 그의 발걸음이 한결 침착해졌다. 그리고 무슨 가늠을 해보는 것처럼 사방을 살피더니, 내가 서 있는 반대쪽의 등성이를 타고 넘어갔다. 팔꿈치 위에서 거의 끊어질 듯 덜렁거리는 팔에 살구만 한 파리 두 마리가 끈덕지게 붙어서 그를 따라갔다.

다시 칠흑 같은 어둠이 오고 은하수가 흘렀다. 음력 오월 스무이틀이었다. 은하수가 멀리 흘러가고 밤새도 잠든 다음에야 지는 눈썹달이 뜰 것이다. 쿵쿵거리는 포성은 어젯밤보다 한결 가깝게 다가와 있었다. 나는 비록 허리가 꺾이긴 했지만, 멀리 뻗은 가는 뿌리에 독하고 기름진 거름기를 느끼고 있었다. 뿌리들은 이미 일제히 방향을 틀어 골짜기로 향했다. 가을이 되기 전에 나는 빠르게 자랄 것이다. 그리고 내게 허용된 미지의 날들, 그 날들이 지나고 난 후에 맞을 나의 마지막은 물론 하늘로 오르는 것이리라. 나는 사람들의 이상한 죽음을 보고나자, 운명이라는 것을 생각하게 되었고 그 생각에 골몰하며 사흘을 보냈다. 그 사흘 동안 이슬이 내리고 땡볕이 내리쬐고 수많은 이름 없는 생령들이 날고 기어와 썩어가는 사람들의 피와 살로 배를 불리었다. 대포소리와 총소리가 바로 너머에서 들려왔지만 그런대로 평온한 날들이었다.

나흘째 이른 아침이었다. 지게를 진 사내 하나와 여자 둘이 올라왔다. 그들은 뒤엉킨 시체 앞에서 하얗게 질리더니, 여자들이 먼저 이슬 젖은 풀 위에 주저앉아 울음을 터뜨렸다. 사내는 사시나무 떨듯이 다리를 떨었다.

아이구, 여가 말루만 들은 지옥인 개뷰. 형수님, 이 많은 사람 중에 어뜨케 형님을 찾는대유?
한참을 목 놓아 울던 여자들 중에 등이 굽은 노파 하나가 코를 풀어 던지고 일어났다.
찾어야지. 생대 같은 내 두 아딜 찾어여지. 에미야, 일어나라. 늬 낭군 찾자.

노파는 시체들에 다가와서 숨을 훅 들이마시더니 엎어진 시체의 팔을 잡아 뒤집으려 했다. 노파가 힘을 쓰는가 싶더니 시체의 팔이 쑥 빠졌다. 노파는 피 칠갑이 된 팔을 잡은 채 뒤로 엉덩방아를 찧으며 뒤로 팔을 내던졌다. 지게를 진 사내는 자기 앞으로 팔이 날아오자 기겁을 하고 털썩 주저앉았다.

아이구, 아주무니, 사람이 못헐 일이네유. 죄송허유. 안되것시유.

사내는 돌아서서 달음박질을 쳤다. 노파는 잠시 표정이 일그러지는가 싶더니,

그래, 한 치 건너 두 치다. 에미야, 모 허냐. 애비 찾자, 애비. 어여, 어여 애비 찾자.

하고는 북두갈고리 같은 손으로 다시 시체를 헤집었다. 노파의 눈이 서서히 핏빛으로 변해갔다. 뒤에서 주춤거리던 아낙도 노파와 합세하였다. 손가락만한 구더기가 득실거렸지만, 노파는 무엇에 들린 사람 같았다. 처음에는 시체 한 구를 뒤집는데도 힘에 부치더니 시간이 갈수록 엄청난 힘으로 시체를 번쩍번쩍 들어올렸다. 마치 이 일로 평생을 보낸 사람 같았다. 노파의 눈에서는 밤에나 보이는 파란 인광이 쏟아져 나오고 있었다. 이미 썩어버린 시체는 움직일 때마다 내장과 함께 줄줄 물을 쏟았다. 어떨 때는 머리가 떨어져 비탈을 굴러 내려가기도 했다. 얼굴로는 이미 형체를 알아보기 어려웠다.

에미야, 바짓단을 봐라. 내가 덧대준 자리가 있으니께, 그걸 보믄 안다.
야. 되련님은유?
갸는 손을 봐야지. 육손인께.

두 사람이 정신없이 시체를 뒤진 지 한 시간이 좀 넘었을 때, 똑같이 지게를 진 사람들이 떼로 몰려왔다. 역시 그들도 한동안 울음소리와 아이고 소리를 낭자하게 풀어놓더니 시체에 대들었다. 대엿새 사이에 거푸 진풍경을 보게 된 나는 시체를 만약 다 들어가면 퍽이나 아쉬울 것 같은 생각이 들었다. 사람이 죽어서 하루하루 썩어가는 것을 보는 것도 이 적적한 골짜기에서 적잖은 볼거리였고 또 가장 기름진 거름이지 않은가. 어쨌든 사람이 하는 일을 간섭할 수는 없으니까, 그저 또다시 벌어진 이 굉장한 야단법석을 지켜볼 수밖에 없었다.

먼저 온 노파와 마찬가지로 사람들은 모두 정신이 온전해 보이지 않았다. 웩웩거리며 먹은 것을 토해내는 사람도 더러 있었지만, 대부분 누군가를 찾느라고 난리였다. 그 바람에 시체들은 점점 뒤엉겨 내장과 팔다리와 깨진 머리통 등이 뒤죽박죽으로 뒤섞이고 있었다. 그 때 먼저의 제복과는 다른 제복을 입은 사람들 셋이 아래 마을의 길선이와 그 또래 젊은이 둘을 대동하고 나타났다. 한 사람은 권총을 차고 다른 두 제복은 장총을 들고 있었다. 시체더미를 보더니 그들도 적잖이 질겁한 표정이었다. 길선이들은 아예 코를 싸쥐고 고개를 바로 들지 못했다.

카아, 이 남선 괴뢰들의 만행을 보라우. 애국인민들을 이렇게 학살하다니. 야, 고저 막 쏘아댔구나야. 야, 사진 잘 찍어놓으라우.

제복 중의 하나가 시체와 사람들의 사진을 찍고 방금 명령했던 자는 시체를 뒤적이는 사람들을 향해 큰 소리로 말했다.

친애하는 남조선 인민 여러분, 반동 테로에 가족을 잃고 얼마나 마음이 아프십니까. 오늘 저녁에 창주소학교에서 창주읍 해방 기념대회와 반동 테로 규탄대회를 함께 열 것입니다. 이른 저녁을 드시고 여섯 시까지 모두 모이십시오. 한 사람도 빠짐없이 오시기 바랍니다.

사람들은 곁눈질만 할 뿐 누구 하나 대답하는 사람이 없었다. 얼마 후부터는 여기 저기서 비명과도 같은 울음이 터져 나왔다. 가족을 찾은 사람들이었다.

아이고, 우리 대주가 아주 갔네. 불쌍해서 으째. 이 모냥으루 가다니, 아이고 이를 으째.
세상에 법 읎이두 살던 사람을 먼 죄루 이리 쥑인겨. 원통해서 내 못 살 것다.
상구 아부지, 이러케 가는 벱이 어딨슈. 나는 우째 살라구, 이리 가믄 나는 우째유.

맨 처음에 올라왔던 노파도 아들을 찾은 모양이었다.

애비야, 애비야. 애비지? 틀림 읎넌 애비지? 아이구, 대답 좀 혀봐. 아이
구야, 죽겄다.

노파는 형체도 알아볼 수 없는 시체의 바짓단을 뒤집어보더니, 아예
시신을 끌어안고 피 울음을 쏟아내었다. 노파의 곁으로 며느리가 다가
와 멍한 표정으로 시체를 들여다보았다.

에미야, 애비다, 애비. 바우 같던 우리 애비가 우째 이리 됐냐, 아이고 나
죽겄다.

두 여인은 한동안 시신을 부여안았다가 서로를 안았다가 하며 몸부림
을 쳤다. 노파의 목에서 피가 올라와 주름진 입 꼬리를 적시며 흘렀다.

가서 다시 중식이 불러와라. 그래두 올 늠은 그 늠뱄이 읎다. 어여 가서
데려와. 광목 끊어 논 것두 가지구 오구.

그 후로 오랫동안 사람들은 다시 이 골짝을 찾지 않았다. 길선이조차
발길을 하지 않았다. 찾아가지 않은 시체들은 하얀 뼈가 되어 골짝에 널
렸다. 비 오고 눈 내리는 긴 시간이 흐르며 뼈들은 흙속에 묻히고 골짜
기의 그늘은 더욱 짙어졌다. 나는 아주 커다란 물푸레나무로 자라났다.
그리고 내 뿌리는 아직도 그 때의 뼈 몇 조각을 감싸고 있다. 허벅지께
서 나온 그 뼈들은 아주 단단해서 좀체 썩지 않을 모양이다.

04

제주 4·3 항쟁 추모극

협상 1948

백훈기*

등장인물

· 김익렬

· 김달삼

· 소녀

· 청년

1.1.1.1.1.1.1. 기본적인 공간은 가운데 나무테이블과 나무 의자 두 개
가 놓인 구억국민학교의 관사이다.

1.1.1.1.1.1.2. 무대 주변으로는 짚 또는 갱지(또는 낡은 신문지)를 뭉
쳐 만든 인형들이 한지 옷을 입고 둘러앉아 있다.

1.1.1.1.1.1.3. 무대는 기본적으로 구억국민학교를 배경으로 하지만
공간은 제주 4.3의 여러 사건들을 제시하는 다양한 공간으로 순간순간
변화하기도 한다.

---

* 연극연출가, 예술집단 페테 대표, 목원대학교 TV영화학부 교수.

1. 소녀

소녀, 산타루치아를 개사한 노래를 흥얼거리며 나온다. 관객들을 보고 말을 건다.

소 녀   새날이에요. 난 죽었다가 깨어났어요. 아니, 난 잠에서
            깨어났어요. 아니, 난 죽었… 아니, 난… 난… 너무 일찍
            일어난 탓일까요. 난 원체 잠을 잘 안 자니까요. 아마 꿈
            을 덜 깬 모양이에요. 하지만 이건 확실해요. 난 말예요,
            나는 정말로 씩씩해요. 용감하고 달리기도 엄청 빨라요.
            내가 사는 애월면 남읍리 정도는 눈 깜짝할 사이에 몇 바
            퀴 휭휭 돌았다가 올 수 있어요. 난 노꼬매큰오름에서
            거문오름 거쳐 어승생 찍고 집에까지 오는 데 반나절밖
            에 안 걸려요. 난 그 정도로 발이 빨라요. 지치지도 않구
            요. 그리고 난 눈도 엄청 밝아요. 한라산 중턱 저 까마득
            한 곳에서 까마귀가 무얼 쪼아 먹고 있는지도 다 알아볼
            수 있다구요. 난 어두운 곳에서도 잘 볼 수 있어요. 내 이
            름은, 내 이름은… 내 이름이 기억나지 않아요. 우리 아
            방은… 우리 아방은… 우리 어멍은, 우리 어멍은… 우리
            어멍은 불쌍해요. 그런데 이상한 건… 어멍 얼굴이 기억
            나지 않아요. 하지만 어멍 목소리는 기억나요. 나긋나긋
            한 목소리. 들으면 나근하고 온몸에 힘이 빠지는 것처럼
            편안해지는… '착하게 살암시라. 살아 가당보면 심이 들
            어도 착하게 살당보면 죽엉 저승길 가멍도 니 호고시픈
            모냥으로 갈수이서' 착하게 살면 죽어서라도 원하던 모
            습이 될 수 있다고 말하던 나긋한 그 목소리. 그 목소리

를 떠올리니 지금도 눈이 스르르 감기려고 해요.(살짝 졸
듯 하다가 번쩍 눈을 뜬다) 난 잠을 안 자요. 잠을 안 자도
하나도 안 힘들어요. 난 길눈도 엄청 밝아요. 한 번 갔던
길은 눈감고도 다시 찾아가요. 한라산 숲속에서도, 미로
처럼 얽혀있는 깜깜한 굴속에서도요. 그리고 난 용감해
요. 해방 직후에 제주도에 있던 일본 군인들이 뒤늦게 자
기네 나라로 떠나기 전에, 비축해놓았던 어마어마한 군
량미를 모아 죄다 불태워버린 적이 있었어요. 제주도민
은 굶주리고 있는데. 그때 난 몹시, 매우, 아주 용감하게
도 거기로 달려가서 누룽지라도 가져오려고 했어요. 쌀
을 태웠으면 누룽지가 되어 있을 것 아니에요? 어멍이 말
리지 않았으면 정말 그랬을 거에요. '용철아, 고마니 이
시라. 머근 것도 어신디 경 까불멍 댕기민 안 되여. 배 꺼
정 안 돼.' 그래서 그만 두었어요. 아! 내 이름은 용철이에
요. 용철. 이름도 멋지지요? 그리고 성은.. 성은.. 성은
생각나지 않아요. 하지만 난 튼튼해요. 해방 직후에 제주
도에 전염병이 돌아 사람들이 죽고, 이 사람 저 사람 굶
주려 비실거릴 때도 난 거뜬했어요. 왜냐면 난 튼튼하고,
용감하고, 씩씩하기 때문이지요. 그리고 난 똑똑해요. 아
주 요망지요. 제주도에 들어온 미군들이, 배곯고 있는
이집 저집에서 세금으로 곡식을 걷어가면서 기껏 우리
에게 드로프스 사탕이랑 쪼꼬렛을 나눠주곤 했을 때, 난
학교 친구들과 데모를 했어요. '우리에게 드로프스를 먹
이지 말라!', '우리에게 양과자를 먹이지 말라!' '우리는 이
제 해방을 맞았다. 일본놈들이 자신들의 물건으로 우리
를 길들이려 했듯이 양과자로 우리를 길들이려 하느냐!'
아마 내 우렁찬 목소리에 한라산도 깜짝 놀랐을 걸요? 과

장이요? 누가 과장이라고 했어요? 철부지? 잠깐만, 철부지요? 누구죠? 그런 지각없는 말씀을 하신 분이? 잘 들으세요. 난 철부지가 아니에요. 보다시피 이렇게 키도 크…키가… 보다시피 비록 키는 작지만 열 사람 몫을 하는 용감한 청년이라구요. 아이 취급하면 나한테 혼날 줄 아세요. 난 힘이 세서 싸움도 잘 한다구요. 내가 화나면 얼마나 무서운 줄 아세요? 광복 후 제주시 관덕정에서 열렸던 제 28주년 3.1운동 기념식 때는 일제 순사랑 똑같은 모습을 한 경찰이 말을 타고 저 앞에 가는데 그를 향해 커다란, 수박통만 한 돌을 던진 적도 있어요. 그땐 정말 어마어마하게 많은 사람들이 모였지요. 높은 데서 보면 사람들의 머리가 온 거리를 가득 채워 둥둥둥 떠다니던… 심심해서 돌을 던진 건 아니에요. 그 말 탄 순사, 아니 경찰이 어린아이를 말발굽으로 밟아놓구서는 사과 한마디 없이 가버리는 거 아니겠어요? 해방이 되었지만 일본 순사가 떠나지 않고 그대로 있구나 하는 생각에 눈에 불이 확 켜지면서… (돌을 집어 던지는 모습을 재현한다. 잡은 돌이 작은 것 같자 큰 돌로 바꿔 들고 투포환 던지듯이 던지는 자세를 취하며) '아이를 짓밟고 도망가는 순사야, 게 섰거라!' 그런데… 그런데 그날 사람들이 총에 맞았어요. 경찰들이 쏜 총에 사람들이 죽고 피를 흘렸어요. 총소리가 나고, 비명소리와 아우성 소리가 뒤섞이고… 피가 흐르고… 아, 갑자기 온 몸에 힘이 빠져요. 난 씩씩하고 튼튼한데 왜 갑자기 이렇게 떨리는 거지? 난 무서움을 모르는 놈인데….

암전

2. 봉기

테이블 위로 김달삼이 올라선다.

김달삼	시민 동포들이여! 경애하는 부모 형제들이여! 4월3일 오늘 당신님의 아들 딸 동생이 무기를 들고 일어섰습니다.
청 년	일천구백사십팔년 사월 삼일. 제주도 제1구 제주 경찰서 관내 삼양, 함덕, 세화 무장대에 의해 피습.
김달삼	우리의 목표는 이것!
청 년	신엄, 애월, 외도, 조천, 한림, 화북지서 무장대에 의해 피습.
김달삼	매국적 단선단정을 결사적으로 반대하고 조국의 통일독립과 완전한 민족해방을 위하여!
청 년	제2구 서귀포 경찰서 관내 남, 대정, 선산지서 무장대에 의해 피습.
김달삼	당신들의 고난과 불행을 강요하는 미제 식인종과 주구들의 학살 만행을 제거하기 위하여!
청 년	빨갱이 새끼들! 개간나 제주도 새끼들! (몽둥이를 주워 위협적으로 바닥에 두드리며 분노하여 주변을 돈다)
김달삼	오늘 당신님들의 뼈에 사무친 원한을 풀기 위하여!
청 년	('압록강 행진곡'을 개사한 '서북청년단 노래'를 부르기 시작한다.)
	우리는 서북청년군 조국을 찾는 용사로다
	나가 나아가 38선 넘어 매국노(빨갱이) 쳐버리자(족쳐버리자)
	진주 같은 우리 서북 지옥이 되어
	모두 도탄에서 헤매이고 있다

동지는 기다린다 어서 가자 서북에
등잔 밑에 우는 형제가 있다
원수한테 밟힌 꽃봉이 있다
우리는 서북청년군 조국을 찾는 용사로다
나가 나아가 한라산 돌아 빨갱이 족쳐버리자

김익렬이 피해를 알리는 보고를 하는 동시에 김달삼의 대사가 진행
된다.

청년의 '서북청년 진군가'는 계속 진행된다.

김익렬   화북 지서 경찰 사망 1명, 민간인 사망 2명, 지서 전소. /
        신엄·구엄 지서 경찰 부상 1명, 민간인 사망 5명, 부상
        10여 명, 무장대 사망 2명, 민가 방화 4채. / 남원 지서 경
        찰 사망 1명, 민간인 사망 1명, 부상 2명. / 한림 지서 경찰
        사망 1명, 부상 2명, 민간인 부상 6명, 무장대 생포 1명,
        외도 지서 경찰 사망 1명. / 세화 지서 경찰 부상 2명. / 대
        정 지서 경찰 부상 1명, 민간인 부상 1명.

김달삼 시민 동포들이여! 경애하는 부모 형제들이여! 4월3일 오늘 당신님의 아들 딸 동생이 무기를 들고 일어섰습니다. 우리의 목표는 이것! 매국 단선단정을 결사적으로 반대하고 조국의 통일독립과 완전한 민족해방을 위하여! 당신들의 고난과 불행을 강요하는 미제 식인종과 주구들의 학살만행을 제거하기 위하여! 오늘 당신님들의 뼈에 사무친 원한을 풀기 위하여!

청년의 '서북청년진군가'가 이어지는 가운데 암전.

3. 평화 협상 제안

소 녀 듬돌? 여기에 듬돌이 있네. 마을 청년들이 힘자랑하려고 들기 경쟁하던 듬돌이. 하지만 워낙 무거워 아무나 들 순 없지. 이 마을 청년들이 지나가는 사람들 기죽이려고 여기에 놓았나보네. '우리 마을 청년들은 이것 들 수 있다. 넌 못 들걸?', 하면서. 우리 같이 거친 사내놈들 사이에선 상대를 기선 제압하는 방법으로 이 듬돌 들기가 최고지. (지나치려다가 멈춰선다) 아, 이놈이 날 붙잡네. 야, 사람 잘못 봤어. 난 작지만 워낙 힘이 세서 동네 또래들이나 심지어 형들도 못 들던, 너보다 훨씬 큰 듬돌을 번쩍 들고 다섯 걸음을 옮겼지. (듬돌을 들어보려하나 돌은 꿈쩍하지 않는다. 다시 온 힘을 다하지만 마찬가지다) 아, 이상하네. 끙, 하고 힘주면 번쩍 들리던 돌인데… (남성 관객 중 하나에게) 잠깐만요 삼촌. 지금 나 비웃었수깡? 삼촌은 들 수 있을 것 같아요? 이리 나와봅서. 이건 아무나 들 수 있는 게 아네요. (관객이 돌을 들어보도록 한다. 관객이 돌을 들면 놀란 표정으로 돌을 든 관객을 쳐다보다 객석으로 돌려보낸다) 생긴 것도 잘생긴 삼촌이 힘도 우악스럽게 세네. 메, 기죽네. 형님, 큰형님으로 모시고 늘 조심하겠습니다. 형님도 조심하세요. 제 28회 3.1운동 기념식 이후 듬돌 번쩍번쩍 들던 형님, 삼촌들이 제일 먼저 끌려갔다는 거 잊지 마세요. 정말로요. 듬돌 번쩍 번쩍 들던 동네 삼촌들이 제일 먼저 모두 불순분자로 지목되어 끌려갔어요. 경찰들은 힘이 센 사람들을 무서워하는 것 같아요. 나중엔 말이에요. 끌려가서 경찰들한테 초죽음 당하지 않으려고 남자들은, 아니 여자들까지 산으로 도망쳐야 했어요. (우울해진다) 다 삼일절 기념식이 총소리와 피에 물든 후 일이죠. 모든 것이 소용돌이처럼 돌아갔어요. 삼일 운동 기념식을 준비하고 거기에 참석했다고 사람들이 잡혀가고 고문을 당하고, 그러자 제주민 거의 전체가 항의하며 파업하고, 그러면 다시 경찰들이 사람들을 잡아가고, 사람들은 또 고문당하고, 피를 흘리고, 죽고… 사람들이 조선은 두 개로 갈라지게 될지도 모른다고 했어요. 사람들은 모두 화가 나 있거나 두려워하거나, 아니면 두려워하면서 화나는 표정뿐이에요. 지서가 불에 타요. 많은 사람이 피를 흘릴 거예요. 아, 추워요. 핏빛을 떠올리면 몸이 떨려요. 추워져요. 난 추위를 타지 않는데. 난 무엇이든 견딜 수 있는데… 왜 이렇게 몸이 무겁죠? (문득 등에 업힌 아기를 인식한다) 아, 내 등에 무언가 있어요. 아기가 있어요. 누가 내 등에 애기를 업혀놓았지? 내가 계집애도 아니고… 창피하게… 봐요, 내가 힘이 없어서 몸이 무거웠던 게 아니에요. 이 아기 때문에 몸이 무거웠던 거예요. 그래서 듬돌도 못 들고… 아가, 아가. 어여쁜 아가구나. 아가야… 몸이 아무리 무거워도 이 아기는 내가 돌봐야 해요. 아가 자라. 웡이, 웡이, 웡이 자라. (등의 아기를 달래고 흔들며 자장가 읊조리는 톤으로 '웡이 자랑'을 조금 부른다) 웡이 자랑 자랑 자랑 웡이 자랑 자랑 자랑 우리 애기 재와도라… (문득 이 노래를 기억한다는 것이 신기한 듯 소리를 멈춘다) 이 노래는 어멍이 불러주던 노래예요. 어멍… 우리 어멍… 그런데 어멍 얼굴이 떠오르지 않아요. 온통 까매요. 어멍 얼굴이, 손이, 어깨가 온통 까맣기만 해요. 그래도 어멍의 노랫소리는 지금도 귓가에 생생하게 남아 있어요. 그런데 그 노랫소리를 떠올리면 자꾸 눈이 감겨요.(졸린 듯 눈이 잠시 감기나 금방 번쩍 눈을 뜬다) 내 이름은 용철이에요. 난 씩씩해요. 난 힘이 세요. 난 한 번 간 길은 눈을 감고도 되돌아갈 수 있어요. 그래서 한라산 깊은 숲에서도, 끝없이 길이 갈리는 미로 같은 동굴 속에서도 길을 잃지 않아요… 아, 아가 자랑… 웡이 자라앙 자라앙… 어멍이 불러주곤 했던 노래인데. 참 이상하죠? 어멍 얼굴이 하나도 기억나지 않아요. 그래 아가 자라앙.. 자라앙…

노래 '웡이 자랑' 멈춤. 타악 소리.
군복 차림의 김익렬이 테이블 위로 올라가 사방에 삐라를 뿌린다.
소녀가 삐라를 주워 살핀다.
김달삼이 나와 삐라를 주워 들고 살핀다.
청년 나와 삐라를 줍는다. 각자는 모두 다른 공간에 있는 것처럼 보인다.

청 년	군인들이 협상을 제안한다! 산에 있는 무장대들 보라고 온 산에 삐라를 뿌린다.(삐라를 구기고 분노한 모습으로 나간다)
소 녀	제주도 국방경비대장이 산에 있는 무장대들에게 평화협상을 제안한다.
김익렬	우리는 국토를 방위하고 외적과 전투하는 것이 주 임무인 군인이다.
소 녀	(삐라를 보며) 군인들은 달라. 군인들은 경찰들과는 달라.
김익렬	우리는 지난 반 달에 걸친 형제 제위의 투쟁을 몸소 보았다. 그대들의 불타는 조국애와 완전 자주통일 독립에의 불타는 의용과 생사를 초월한 진의를 잘 알고 있다.
소 녀	군인들은 경찰들이 하듯 우리 제주도민들에게 총을 겨눠 잡아가지도 않아. 그들은 경찰들처럼 우리를 잡아가 고문하지도 않아. 일제 순사들이 하던 못된 짓들을 똑같이, 그것도 동포들에게 무참히 저지르는 경찰과는 완전히 달라. 군인들은 달라.
김익렬	우리는 동족 간의 싸움을 원치 않는다. 우리는 제주도민을 적으로 삼을 생각이 추호도 없다.
소 녀	군인들은 서북청년단들과는 달라. 군인들은 서북청년단 사람들처럼 쌀 한 가마니 값에 이승만 박사 사진이나 태극기를 억지로 사게 하지도 않아. 못 산다고 하면 종간나 빨갱이 새끼라 소리치며 때리지도 않아.
김익렬	사상과 주의, 그리고 일체의 불만은 정치적으로 평화적인 수단에 의해 해결하여야지 무력 수단에 호소하는 것은 무고한 도민의 유혈만 조장시킬 뿐 해결 방법이 되지 않는다.
소 녀	군인들은 달라. 서북청년단 사람들처럼 젊은 제주도 여

자들을 덮쳐 함부로 치마를 들어 올리고 그 몸 위에 거칠게 올라타지 않아. 그리고 나서 아무 일 없다는 표정으로 죽여 버리지도 않아.

김익렬　즉시 무기를 버리고 귀순하면 내가 책임지고 안전을 보장하겠으며 일체의 죄를 불문에 부치고 귀가시키겠다. 이에 대한 요구가 있으면 그 요구 조건을 다룰 회담을 하자. 무기를 버리고 귀순! 일체의 죄 불문! 회담을 하자.

소 녀　하지만 평화협상을 하자고 하는 것이 이번이 처음이 아니야. 이번이 다섯 번째! 첫 번째 협상 대표는 제주도지사 유해진이었어. 이 사람은 제주도에 공식적으로 서북청년단원들을 처음 끌고 들어왔지. 개인 경호원 자격으로.

청 년　폭도들은 들으라. 사태를 진정시키자. 나 제주도지사 유해진이 협상을 제안한다. 이 삐라를 보면 폭도들은 그에 대한 응답을 여하한 방식으로라도 해주기 바란다.

김달삼　응답한다. 응답한다. 협상을 원한다면 산중의 우리 근거지로 오라. 구체적 장소를 곧 전하겠다.

소 녀　곧 협상의 날짜가 정해졌지만 유해진 지사는 협상장에 가지 않았어. 전날 갑자기 생긴 복통 때문이었지.

청 년　무서워서 그런 건 아니오.

소 녀　도지사님.

청 년　무서워서 그런 건 절대 아니오. 절대… 절대 아니다. 절대 아니라니까. 에이 씨발, 경호원! 내가 무서워한다고 떠드는 놈들이랑, 그렇게 생각하는 것 같은 놈들이랑, 그렇게 생각하는 것 같은 표정 비슷한 것 짓는 놈들이랑 모두 찾아 족쳐버려! 경호원! 경호원! 이 새끼들 다 어디 갔어? 이 자식들 또 이승만 박사 사진 팔러 나간 거야? 아, 이 생활력 강한 평안도 촌 새끼들.

소 녀	그래서 다음 공작책임자가 임명되었지.
청 년	(목에 줄을 걸어 가슴에 '제주도 경찰토벌사령관 김정호' 라 쓴 팻말을 단다) 나 경찰토벌사령관 김정호가 요구한다. 이 삐라를 보는 대로 어떠한 방식으로라도 답변을 주기 바란다. 폭도들은 겁을 먹지 말고 나오라. 나와 협상하자.
김달삼	응답한다. 우리들의 안전 보장을 위해 우리가 정하는 장소에서 협상하자.
소 녀	그런데 회담을 하기로 한 날짜가 되자 갑자기 서울에 출장을 가야한다고 했지.
청 년	급한 일이야.
소 녀	토벌사령관에게 무장대와의 협상보다 더 중요하고 급한 일이 뭐가 있다고!
청 년	급하다는 것이 똥 마려운 걸 얘기하는 건 아냐. 겁 많은 놈들이나 무서움을 탈 때 배가 아프고 똥이 마려운 거지.
소 녀	제주도 총 책임자인 미군정장관에게 서울 간다고 허락은 받아어?
청 년	급하다고 한 말 못 들었어? 급한 일이야. 배 탈 시간 늦는다. 씨벌!
소 녀	다음 세 번째 협상책임자! 제주도 경찰감찰청장 최천!
청 년	('제주도 경찰감찰청장 최천'이라 쓰인 팻말을 목에 건다) 오늘이 협상 날인가? 오늘이? 오늘이 맞아? 아, 오늘이구나. 아, 나 배가 너무 아프다.
소 녀	또 복통?
청 년	또? 전에 내가 언제 배 아프다고 한 적 있나? 그런데 난 지금 배도 아프고, 열도 나서 머리도 아프고, 콧물이랑 기침도 나고, 가래랑, 설사도… 화장실에 가야겠어. 설사똥

엄청 쌀 거야. 난 제주도가 싫어. 똥두간에 들어가면 똥돼지 새끼들이 똥 받아먹는다고 궁둥이 밑으로 몰려드는데, 깜빡 신경 안 쓰면 그놈들이 먹는 건 줄 알고 불알을 한입에 덥석! 그런데 세상에 설사똥 마려울 때보다 급한 때가 어딨어! 똥이 똥구멍으로 마구 삐져나오려고 하는데, 그냥 정신없이 바지내리는 동시에 물똥이 쫙 나오는 거지. 그러면 궁뎅이 밑으로 템벼들다가 물똥 뒤집어쓴 돼지 새끼들이 몸을 털어대는데 똥물이 사방 팔방으로… 에이.. 더러운 돼지 새끼들… 그래도 고기맛은 끝내주더라구. (배를 움켜쥐고 나간다)

소 녀   이어 네 번째로 책임을 맡은 제주도 민족청년단장도 끝내 협상 자리에 앉지 못했지. 그리고 이제 국방경비대 제9연대장.

김익렬   데이 아 이노슨트. 더 넘버 오브 꼬뮤니스트 몹 멤버스 이스 저스트 어바웃 투 오알 쓰리 헌드레드. 노, 노, 아닙니다. 경찰이 과장하는 것입니다. 홧 어 이그재저레이션. 노, 노. 핵심 폭도 무리는 이삼백에 불과합니다. 대다수의 제주도민들은 단지 친일 무리와 경찰들이 해방 후에도 득세하고 자신들을 탄압하고 억누르는 것에 분노하는 것입니다. 게다가 서북청년단원들이 저지르는 갖은 만행은 제주도민들에게 공포와 분노를 일으키고 있습니다. 소수의 폭도 핵심 무리들이 주민들의 분노와 박탈감을 활용하고 있는 것입니다. 노, 노, 홧 어 이그재저래이션. 앱솔룻틀리 낫! 리슨투미 플리즈. 경찰들의 말을 곧이 믿지 마십시오. 리슨 투 미 설, 플리즈. 소수의 핵심 폭동 세력을 다수의 제주도민과 분리해야 합니다. 제주도민을 모두 폭도로 여겨 탄압하면 사태는 걷잡을 수 없게 됩니

다. 그들은 두려워하고 있습니다. 물론 분노도 하지요. 하지만 그들의 분노에는 이유가 있습니다. 그들은 순진무구한 인민들일 뿐입니다. 소수의 무장대 핵심 세력을 대다수의 인민들과 떼어놓는 작전이 필요합니다. 무조건적인 진압의 방식으로 나가면 제주도민들은 모두 다 우리에게 등을 돌리고 산으로 도망치게 될지도 모릅니다. 그럼 사태는 걷잡을 수 없이 커집니다. 회유를 통한 선무작전을 함께 진행해야 합니다. 오케이. 언더스탠드? 플리즈 트러스트 미, 설.

소 녀   이번은 다섯 번째 시도!

김익렬   산 측은 우리가 회합할 수 있는 적당한 시일과 장소를 어떠한 방법으로든지 제시하여 주기 바란다. 일천구백사십팔년 사월 이십이일 제9연대장 육군 중령 김익렬.

김달삼   (무대 주위를 돌며 삐라를 뿌린다) 응답한다. 응답한다. 회합하자. 회합하자.

김익렬, 책상에서 내려와 삐라를 주워 살펴본다.

청년도 나와 삐라를 주워 본다.

김달삼   회담 장소는 우리가 정하는 곳으로 한다.

청 년   무슨 꿍꿍이를 벌이려고!

김익렬   (허공에 대고 외친다) 장소에 연연할 필요가 있는가.

김달삼   우리는 당신의 진의를 모른다. 우리를 기만하려는 것인
지 어떻게 아는가.

김익렬   나의 목적은 동포들을 살리고 보호하려는 것이지 기만하
려는 것이 아니다.

김달삼   회합하자. 회합하자. 사월 이십 팔일 우리가 정하는 시간
과 장소, 조건에 따르라. 우리가 정하는 조건에 따르라.

김달삼 퇴장.

청 년   동지들! 국방경비 연대장이 빨갱이 새끼들이랑 협상을
하겠다며 비행기를 타고 산에다 삐라를 뿌린다는 소식
들어서? 빨갱이들에게 어울리는 것은 협상이야? 평화야?
아니디! 절대 아이디. 그 종간나 새끼들에게 어울리는 건
통알이다. 아니, 아깝게 통알을 쓸 필요 있가서? 몽둥이
나, 철퇴나, 시퍼렇게 날이 선 일본도 같은 거면 독하디.
(관객들을 향해 연설조로) 동지들, 내 이 비공식적인 자
리에서 함 공식적 말투로 말하겠소. 잘 들으시라우! (목
을 가듬고) 반공의 최전선에서 함께 싸우는 우리 서북청
년단 동지들! 우리는 혼자가 아입네다. 우리의 전선에 함
께 하는 경찰들과 대전 등 각지에서 들어온 응원 경찰 동
지들도 우리와 함께 하고 있습네다. 그리고 우리 뒤에는
됴국이 있습네다. 우리 인민과 됴국을 지키는 용사들은
절로 힘이 나디요. 그런데 지금까지 모습을 보면 국방경

비대는 제주도 빨갱이들을 때려잡는 데에 소극적이었습니다. 모두 뜻과 힘을 모아야 할 판에 말입네다. 게다가 지금 국방경비대 제9연대장은 빨갱이 폭도들과 협상을 하겠다고 합네다. 우리로서는 당최 이해할 수 없는 행위입니다. 하지만 섣불리 생각지는 않는 것이 좋겠습네다. 군인들은 제주도 빨갱이들을 교란하기 위한 장기적 작전을 수행하고 있는 것일지도 모릅네다. 우리는 우리의 일을 계속 하면 됩네다. 우리는 우리의 애국적 사업의 고삐를 늦추지 말아야 하는 것입네다.

소 녀   '산타루치아'를 개사한 노래를 부르기 시작한다.

소 녀   창고에 쌓인 쌀 배급은 안 주고
            바람은 부는데 어디로 갈까
            내 배는 고픈데 네 배도 고프냐
            쌀 타러 가자 쌀 타러 가자

청년, 김달삼이 던진 삐라를 주워 구기고 던지고 찢는 등 분노를 표하며 서북청년가를 부른다. 하지만 자신도 모르게 종결부는 소녀가 부르는 노래에 입을 맞춰 따라간다.

둘   내 배는 고픈데 네 배도 고프냐
            쌀 타러 가자. 쌀 타러 가자.

소 녀   천진난만한 표정과 몸짓을 하며 퇴장. 청년, 소녀를 노려
            보다가 반대편으로 퇴장.
김익렬   나와 책상 위로 올라간다.

김익렬 국방경비대 제9연대 장병 제위는 들으라. 일천구백사십팔년 사월 이십팔일 오늘 본 연대장은 무장대와의 협상을 벌이기로 하였다. 산속의 무장대들은 나를 믿지 못하겠다고 말하지만 나 역시 그들의 속을 꿰뚫지 못한다. 난 오늘 새벽 가족들 앞으로 유서를 써두고 나왔다. 이것이 무슨 뜻인지 제군들도 잘 알 것이다. 만일 산에 있는 무장대가 평화를 위해 산으로 들어간 나를 살해한다면 이것은 돌이킬 수 없는 민족 반역 행위가 될 것이다. 제군들에게 당부한다. 만일 그런 일이 생긴다면 저들을 철저히 소탕하여 제주도에 더 큰 재앙이 퍼지지 않도록 하여 주길 바란다. 그것은 또한 나의 죽음에 대한 복수가 될 것이기도 하다. 난 17시까지 복귀할 것이다. 만일 그 시간까지 내가 복귀하지 않는다면 그것은 협상이 결렬되고 내가 유인당하여 죽었다는 의미일 것이다. 그 경우 즉각 산 쪽을 향해 전투 행동을 개시하여 나의 죽음에 대한 처절한 복수와 응징을 해주기 바란다. 부대의 모든 지휘권은 부연대장이 가지게 될 것이다. 이상. (경례를 하고 책상에서 내려가 퇴장한다)

암전.

4. 청년

몽둥이를 든 청년 나온다.

청 년   제 고향은 평양입네다. 내래 꿈도 크고 하고 싶은 일도 많은 아이였디요. 더 높은 부벽루에 단숨에 뛰어오르던 건강하고 당찬 소년이었디요. 부벽루에 올라 내려다보면 흐르는 대동강이 한눈에 보입네다. 평양에서 온 동지들 다 기억하시디요? 멋들어진 곳이디요. 내래 그 시절 대동강을 내려다보면서 이런 생각했습네다. 내래 맘만 먹으면 저까짓 대동강도 되다 빨아들여 삼킬 수 있디, 아무럼! 아니, 그럴 수 있을 것 같았다는 말이디 실제로 그렇게 했다는 거이 아닙네다. 나를 봉이 김선달 같은 사기꾼 보듯 하지 마시라요. 그런데 내래 곧 그런 당찬 모습을 잃었습네다. 만석꾼이 되어 부모님께 효도하겠다는 내 꿈도 산산이 부서졌디요. 모두 공산당 빨갱이 개간나 새끼들 때문입네다. 빨갱이 공산당 새끼들이 득세를 하면서, 그 종간나들이 대대로 물려오던 우리 집안 땅을 다 뺏어가버렸디요. 오마니는 홧병에 쓰러디시고 난 도망치듯 자유를 찾아 남쪽으로 내려왔디요. 오마니… 오마니… 근데 오마니 얼굴이 안 떠오릅네다. 오마니 얼굴이 오똑게 생겼었는디… 엊그제는 마을을 순찰하는데 한 늙은 에미나이가 나를 보고는 슬금슬금 피하길래 '이 종간나, 왜 피하네? 너 폭도 가족이디? 너 빨갱이디?' 했더니 아니라면서 알아듣지 못할 제주말로 뭐라뭐라 지껄이는 것 아니겠습네까? 그 손바닥 싹싹 비는 꼴이 영락없이 빨갱이 같아설라무네 내래 면상을 군화발로 짓이겨버렸습네다. 그런데 피를 흘리는 그 모습이 내 오마니 얼굴이랑 비슷한 것 같아서 내래 올매나 놀랬는디… 아니, 내래 지금 무슨 소리 하고 있는 거디… 하여간 오마니, 모습이 기억 안 나 죄송합네다, 오마니… 아, 동지 여러분 내래 오마니 앞으로 공개 편지 좀 쓰갔시오. 그냥 들어주셨으면 감사하갔습네다. 오마니, 이 아들은 남쪽 끝 바다 건너 제주도에 와 있습네다. 여기엔 쌍간나 빨갱이 턴디예요. 나라에서 제주도 빨갱이들 족칠 애국자들을 찾았디요. 우리 서북 출신 청년들이야말로 그 일에 적격 아니갔습네까? 내래 배멀미 하느라 배속 똥물까지 다 토해내면서 이 먼 섬에 들어왔디요. 오마니, 내래 됴국에 튱성하고 있디요. 걱정 마시라우요. 이승만 박사가 뒤를 봐주고 높으신 분들이 우리를 응원하고 있디요. 빨갱이들을 둑티는 일, 나라에 충성하는 일이디요, 보람 있는 일이디요, 피곤할 새 없는 일이디요. 내래 빨갱이 잡아 둑티는 일이라면 임무 중에 둑어도 여한 없습네다. 빨갱이 잡아둑이는 일이야말로 나라에 충성하는 길인 동시에 우리 딥안 원쑤를 갚는 일 아니겠습네까? 그렇게 됴국에 충성하다 빨갱이들 손에 둑더라도 내래 괜찮습네다. 억울한 둑음이겠디만 여한은 없을 겁네다. 오마니가 늘 말씀하셨디 않습네까. 간절히 원하고 열심히 산 사람이 억울하게 둑는 일이 생기면 그 사람은 더승에서라도 살아생전 바라고 원하던 모습이 된다고 말입네다. 살아 생전 애국하다 둑으면 둑어서라도 내래 만석꾼이 되갔디요. 오마니 얼굴은 떠오르디 않디만 그 말씀 하시던 목소리는 귓가에 지금도 생생하게 울려납네다. 참 이상하디요. 오마니 얼굴이 하나도 기억 나디 않는다는 거이… 오마니, 이 아딜 걱뎡일랑 말고 오늘도 편안히 주무시라요…

암전

5. 평화 협상

조명이 들어오면 구억 초등학교의 관사. 김달삼과 김익렬이 마주하고 있다.
뿌려졌던 삐라들이 떨어진 동백꽃처럼 널려 있다.
검은 바위가 놓여 있다.
허벅 치는 소리가 시간의 흐름을 이야기하듯 이 장의 부분 부분에 음향으로 삽입된다.
김달삼과 김익렬은 아무 말 없이 서로를 보고 있다.
소녀가 들어온다. 주변부로 돌면서 간간이 등의 아기를 달래듯 몸을 흔들면서도 촉각을 세워 두 사람을 지켜본다.

소 녀   느낄 수 있어. 이 공간이 그리고 여기서의 만남이 무엇을 의미하는지. 두 사람의 협상 결과에 수만 명의 목숨이 오가게 될 거야.

김달삼   담배 피우시겠소? (백두산 담배를 꺼내 놓는다)

김익렬   (주머니에서 럭키 스트라이크를 꺼낸다) 이거 한번 피워 보시지요. 럭키 스트라이크라고 새로 보급 나온 물품인데 맛이 괜찮더군요.

김달삼   조선 사람 입에는 조선 담배가 최고지요.

김익렬 웃으면서 럭키 스트라이크를 주머니에 다시 넣는다.
김달삼이 백두산을 들어 한 개피를 반쯤만 빼내어 김익렬에게 내민다.
김익렬의 손이 담배에 닿는 순간 둘의 시선이 상대를 향한 채 움직임이 멎는다.
조명 둘만을 비춘다.

김익렬	난 그대를 안다. 그대는 일제 치하, 나와 같이 복지산 육군예비사관학교에서 훈련을 받았다.
김달삼	난 당신의 이름을 기억한다. 당신의 얼굴도. 김익렬. 우리는 모두 학도 장교로 징집되었지.
김익렬	그대의 이름은 김달삼이 아니다. 그대의 이름은 김달삼이 아니었다. 그대와 교류하지는 않았지만 조선 유학생들 중에 그대가 있었던 것은 기억한다. 그대의 본명은⋯ 그대의 진짜 이름은 이승진.

조명이 원래대로 돌아온다.
김달삼, 담배갑을 당기자 김익렬의 손에 백두산 한 개피가 들리게 된다.
김익렬 군용 지포 라이터를 주머니에서 꺼내 김달삼의 담배와 자신의 담배에 불을 붙인다.

김달삼	제가 바로 김달삼입니다. 처음 뵙겠습니다, 김익렬 연대장.
김익렬	김달삼 선생, 예상했던 것보다 훨씬 젊으셔서 놀랐습니다.
김달삼	나이가 중요합니까? 조국과 민족에 대한 뜨거운 마음이 중요하지요.

김익렬, 김달삼을 보고 미소 짓더니 담배를 피우면서 주변을 천천히 돌며 살핀다.
김달삼, 담배를 피우면서 김익렬을 시선으로 좇는다.
허벅 치는 소리.
청년이 조용히 들어와 사람들을 살핀다.

김달삼	앉으시지요.
김익렬	여유롭게 하시지요.

김익렬 담배를 물고 주변을 천천히 둘러본다.

김익렬　지프를 타고 여기로 올라오면서 뒤돌아보니 해안가에 있는 우리 부대가 한 눈에 들어오더군요. 부대 쪽에서는 이곳이 전혀 눈에 띄지 않는데 말입니다. 여기가 본부는 아닌 걸로 아는데…

김달삼　한라산은 그런 면에서 커다란 요새 같지요. 그걸 이용해 일본군들이 제주섬 이곳저곳에 실제로 요새를 만들었고. 아시지요? 지금 연대장께서 지휘하시는 9연대 자리도 일본군 부대 터였지요.

청　년　눈에 익어. 이 모습. 이 장소. 창문을 통해 숨죽이며 이 협상장을 넘겨보는 저 초라한 몰골의 수많은 사람들… (유심히 사람들을 관찰하며 협상장 주변부를 서서히 돈다)

김익렬　아이들은 뭡니까? 채 열 살도 안 되어 보이는 아이들도 있군요. 저렇게 어린아이들까지 산으로 모아서 뭘 하겠다는 거지요?

김달삼　산으로 들어오지 않으면 위험해지는 것은 어른이나 아이들이나 다 마찬가지입니다. 산간 지역 쪽 마을의 사람들은 경찰들에게는 모두 무장대를 돕는 빨갱이로 몰립니다. 눈에 보이는 대로 두들겨 패고 잡아가니 경찰들과 서북청년단 무서워 마을에 머물러 있을 수가 없는 것이지요.

소　녀　(환영을 보는 듯) 재가 된 마을, 불에 탄 살덩이들, 새까맣게 몰려든 까마귀떼, 숨죽여 울부짖는 사람들의 통곡.. (눈을 감고 귀를 막았다가 급히 눈을 뜨고는 김익렬과 김달삼을 본다) 여기서 막을 수 있어. 여기서 막을 수 있어.

김익렬　선생, 누구도 어린아이들까지 공산주의자로 몰지는 않습니다.

김달삼   서북청년단과 경찰들은 그렇게 합니다.

청 년   모두 종간나 빨갱이 새끼들이니까!

김익렬   부녀자들과 노인들도 많은데, 의료품이나 생활 물품 등
        이 부족하지는 않습니까? 필요하다면 필수 의료품을 제
        공하겠소.

김달삼   우리 중에는 의사도 있고 약사도 있소. 걱정해주는 것은
        고맙지만 괜찮습니다. 그리고 웬만한 상처는 소금으로
        소독하고 된장을 발라 치료할 수 있습니다.

김익렬   부녀자들과 아이들은,

청 년   모두 빨갱이 새끼들!

김익렬   생활 환경도 좋지 않은데 최소한 아이들과 노인들과 부
        녀자들은 산 아래로 내려 보내야 하지 않겠소?

김달삼   저들에게 간곡하게 마을로 돌아가 생업을 이으라고 한
        적이 있소. 저들이 말하더군요.

소 녀   산 아래는 서북청년단과 경찰들이 무서워 못 살겠어요.
        그래서 산으로 피해 왔는데 여기에도 못 붙어있게 하면
        우리보고 어떻게 하란 말입니까?

김익렬   그들이 안전할 수 있도록 돕는 것이 오늘 협상의 가장 주
        요한 내용입니다. (의자를 당겨 앉는다) 좋습니다.

김달삼   좋습니다.

허벅 두드리는 소리.
소녀와 청년은 멀찌감치 떨어져 있다. 아직 서로를 인식하지 못한다.

김익렬   왜 동포끼리 피를 흘려야만 할까요?

청 년   빨갱이 새끼들은 사람 목숨을 파리 목숨처럼 생각하니
        까. 동포들의 피맛을 보는 것을 즐기는 악마들이니까.

김달삼	제가 묻고 싶습니다. 왜 동포끼리 피를 흘려야만 하는 거지요?
소 녀	경찰과 서북청년단은 우리들을 짐승만도 못하게 취급하니까! 고문하고, 죽이고!
김달삼	우리는 제주 인민들의 순수하고 애국적인 요구를 피로 짓밟는 힘에 맞서 정당하게 궐기했습니다.
김익렬	제주도민들은 그렇게 생각할 수 있지요. 하지만 남로당 입장은…
김달삼	지금 무슨 말씀을 하시는 거죠?
청 년	(김달삼을 향해) 남로당 빨갱이 새끼!
김익렬	아, 제주도는 매우 아름답습니다. 제 눈에는 무척 이국적이구요. 해변을 두른 갖은 모양의 검은 바위들은 육지에서는 보지 못했던 것들입니다. 모두 화산이 폭발하면서 흘러나온 용암이 굳어진 것들이죠?
김달삼	제주도는 오랜 세월 동안 거친 바람과 자연 재해 뿐 아니라, 왜적에 의해서도, 그리고 육지에서 보내온 관리들에 의해서도 억압받은 경험이 있습니다. 제주도민들은 그런 면이 있습니다. 화산 같은 면이요. 당하고 또 당하지만 언제든 불을 뿜을 가능성을 안고 있지요. 근일에 보셨던 것처럼 말입니다.
김익렬	지금의 상황을 봐선 화산은 아직 폭발한 것 같지 않습니다. 화산이 폭발한다면 상상하지 못할 엄청난 피해가 생기겠지요.
청 년	빨갱이들은 이 땅에서 사라져야 해. (김익렬을 향해) 몰아붙여. 몰아붙이라고! 아, 연대장 허리춤에 총이 있어. 그래, 저 빨갱이 수괴놈의 머리통에 구멍을 낼 작전이었어!

김달삼   잠깐!

허벅 두드리는 소리

김달삼   허리춤에 무엇입니까? 총을 지니고 왔습니까?

청 년   젠장, 걸렸어! (김익렬에게) 어서 총을 뽑아 저 간나 새끼 머리통에 총알을 박아버리라우!

소 녀   총 맞아 죽은 어미의 젖을 빠는 아기, 사위와 장모를 흘레 붙게 하고 그들에게 하는 총질, 불타는 마을… 시체 위를 덮은 새까만 까마귀떼…

김달삼   우리는 비무장을 약속했습니다. 어찌하여 무장을 하고 온 거지요?

김익렬   이 권총 하나가 무서우신 건가요? 하지만 오해 말아주 길 바랍니다. 이 총은 군인들이 비겁한 자에게 배신을 당 할 경우 스스로 자존심을 보호하기 위한 자살용입니다. 염려 마십시오. 혹시 평화 협상에 방해가 된다 여기신다 면…(총을 꺼내 테이블에 올려 김달삼 쪽으로 밀어준다)

김달삼   (잠시 김익렬을 살핀다.) 좋습니다. 알겠습니다. 제가 무 례했다면 용서하십시오.(총을 다시 김익렬 쪽으로 밀어 낸다)

김익렬   괜찮습니다.(권총을 다시 찬다) 작금의 상황에서 이런 말 이 어떨지 모르겠지만 난 제주도가 좋습니다.

김달삼   이곳은 유배지였지요. 심지어 여기로 부임 받아 오는 관 리들도 이곳을 유배지로 생각했습니다. 육지에서 임명을 받아 제주도에 부임하는 관리들은 아무도 이곳에 가족들 을 데리고 오지 않았지요. 유배지 같은 곳인 데다가, 말 이 잘 통하지도 않는 이 외딴 섬 사람들의 표정이 화산처럼 위험해 보였기 때문이었죠. 그런 식으로 제주도민을 바라보는 관리들은 모두 두려워하면서도 억압과 수탈을 멈추지 않는 악질 탐관오리들이었습니다.

김익렬 진짜 화산에서 터져나오는 용암은 사람 가려가며 덮치지 않습니다. 화산이 터지면 제주도민들이 가장 큰 피해자가 될 것입니다. 무고한 제주도민은 폭발하는 화산이 아니라 그에 꼼짝없이 희생당하는 이들이 될 것입니다.

김달삼 잘못 생각하신 겁니다. 우리 제주 인민들은 완전 독립국가와 하나의 조국을 바라고 있습니다. 이를 폭력으로 가로막는 그 어떤 반역적인 힘 앞에도 주저하지 않습니다. 제주도민의 민족애와 반민족 세력에 대한 분노는 진정 폭발하는 화산입니다.

김익렬 당신들이 보유한 고작 수백 정도 안 되는 구식 총과 죽창들로 폭발하는 화산이 가능할까요?

김달삼 난 제주 인민들의 뜨거운 조국애와 민족애가 바로 화산이라고 말했습니다. 연대장께서는 우리의 화력을 과소평가하고 싶으신 모양이시군요. 잘못 파악하신 겁니다.

김익렬 (김달삼이 보이는 만용의 의미까지 다 알고 있다는 듯 미소를 띤 채) 예, 알겠습니다. 김달삼 선생. 한 가지 묻겠습니다. 우리 국방경비대가 토벌작전을 벌이지 않는 이유를 아십니까?

소 녀 군인들은 달라. 경찰들이나 서북청년단원들이 마을에 들어서면 우리는 모두가 숨어. 숨어야만 해. 하지만 군인들이 오면 반갑게 맞아줘. 심지어 돼지를 잡아 잔치를 벌여주기도 하지. 군인들은 우리를 적으로 여기지 않으니까.

김익렬 그 이유가 뭐라고 생각하세요?

김달삼 우리가 궐기한 동기와 이유에 공감하고 있기 때문이겠지요.

청 년   개소리!

김익렬   (잠시 사이) 우리는 군인입니다. 군인은 개인의 생각과 상
          관없이 명령이 있으면 명령에 따라 싸워야 합니다. 오늘
          우리들의 협상 결과에 따라 우리는 평화의 길을 갈 수도
          있고, 피가 난무하는 싸움의 길로 접어들 수도 있습니다.

김달삼   지금 나를 겁박하려는 겁니까?

김익렬   그간 경찰과 그쪽이 교전하는 것을 눈여겨 지켜봐 왔습
          니다. 제주도는 돌담이 많아서 사격전으로는 큰 효과를
          얻을 수 없겠더군요. 그래서 그에 대해 상부에 보고했습
          니다. 박격포부대를 내려보내겠다고 하더군요.

김달삼, 표정이 굳어진다. 얼어붙은 듯 꼼짝 않고 당황을 감추려 한다.
청년, 듬돌을 바라보고 있다가 번쩍 들어 다섯 걸음을 옮겨 내려놓고
는 의자로 삼아 앉는다.
청년이 듬돌을 들 때 소녀는 처음으로 청년을 인식하고 의식하기 시
작한다.

김달삼   대화를 진행하십시다. 그 전에 연대장께 하나만 묻겠습
          니다. 광복을 맞았지만 아직 우리는 우리 민족의 정부를
          세우지 못했습니다. 정부가 수립되지 않았기에 우리에게
          는 조국이 없는 것입니까?

김익렬   일제시대에도 우리는 마음속에 우리의 조국을 잊지 않고
          늘 품고 있었습니다. 엄연히 우리에게는 조국이 있지요.

김달삼   주권을 잃었던 그 시절에도 조국을 생각하고 민족의 자
          존감을 가슴 속 깊이 지켜오면서 끝없이 독립을 갈망하
          던 주체는 누구였습니까?

김익렬   고통 당하던 우리 조선 인민들이었지요.

김달삼	하지만 일본 제국주의 편에 붙어 선량한 조선 인민들의 피를 빨던 이들도 있었지요.
김익렬	그들은 한 줌도 안 되는 민족 배반자들입니다.
김달삼	그 민족 배반자들이 여전히 힘을 가지고 설치는 곳이, 광복을 맞았다고 하는 지금의 이 조선 땅이지요.
김익렬	선생께서 하시려는 말씀 잘 압니다. 조선은 지금 과도기에 있습니다. 그러나 모든 것이 제대로 자리잡혀갈 것입니다. 전 그렇게 믿고 싶습니다.
김달삼	낙관하시는군요. 아니, 낙관하려고 애쓰시는군요. 해방을 맞았지만 지금 우리는 두 개의 나라로 쪼개질 위험에 처해 있습니다. 광복을 염원하던 인민들이 원했던 것은 분단된 조국이 아닙니다.
김익렬	우리 조선 인민 누구도 분단된 조국을 원하지 않습니다.
김달삼	누구도 분단된 조국을 원하지 않는다고요? 그럼 지금 남쪽 단독 선거를 통해 조선을 두 개의 갈라진 나라로 만들려고 획책하는 저 무리들은 도대체 누구입니까?
김익렬	그것은 오늘 우리가 나누어야 할 이야기의 범위를 넘어섭니다.
김달삼	우리 조선의 일입니다. 그리고 우리 제주민들이 봉기한 이유 중 하나입니다. 어떻게 이것이 할 수 없는 이야기가 됩니까?
김익렬	지금의 국제 정세와 조선을 둘러싼 힘에 대해 모르십니까. 선생께서 묻는 말에 내가 답을 한들, 그것은 내 개인적 의견일 뿐이지 오늘의 협상에 영향을 끼칠 수 없습니다. 오늘의 대화는 폭력의 고리가 이어지는 작금의 상황을 풀고 평화롭게 사태를 마무리하는 데에 목적이 있습니다.

김달삼	좋습니다, 좋습니다. 오늘 나눌 이야기의 범위가 아니라고 하시지만 사실 매우 중요한 부분입니다. 그래서 말씀드리는 겁니다. 그럼 오늘 대화 범위 안으로 들어와 다시 묻겠습니다. 연대장께서는 협상을 위해 여기에 오셨지요?
김익렬	그렇소.
김달삼	연대장께서는 확실한 권한을 가지고 있습니까? 제 말은 오늘의 대화를 통해 내놓은 협상안이 공식적인 것이 되는 것입니까? 연대장께서는 교섭 결과에 대해 얼마나 약속 이행의 권한을 가지고 있습니까?
김익렬	나는 개인의 자격으로 여기에 온 것이 아닙니다. 나는 오늘 회담에 있어 결정적이고 절대적인 권한을 가지고 있습니다.
김달삼	연대장께서 맡은 역할, 그 결정적이고 절대적인 권한은 누구의 입장을 대리하는 것입니까?
김익렬	지금 우리에 대한 통치권은 미군이 가지고 있습니다. 난 미군정장관의 지시에 따라 여기에 왔으며, 내가 가진 권한은 미군정장관 딘 장군의 권한을 대리합니다.
김달삼	일본이 갖고 있던 것을 이제는 미국이 가지고 있지요.
김익렬	아직 나라를 제대로 세우지 못한 우리 현실입니다.
김달삼	조선의 관공서에 매달려 있던 일장기가 내려가고 그 자리에 미국의 국기가 휘날리고 있습니다. 좋습니다. 연대장께서 최고 결정권자인 미군정을 대리하는 절대적인 협상의 권한을 가지고 오셨다니, 그럼 본격적인 대화에 들어가도록 합시다.
김익렬	저도 마찬가지로 묻겠습니다. 선생 역시 산 쪽의 최종적인 권한을 가지고 있는 것이 확실합니까? 오늘의 협상 내용 결과를 보고하고 승인받아야할 더 위의 선은 없는 것

이 확실합니까.

김달삼 오늘의 회담은 결정적인 것입니다. 나는 제주도 의거자
들로부터 전권을 이임받았소.

김익렬 (고개를 끄덕이고는 회중 시계를 꺼내 보더니 테이블 위
에 올린다) 좋습니다. 그렇다면 진행합시다.

허벅 두드리는 소리.

김달삼 (주머니에서 종이를 꺼내 읽는다.) 우리 조선 인민은 일
본 제국주의의 통치 하에서 갖은 수난과 고통을 겪었다.
하지만 조국의 독립에 대한 열망을 담아 독립 투쟁의 전
통을 이어내려왔으며, 이제 해방을 맞은 조선 땅에 진정
한 자주독립국가를 세우려는 뜻을 펼치고자 하고 있다.
하지만 광복을 맞은 작금의 조선 상황은…

김달삼의 낭독 연설은 열정적인 묵음으로 계속 진행된다.
김익렬은 눈을 감고 듣는다.

청 년 종간나 빨갱이들의 개수작 같은 소리!

소 녀 조용히 해!

청 년 쌍간나!

소 녀 입 닥치고 숨 죽여! 이 자리가 얼마나 중요한 자리인 줄
알아?

청 년 알아, 알지. 빨갱이들 싹쓸이하려는 국방경비대의 교란
작전 아이고 뭐갔어!

소 녀 주둥이 닥쳐. 나한테 한 방 얻어터지기 싫으면.

청 년 (박장대소한다) 코딱지, 귀지때기 같은 에미나이가 사람

웃길 줄 아네!

소 녀   내가 에미나이라고? 너 서북청년단원이지?

청 년   너는 종간나 빨갱이 계집이지?

소 녀   계집? 눈이 삐었냐? 아기를 업고 있다고 계집애로 보는
         거냐?

청 년   빨갱이 애미나이!

소 녀   난 빨갱이가 아냐!

소녀, 옆에 떨어져 있는 갱지를 뭉쳐 청년을 향해 돌팔매 하듯 던진다.
아기가 운다. 소녀, 몸을 흔들며 등의 아기를 달랜다.

소 녀   아가… 미안… 아가 울지 마.

김달삼   이에 우리는 요구한다. 우리의 민족애와 충심을 고문과
         살상으로 말살시키려는 민족반역자와 일제 잔재인 친일
         경찰, 그리고 서북청년단을 제주도에서 축출하라. 그리
         고 제주도민으로 구성된 선량한 관리와 경찰관으로 행정
         을 하도록 하라. 이것이 이루어지지 않을 경우 우리 제주
         인민은 최후의 1인까지 목숨을 걸고 투쟁할 것이다. (종
         이를 접어 셔츠 주머니에 넣는다)

청 년   개 같은 소리!

김익렬   잘 들었소. 난 대다수 제주 인민들의 마음을 헤아릴 수
         있을 것 같습니다. 그런데 말입니다, 선생. 난 말입니다,
         해방이 되고 3년 동안 미군정 하에서 군인 노릇을 하며
         소위 자유민주주의라는 것에 대해 배웠습니다. 하지만
         난 자유민주주의가 뭔지 아직도 도무지 모르겠습니다.
         선생도 마찬가지일 것입니다. 3년 동안에 공산주의 사상
         을 연구했다고 한들 얼마나 알겠습니까. 잘 알지도 못하

는 외래의 이데올로기 때문에 아까운 청춘과 생명을 버리는 일은 죄악이 아닐까요?

김달삼   (책상을 친다) 난 연대장이 정의감이 강하고 선과 악을 식별할 줄 아는 분별 있는 자로 생각했소. 민족 반역자나 일제 악질 경찰이 자기들의 죄상을 은폐하기 위해 아무나 공산주의자라고 덮어씌우듯이 당신도 우리를 공산주의자로 덮어 씌우려는 것이오?

김익렬   당신들이 공산주의자가 아니라면 어찌하여 이 어마어마한 유혈폭동을 일으켰지요?

김달삼   우리들은 공산주의자들이 아니오. 우리는 도민을 구출하기 위해 의거를 일으킨 것이오. 이런 식으로 우리를 몰아간다면 우리는 대화를 이어갈 수 없소. 우리는 최후의 1인까지 싸울 것이고, 이북을 통해 소련군에 지원을 요청할 수밖에 없소.

김익렬   진정하시오, 선생. 진정하시오. (사이) 난 선생이 외세의 힘에서 벗어난 진정한 자주독립국가를 세워야 한다고 말하면서 동시에 소련의 힘을 빌리겠다고 지금처럼 목청을 높이는 것이 앞뒤가 안 맞는다는 생각이 듭니다.

김달삼   (한층 언성을 높여) 무고한 인민들이 계속 받게 될 고통을 막기 위해서!

김익렬   알겠소, 선생, 진정하세요. 당신들이 진정 공산주의자가 아니라면 이 협상이 진행되는 데 아무 문제가 없을 것입니다. 진정하세요.

김달삼   이보시오, 연대장. 우리가 피를 보고 싶어 의거를 일으켰겠소? 우리는 살기 위해 일어섰소. 지금이라도 우리의 요구 조건을 들어주고 자유롭게 살 수 있게 해준다면 여기 있는 모두가 당장이라도 모두 집으로 돌아갈 것입니다.

김익렬	좋습니다. (시계를 들어서 보고는 내려놓는다) 오늘 우리가 결정지어야 할 내용들을 크게 세 항목으로 정리해 보았습니다.
김달삼	말씀하시오.
김익렬	첫 번째로는, 평화로운 사태의 해결을 위해 일체의 전투 행위를 중지해야 한다는 것입니다. 지서 습격, 그리고 서북청년단원 등에 대한 공격 등 일체의 폭력적 행위를 중지하여야 합니다. 제주도에 평화를 가져와야 합니다.
김달삼	주민들에 대한 경찰과 서북청년단의 폭력행위 및 주민들에 대한 불법적 살상 역시 멈춰야 합니다.
김익렬	폭력행위 중지 조항은 상호 간에 동일하게 적용될 것입니다.
김달삼	제주도민들, 특히 무고한 부녀자들에 대한 천인공노할 행위들도 절대 용납할 수 없소.
김익렬	평화를 위해 경찰과 민간 반공단체 등이 벌이는 일체의 적대 행위를 멈추도록 조치를 취하겠습니다. 산 측도 오늘부로 당장 지서 습격 등의 일체의 전투 행위를 중지하십시오.
김달삼	잠깐만요, 연대장, 그건 어렵습니다.
김익렬	예?
김달삼	오늘부로는 어렵습니다. 시간이 필요합니다.
김익렬	선생께서는 아까 본인이 최종적인 실권자라고 말했소. 혹시 다른 실권자들이 있어 합의할 시간이 필요한 건가요?
김달삼	절대 아니오. 단지 제주 산속 곳곳에 숨어 있는 이들에게까지 이 내용을 전달하려면 시간이 소요되기 때문이요. 오늘 당장은 불가능하오.

김익렬	그러면 이 근방인 대정면과 중문면은 오늘부터 즉각 전투를 중지하고 그 외의 지역은 24시간 이후부터 일체의 전투행위를 멈추도록 합시다.
김달삼	한라산은 수풀과 삼림으로 가득 차 있고, 산속의 길은 험합니다. 5일은 걸리게 될 겁니다. 연대장. 난 이 협상을 통해 제주도 인민들이 평화를 찾고 안전하기를 간절히 바랍니다. 지킬 수 없는 약속을 해서 서로가 불신을 쌓고 폭력이 이어지게 되는 결과를 결코 원하지 않소.
김익렬	좋습니다. 선생의 진심을 믿습니다. 그렇다면 72시간까지 연락 시간을 주겠소. 72시간 이후에는 완전 전투 중지가 이루어져야 합니다.
김달삼	72시간이요?
김익렬	그렇소, 내일부터 3일. 선생은 산 측의 대표 권한을 가지고 있다고 말씀하셨소. 모든 전달 루트와 연락 방법을 최대한 활용해 주시길 부탁합니다.
김달삼	3일이라…
김익렬	불가능한 시간이라고 생각하지 않습니다.
김달삼	그렇다면 그 사이에 혹시 벌어질지 모르는 전투 행위에 대해서는?
김익렬	72시간 내에 벌어지는 산발적인 전투는 연락 미달로 인한 것으로 간주하여 협상 불이행으로 여기지 않겠습니다.
김달삼	좋소.
김익렬	하지만 그 이후의 상호 간에 대한 공격이나 전투 행위는 심각한 배신으로 여겨지게 될 것이며, 응당한 조처가 이어지게 될 것입니다.
김달삼	알겠소. 연대장이 제안한 상호 간 전투 행위나 공격 행위 금지 내용에 대해 동의합니다.

소녀, 환호하며 박수를 친다. 청년은 주먹을 쥐고 이들을 노려보고 있다.

김익렬   아주 좋습니다. 이 건에 대해서는 합의가 이루어졌습니다. 다음은 산에 있는 사람들의 무장해제에 관한 건입니다.

김달삼   산에 올라온 우리 제주도의 인민들은 경찰과 서북청년단을 몹시 두려워합니다. 그들이 벌인 행위들을 생각해보면 인민들의 공포와 분노가 이해되실 겁니다.

김익렬   충분히 이해하고 있습니다.

김달삼   산에서 내려갔을 때 그들이 우리 인민들에게 아무 해꼬지를 하지 못하게 하겠다는 확실한 보장이 필요합니다.

김익렬   미군정의 강력한 관리 하에 우리 국방경비대가 보호하겠습니다. 약속합니다.

청년, 바닥에 있던 삐라를 주워 뭉쳐 김익렬을 향해 던진다. 반복해서 던진다.

김달삼   지금 산에는 경찰과 서북청년단의 폭력이 무서워 도망쳐온 사람들이 많습니다. 그들은 무장하지 않은 사람들입니다. 대부분이 부녀자, 아이, 노인들입니다. 이들을 먼저 하산시키겠습니다. 이들을 안전하게 귀가시키고 보호하겠다는 약속이 제대로 이행되는지 지켜보겠습니다. 약속이 잘 이행될 경우 3개월 후부터 나머지 모든 대원들의 무장을 해제하고 산에서 내려가겠습니다.

김익렬   지금 난 무장 해제에 대해 이야기하는 것입니다. 무장하지 않은 사람들은 내려보내고 무장한 자들은 산에서 버티겠다는 것이 무슨 무장해제입니까.

청 년   기래, 맞는 말이디! 기게 뭔 무장 해제야!

김익렬	전원 완전 무장해제만이 이 회담의 성패를 결정짓는 요점이 될 것입니다. 평화의 회복을 원한다고 하시지 않았소?
김달삼	우리로서는 단계적으로 할 수밖에 없습니다. 안전과 평화를 보장한다는 약속이 지켜지는 것을 확인하기 전에는 힘듭니다. 우리 제주도민은 그동안 경찰에 의한 불법 연행과 고문과 죽음을 경험해왔습니다.
김익렬	우리는 평화를 위한 협상을 하고 있습니다. 신의가 없으면 불가능한 일입니다.
김달삼	약속의 이행이 이루어지는 것을 확인하면 곧바로 전원 무장해제로 이어지도록 하겠습니다. 우리에게 믿음이 없다고 말하지 마십시오. 우리는 너무도 처참하게 기만당하고 고통당해왔습니다. 제대로 이행되는지 두 눈으로 보기 전에는 믿기 어렵습니다.

김익렬과 김달삼, 미동도 없이 서로를 본다. 허벅 두드리는 소리.
소녀와 청년이 긴장감을 갖고 두 사람에게 시선을 둔 채 테이블 쪽으로 조금 다가온다.

김익렬	좋습니다! 단계적으로 합시다. 상호간 교전이 없는 평화 상태로 전환되는 것이 중요하고 시급한 일이지요. 우리는 72시간 이후 상호간의 전투 행위를 중지하기로 이미 합의를 했구요. 좋습니다. 전원 무장해제를 위하여 단계적인 동시에 지속적인 무장해제의 방법을 채택합시다. 하지만 우리 측의 약속 이행에도 불구하고 산 측의 이행이 합의대로 진행되지 않으면 우리는 즉각 전투에 돌입하게 될 것이오.

김달삼	이루어진 합의에 충실하기로 우리는 이미 약속을 했소.
김익렬	이 협상이 성공적으로 이루어지면 내일 낮 12시를 기하여 모슬포 연대본부 내에 1개소, 제주읍 비행장에 1개소의 귀순자 수용소를 설치하겠소. 그리고 그 모든 수용소는 군대가 직접 관리하고 경찰의 출입은 절대 금하겠소.

소녀, 박수를 친다.

김익렬	세 번째 항은 범법자의 명단 작성 및 제출과 자수에 관한 건입니다.
김달삼	연대장. 지금 뭐라고 하셨습니까?
김익렬	세 번째 항. 범법자의 명단 작성 및 제출과 자수에 관한 건.
김달삼	범법자요? 지금 누구보고 범법자라고 하신 겁니까?
김익렬	(한숨을 쉰다) 살인과 방화는 정당화될 수 없는 범법행위입니다.
김달삼	의거의 과정에서 벌어진 피할 수 없는 행동이었소.
김익렬	범법 행위입니다. 법에 의거하지 않고 폭력과 방화로 문제를 해결하려 해서는 안 됩니다. 세계 어느 나라에서도 그런 일을 용납하지는 않습니다.
김달삼	그렇다면 그동안 지속되어왔던 제주 도민들에 대한 경찰의 폭력은 불법적이지 않은 겁니까? 그건 합법적인 일들이었습니까?
김익렬	그들은 국가가 부여한 자신들의 임무를 수행한 것입니다.
김달삼	무조건 잡아가 구금하고 일본 순사들이 독립투사들에게 했던 방식으로 고문하고 죽이라는 임무를 국가가 부여했나요?
김익렬	선생…

김달삼	백주에도 벌어지는 제주 인민들에 대한 서북청년단의 불법적 폭력은 또 어떻죠? 그들은 제주도 인민들을 인간으로 보지 않습니다. 마음대로 때리고, 강간하고, 죽여도 되는 존재로 여기고 있습니다. 경찰들이 묵인하고 있는 그 온갖 만행들도 나라가 부여한 합법적 임무인가요?
청 년	(벌떡 일어나 김달삼에게 달려들 기세로) 개간나 새끼!
소 녀	그만 둬!
청 년	(소녀를 향해 시선을 옮긴다) 종간나 빨갱이!
소 녀	난 빨갱이가 아니야.
청 년	이 빨갱이 개간나! 눈꼽 덕지덕지 핀 네 눈 속에 고여있는 핏물 색깔이 네가 빨갱이란 것을 말해준다.
소 녀	왜 우리들을 빨갱이라고 부르는 거지?
청 년	너희들은 모두 빨갱이니까!
소 녀	도대체 빨갱이라는 것이 뭐지?
청 년	내 아버지를 죽인 놈들. 우리 아바이는 너희 같은 빨갱이들한테 끌려가 총에 맞아 돌아가셨다.
소 녀	우리는 네 아버지를 죽이지 않았어!
청 년	우리 아바인!… 총에 맞았지만 즉시 목숨이 끊어지지는 않으셨다. 나중에 아바이 시신을 찾았는데 손톱이 죄다 뒤집어 뽑히고 부러져 있었다. 아버지 옆에 있던 소나무는 피칠갑을 한 채 할퀴어진 모양으로 껍질이 벗겨져 있었고… 아버지는 오마니와 내가 기다리고 있는 집으로 돌아가려고 손톱이 뒤집어지도록 나무를 잡고 일어서려고 했던 거였다. 아버지의 몸에서 흘러나온 피마저 집 쪽을 향해 흘러 내려오고 있었어.
소 녀	제주도민 누구도 네 아버지를 죽이지 않았어.
청 년	너희들이야! 눈에 시뻘건 핏물 같은 빛을 띠고 있는 너희

같은 개간나 빨갱이 새끼들!

소 녀　지금 너의 눈이 그렇게 시뻘겋다.

청 년　죽여버리갔어!

소 녀　넌 나를 죽일 수 없어. 모르겠어? 우린 지금 여기 없어. 물론 여기 있지만, 어쨌든 넌 날 죽일 수 없어. 왜냐면, 왜냐면…

김익렬　좋소. 우리 측이 제시한 합의 사항의 내용은 지금까지 이야기한 세 가지입니다. 그중 두 건에 대해서는 원만한 합의를 이루었다고 생각하오. 셋째 항, 주동자 명단과 자수에 관한 건에 대해서는 이따가 다시 이야기하기로 합시다. 일단 산 쪽에서 요구하는 사항에 관련해 먼저 이야기를 나누는 게 좋을 것 같소.

김달삼　좋소. 우리는 먼저 제주도민으로 행정 관리와 경찰을 편성하고, 민족반역자와 악질 경찰 그리고 서북청년들을 제주도에서 추방할 것을 요구합니다.

김익렬　친일파와 민족반역자인 관리 및 경찰들은 사실이 증명되면 해직, 추방하겠소. 그것은 일제를 청산하고 진정한 독립국가를 건설해나가야 하는 우리 민족의 과제입니다.

소 녀　옳소.(손뼉을 친다) 아가, 너도 박수 쳐.

김익렬　그리고 서북청년단원들도 불법적인 행위들을 한 범법자는 처벌하고 추방하겠소.

청 년　우리는 범법자가 아이야! 우리는 나라를 위해 싸우는 애국 반공 용사다.

김익렬　하지만 제주도민만으로 행정기구와 경찰을 편성한다는 것은 군인인 내가 결정할 사항이 아닙니다. 그것은 내 권한 밖의 일이오.

김달삼　제주도 인민들은 이 문제에 매우 민감합니다. 연대장께

서는 최고권한을 지닌 미군정의 대리 권한으로 왔으므로
우리의 이 정당한 요구에 대해 어떠한 식으로라도 답을
해줄 수 있다고 생각합니다.

김익렬   우리는 아직 완전한 독립 상태가 아닙니다. 여기 산에 있
는 사람들 뿐 아니라 우리 조선의 인민들은 모두 조선의
완전한 독립을 염원합니다. 그리고 그것은 반드시 이루
어질 것입니다.

소 녀   (손뼉을 치며)아가, 너도 박수 쳐. 어서 누나 말 들어…
아니, 형아… 아니..(자신의 정체성에 대해 혼란스럽다.)

김익렬   완전 독립된 우리의 나라, 우리의 정부는 곧 세워질 것입
니다. 그러면 민주주의 원칙에 따라서 자연스럽게 여러
분들이 뽑은 제주 출신 사람들이 제주도를 관리하게 될
것이고, 제주도 인민들이 경찰이 되어 스스로 치안을 담
당하게 될 것이 자명합니다. 우리는 그런 독립국가를 만
들 것입니다. 이에 대해 의심하지 맙시다. 말씀하신 대로
일단 불법 행위를 벌인 경찰과 서북청년단들은 색출해서
축출하겠다는 약속을 다시 한 번 확실히 하겠소.

김달삼   좋소. 그렇다면 제주도민으로 편성된 경찰이 구성될 때
까지 연대장께서 이끄는 국방경비대가 제주도의 치안을
책임져 주시오. 동시에 현재의 경찰은 해체되어야 합니
다. 이것이 우리의 두 번째 요구입니다.

김익렬   이 평화회담이 성공하면 자연히 군대가 치안을 맡게 될
것입니다. 그렇다면 경찰은 군대의 보조역할을 하게 될
것입니다.

김달삼   그들은 아무 일도 하지 말아야 합니다. 그들이 제주도민
들을 어떻게 생각하고 어떻게 다뤄왔는지 잘 아시지 않
습니까?

김익렬	경찰이 군대의 보조역할을 한다는 말은, 그들 모두가 나의 지휘 하에 있게 된다는 말입니다. 경찰에 대한 제주도 인민들의 뿌리 깊은 불신과 두려움을 충분히 이해합니다. 그것은 경찰들이 쌓아온 것이지요. 이 약속만은 확실히 하겠습니다. 경찰을 해체할 필요는 없습니다. 하지만 그들이 군대의 지휘를 받게 하면서 제 손으로 경찰의 인원을 감축하고 개편하겠습니다. 제가 무슨 일을 하겠다고 하는 건지 이해하시겠습니까?
김달삼	좋소. 감사합니다.

소녀, 박수를 친다.
청년, 소녀의 소리를 잡아먹을 듯 큰 소리로 손뼉을 치면서 미친 사람처럼 웃는다.

청 년	엉터리야. 엉망이야. 저 연대장 새끼는 빨갱이였어. 공산당 폭도들과 내통하는 빨갱이 새끼! 개종간나 빨갱이 새끼! 다 죽여버리갔어! 다 뒤집어버리갔어! (뛰어나간다)
김달삼	마지막 세 번째는 아까 연대장께서 제시한 내용 중 세 번째 항목에 대한 우리의 입장과 요구입니다. 의거에 참가한 사람들은 누구라도 죄를 불문에 부치고 안전과 자유를 보장해주어야 한다는 것입니다.
김익렬	그 점에 대해서는 이미 우리 측 입장을 이야기했습니다. 그럴 수는 없습니다. 범법자는 가려내야 합니다.
김달삼	범법자! 범법자! 우리의 행동은 정당했습니다. 우리는 정당방위를 한 것입니다. 정당하게 궐기한 제주 인민들을 누구도 범법자라고 부를 수는 없습니다!
김익렬	교전 이외에 발생한 살인과 방화 행위자들의 위법행위에

	대해서는 그에 맞는 처분을 내려야 합니다.
김달삼	연대장께선 본인의 명의로 우리에게 협상을 제안하셨소. 산 곳곳에 뿌린 그 삐라에 무어라고 적으셨습니까? '무기를 버리고 귀순하면 내가 책임지고 안전을 보장하겠으며 일체의 죄를 불문에 부치고 귀가시키겠다' 바로 연대장께서 작성해 비행기로 직접 뿌린 내용입니다.
김익렬	난 무고한 제주 인민들이 산에 들어가 떨 필요가 없다는 말을 한 것입니다. 살인과 방화를 저지른 주동자들은 적법한 법적 절차를 밟아야 합니다.
김달삼	우리를 기만하시려는 겁니까? 끝내 우리들을 범법자로 여기면서 우리와 평화협상을 하시겠다고요?
김익렬	평화적인 사태 해결을 위해서입니다. 평화를 깨뜨린 것에 대한 최소한의 법적 책임이 없을 수는 없습니다.
김달삼	평화를 깨뜨려요? 연대장! 평화를 누가 깨뜨렸죠? 정당한 인민들의 요구를 폭력으로 짓밟은 반민족적 세력이 아니라, 그 불의에 저항한 사람들이 평화를 깨뜨린 것입니까?
김익렬	우리는 살인과 방화를 일으킨 주동자와 일반 주민을 분리하려는 것입니다.
김달삼	연대장! 탐관오리들의 학정을 견디다 못해 궐기했던 옛 제주민들이 평화를 깨뜨린 장본인이었을까요? 무고한 백성들을 수탈하고 학정을 일삼던 탐관오리는 평화수호자였구요? 수탈하던 일제에 저항하던 항일독립투사들이 평화를 깨뜨렸던 거였소? 우리 민족의 자존심을 짓밟고 폭력과 살상으로 조선 인민들을 억누르던 일본놈들과 그에 빌붙은 친일 세력은 평화를 지키는 자들이었구요?

김익렬, 주머니에서 럭키 스트라이크 담배를 꺼내 물고 불을 붙인다.

김달삼   평화를 깨뜨렸다구요? 가만히 있는 것이 평화입니까? 위
          험에 처한 민족의 상황을 보고 가만히 있는 게 평화입니
          까? 분단의 처지에 놓인 조선의 운명 앞에 가만히 있는
          게 평화입니까? 밟히고, 고문당하고, 강간당하고, 죽임을
          당해도 가만히 있는 게 평화입니까?

김익렬, 천천히 럭키 스트라이크를 김달삼에게 전한다.
김달삼, 백두산을 꺼내 문다. 김익렬, 불을 붙여준다.

김익렬   최대한의 관대한 처분이 내려지도록 내 온 힘을 다하겠
          소. 이것은 타협할 수 없는 내용입니다. 살인과 방화를
          저지른 장소와 일시를 기입한 명단을 작성해 주셔야 합
          니다. 범인들이 자진 귀순하면 절대로 사형이나 종신형
          같은 중형에 처하지 않도록 하겠소.
김달삼   단 한 명의 명단도 내어줄 수 없소. 왜냐하면, 우리는 범
          법자가 아니기 때문이오!
김익렬   경찰들의 가족을 죽인 행위도 떳떳한 일입니까? 그것이
          범법이 아니면 무엇이 범법이요?
김달삼   그들이 먼저 그렇게 하지 않았소? 무고한 아녀자와 노인
          과 아이들을 산으로 올라간 이들의 가족이란 이유 하나로
          처참하게 죽인 이들이 경찰들이고 서북청년단들입니다.

소녀, 혼돈과 고통에 신음한다.
김익렬, 테이블 위에 놓인 시계를 들어본다.
허벅 두드리는 소리.
김익렬, 깊은 한숨을 쉬며 자리에서 벗어나 창가 쪽으로 간다.

소　녀　　남자들은 모두 빨갱이로 몰린다고, 아방이 산으로 피한
다고 했어. 아방은 따라가겠다는 오빠에게 '너는 아직 어
리기 때문에 괜찮을 거야'라면서 말렸지. 그 후 경찰들의
총에 죽은 아방의 시체를 찾아서 수습했을 때, 어멍은 마
을에 있으면 위험하다며 오빠보고 산으로 도망가라고 했
지. 우리는 모두 위험해졌어. 어멍도 나도, 내 동생도. 죄
가 있어서가 아니야. 우리는 위험해. 위험에 처해 있는
것, 바로 그것이 죄야. 이 협상은 실패할 거야. 우리는 모
두 죽을 거야. 우리는 모두 죽게 될 거야.(고통에 몸을 가
누지 못하며 귀를 막는다)

김달삼　　(단호한 어투로) 이름을 적어 범법자 명단이라고 제출하
라고요? 조금이라도 작은 형량을 받으려면 산에서 내려
가 자수하라구요? 그것이 무슨 의미인 줄 아시오? 그건
우리가 일으킨 의거의 정당함을 우리 스스로 부정하라는
말입니다. 우리는 죄인이 아니오. 우리는 정당하오. 따라
서 명단을 제출할 일도, 자수할 일도 절대 없을 거요.

허벅 두드리는 소리 더욱 긴박해진다.
김익렬 연신 담배를 빨아댄다.
김달삼도 테이블을 벗어나 창가로 간다.
주변이 조금씩 어두워진다.

소　녀　　어둠이 내리고 있어. 시간이 흐르고 있어. 모든 것은 실
패로 돌아가. 총소리, 통곡소리가, 까마귀떼의 울음소리
가 들려.

6. 협상의 끝

청년이 몽둥이를 들고 뛰어 들어온다.

청 년   다 죽여버리갔어. 다 뒤집어버리갔어.

소 녀   그만 둬. 네가 바라는 대로 될 거야. 모든 것이. 수만 명의
         몸에서 피가 흐르고, 통곡이 흐를 거야. 어두워지고 있
         어. 어둠이 내리고 있어.

청 년   빨갱이 에미나이! 도대체 넌 뭐디?

소 녀   아직도 모르겠어? 우린 죽었어. 협상은 실패로 돌아갈 거
         야. 너도 죽고, 나도 죽을 거야. 아니, 우린 이미 죽었어.
         이 모든 건 죽지 못하는 우리의 기억 속에서 자꾸만 반복
         되는 과거의 일일 뿐이야.

청 년   너 정신이 완전히 나간 에미나이디?

소 녀   어둠의 시간이 다가올수록 기억이 돌아와. 그리고 밤이
         되면 모든 기억이 선명해지. 밤이 깊을수록. 어두워질
         수록…

청 년   너 얼치기 심방이야?

소 녀   (귀를 막는다) 아버지가 흘린 피가 산 아래 우리집까지
         흘러내려와. 그 어마어마한 피가. 하지만 그 붉은 피가
         우리 집에 닿기 전에 검은 땅이 그 피를 모조리 삼켜버
         려. (고개를 들고 청년을 쳐다본다) 아방 시체 앞에서 울
         부짖는 어멍과 너와 나의 모습이 기억나.

청 년   미친 무당 년!

소 녀   빨갱이라는 소리보다 훨씬 듣기 좋다.

청 년   미친 빨갱이 무당년!

소 녀	우린 죽었어.
청 년	난 안 죽었어! 난 이렇게 시퍼렇게 살아있어. 간나 에미 나이! 넌 죽은 모양이구나. 죽었다면 곱게 죽어 있으라 우!
소 녀	나는 죽는 줄도 몰랐어. 오빠가 산으로 간 후, 오빠의 생 사도 모르는 우리였지만, 우리는 모두 빨갱이 가족으로 몰렸지. 마을 노인들과 부녀자들과 함께 산속 굴 안으로 들어갔어. 한겨울을 거기 숨어들어 지냈지.
청 년	오호라! 그래 폭도 가족 맞구만! 빨갱이 간나 새끼들!
소 녀	한겨울 동굴에서 나오는 김을 보고 토벌대가 우리들이 숨어있는 동굴의 입구를 찾아냈지.

소녀, 테이블 밑으로 기어 들어간다.

청 년	이 빨갱이 폭도새끼들! 너희들이 거기에 있다는 거 다 안 다. 순순히 나오면 살려주겠다. 그렇지 않으면 수류탄을 굴 안으로 던져 모두 폭사시켜버릴 것이다. 어서 나오라!
소 녀	엄마, 나가요. 나가면 살려준대요. 봐요. 다른 사람들도 다 나가잖아요. 엄마. 이리 와요. 우리도 뒤따라 나가요.
청 년	기래, 기래. 나오라! 기래… 한 놈, 기래, 두시기, 석삼.. 기래 기래, 너구리… 오징어, 기래… 육개장… 기래 기 래… 이런 종간나 새끼들 사람이야, 딤승이야? 더러운 냄 새… 이 개간나들! 스물 둘… 스물 셋… 기래, 기래. 저리 서라우! 개간나 빨갱이 새끼들!
소 녀	굴 입구가 좁아서 아기를 업고 나갈 수가 없어요. 아기 먼저 받아주세요.
청 년	이리 전하라우!

소 녀   (업은 아기 포대기를 풀어 테이블 밖 청년에게 넘긴다)
         민철이에요. 내 동생…

청 년   (아기를 받아 들고는) 이 빨갱이 종간나 새끼 좀 보라우.
         (다리를 잡고서 들돌에 머리를 메쳐버린다.)

소 녀   (비명을 지른다) 엄마 도망가!

청 년   나오라! 나오라! 수류탄 던지기 전에 나오라우!

소 녀   엄마 뛰어요. 엄마!

청 년   종간나 새끼들 굴 안으로 쏙 들어가 버려? (뒤돌아서)
         다 쏴버려! 한 놈!(총소리), 두시기!(총소리), 석삼!(총소
         리), 너구리!(총소리), 오징어!(총소리), 육개장!(총소리),
         칠게!(총소리), 팔다리!(총소리), 구들장!(총소리), 쨍그
         랑!(총소리) 다시 한 놈!(총소리) 두시기!(총소리)

소 녀   (흐느낀다) 민철아… 엄마, 민철이가… 내 동생 민철이
         가… 엄마…

총소리 한동안 한 발 한 발 이어져 스물아홉 발의 총성까지 나고 멈춘
다. 정적.

소 녀   어멍이랑 나는 며칠인지 모를 시간을 어두운 굴속을 헤
         맸어. 벽을 더듬어 어딘지 모르는 깜깜한 굴속을 끝없이
         헤매다 이내 주저앉았을 때 흔들리던 엄마의 목소리에는
         아무 힘이 없었어. 어둠이 무서웠어. 어둠은 모든 기억을
         선명하게 만들어. 그 기억에는 들돌을 번쩍 들던 오빠의
         모습, 우리에게 드로프스를 먹이지 말라고 외치며 읍내
         를 행진하던 오빠의 멋진 모습도 있지만 총에 맞아 피딱
         지가 범벅이 되고 손톱이 뒤집어진 아버지의 모습도 있
         어. 어둠은 모든 기억을 선명하게 해. 기억이 점점 선명

해지는 동안 엄마는 점점 말이 없어졌어. 이내 검은 굴속에서, 몸뚱이도 그림자도 구분 없이, 눈을 뜬 것인지 감은 것인지 분간할 수 없는 온통 까맣기만 굴 안에서, 나를 안고 있는 이 차가운 몸이 진짜 엄마인지 난 의심하기 시작했어. 너무 무서웠어. '엄마, 엄마!' 난 차가워진 엄마의 얼굴을 더듬어서 귓불 뒤쪽을 만졌어. 엄마 귀 뒤에는 작은 혹같은 물사마귀가 있거든. 엄마 귀 뒤에 난 그것이 뭐냐고 물을 때마다 엄마는 늘 똑같이 대답했었지. 원래는 네 개였지. 그런데…

청 년   하나 빼서 첫째 용철이 만들고, 또 하나 빼서 둘째 수자 만들고, 또 하나 빼서 막내 민철이 만들었지.

함 께   그래서 이제 하나만 남았지. (사이)

소 녀   어멍은 이미 차갑게 잠들어 있었어. 그리고 나도 곧 잠이 들었지. 나는 잠들지 않으려고 애쓰면서 생각했어. 내가 눈이 밝았다면. 어둠 속에서도 잘 볼 수 있었다면. 내가 더 힘이 셌다면… 아니, 여기 엄마와 함께 있는 이 몸뚱아리가 내가 아니었다면. 여기 있는 게 내가 아니라 우리 오빠였다면. 힘세고, 날쌔고, 한라산 숲속에서도 길을 잃는 법 없이 요망지고 용감한 우리 오빠였다면… 내가 아니라 오빠였다면, 오빠였다면 엄마를 살릴 수 있을 텐데… 엄마를 업고 미로 같은 이 어두운 동굴을 벗어날 수 있을 텐데…

청년, 고통과 혼란함 가운데 얼굴을 감싸고 주저앉는다.

김익렬   시간이 없소. 난 일단 부대로 복귀해야 하오. 일단 여기서 휴회를 합시다. 그리고 내일 다시 여기서 회담을 이어

갑시다.

김달삼   범죄자들의 소굴을 알아냈으니 오늘의 임무는 끝났다는
               건가요? 그렇다면 내일의 임무는 뭐지요?

김익렬   그런 뜻이 절대 아니오.

김달삼   들으시오! 오늘 안으로 회담 결론을 내지 못하면 회담은
               결렬된 것이오.

김익렬   나를 의심하시는군요. (창가 쪽으로 간다) 저기 9연대 연
               병장을 보시오. 연병장에 나와 있는 병사들이 보입니까?
               저들은 지금 전투태세를 갖추고 대기하고 있소. 이곳으
               로 출발하기 전 나는 부대원들에게 명령해두었소. 내가
               17시까지 연대본부로 돌아오지 않으면 부하들은 회담이
               결렬되고 내가 당신들에게 살해된 것으로 단정하고 피의
               보복을 시작할 것이오.

김달삼   배반이오!

김익렬, 시계를 보고 깊은 한숨을 내쉰다.

청 년   난 어떻게 죽었지?

소 녀   나도 몰라. 우리 누구도 몰라. 우리는 오빠의 시신도 찾
               지 못했으니까.

청 년   왜 내가 죽어야 했지?

소 녀   몰라.

청 년   흰 천을 단 막대기를 들고 산에서 내려가던 일이 기억나.
               살려준다고 했어. 산에서 내려오면 살려준다고 했어. (김
               익렬을 가리키며) 저 자도 말했지. 살려준다고 했어. 하
               지만 또 기억나 포승줄에 묶여있었어. 끊임없이 속으로
               되뇌었어. 내가 이 섬에 태어나지 않았었다면 얼마나 좋

앗을까. 이 섬에서 태어나지 않았다면.

소 녀 오빠…

청 년 산으로 가지 않았다면 엄마가 산으로 도망가라고 했을 때 그 말을 듣지 않았더라면…

소 녀 산에 오르지 않았어도 마찬가지였어. 엄마도 나도 민철 이도 모두 죽었잖아.

청 년 차라리 마루 밑을 파고 그 속으로 숨었더라면…

소 녀 바보 같은 오빠.

청 년 생각나. 포승에 묶여있는 나를 때리던 서북 사투리의 사 내. 나를 수용소에서 불러낸 그 사람은 소주에 멍게를 먹 고 있었어. 원쑤놈의 빨갱이라 소리칠 때 술에 섞인 멍게 냄새가 났지. 개머리판으로 내 머리를 짓이기던 사내.

소 녀 불쌍한 오빠. 차라리 서북청년단원이었다면, 하고 생각 했구나.

청 년 내가 기절했다가 마지막으로 얼핏 깨었을 때. 나보고 아 버지를 죽인 원수라며 총을 겨눈 사내.

소 녀 오빠…

청년, 흐느낀다. 소녀가 가서 안아준다.

김달삼 당신은 우리를 기만했소.

김익렬 아니오. 내 말을 들으시오. 나는 기만하려 하지 않소. 나 는 유혈 사태가 일어나는 것을 결코 원치 않을 뿐이오. 시간이 없소. 여기에 모여 있는 이 수많은 사람들이 죽게 될 것이오. 김달삼 선생, 최후로 나의 제안을 하겠소. 이 것이 합의되지 않는다면 회담이 결렬되더라도 어쩔 수 없는 일이 될 것이오.

허벅 두드리는 소리.

김익렬　　범법자의 명단을 작성하여 범법 책임자를 분명히 해주시오. 하지만, 명단에 기재된 범인들이 자수를 하든, 도망을 하든 그것은 자유 의지에 맡기겠소. 김달삼 당신과 주도 세력들은 중벌을 면하기 힘들 것이오. 모든 폭도의 귀순과 무장해제가 이루어진다면 내 반드시 주도세력들이 피할 길을 만들어 주겠소. 일본 등지로 도피할 수 있는 방법을 마련해주겠다는 것이오.

김달삼　　(잠시 곰곰이 생각하다가) 그것을 합의서에 기록해 줄 수 있소?

김익렬　　그것은 어렵소. 이것은 개인적이며 은밀한 제안이오. 하지만 내 명예를 걸고 지키겠소.

김달삼　　그 말을 지금 그대로 믿으라는 겁니까?

김익렬　　당신들은 지금 오직 나를 신뢰하여 귀순과 무장해제에 합의했소. 내가 배신한다면 모두 생명을 잃게 될지도 모른다는 불안감을 가지는 것을 충분히 이해합니다. (주변의 사람들을 죽 둘러보고는 김달삼을 향해 시선을 멈춘다) 난 제주도로 부임받아 가족과 함께 이 섬으로 내려왔소. 지금 연대 본부 관사에 나의 노모와 처, 그리고 두 아들이 지내고 있소. 우리가 합의한 내용을 모두 지키겠다는 약속으로 우리 가족들을 인질로 맡기겠소.

김달삼　　(매우 놀라 말을 잇지 못한다.)

김익렬　　내 가족들을 산 측으로 인계할 시간과 장소를 정합시다.

김달삼　　(사이) 연대장의 진심을 믿겠소.

김익렬　　고맙소. 시간과 장소를 제시해 주시오.

김달삼　　노령의 어머님과 연약한 가족들을 산속으로 모실 수는

없습니다. 김 연대장의 애민 정신과 희생적이며 헌신적
태도에 감사드립니다. (김익렬에게 다가가 손을 내민다)
고맙소.

김달삼과 김익렬이 손을 잡는 순간 이들의 움직임이 멈춘다.

청 년　내가 힘없는 제주도 소년이 아니라 차라리 서북청년단원
　　　이었다면, 하고 생각했던 건가? 정말로?

소 녀　오빠, 정말로 죽기 싫었구나. 정말로 죽는 것이 무서웠구
　　　나.

청 년　어멍도 못 보고 그렇게 개돼지처럼 죽긴 싫었으니까!

소 녀　오빠, 정말 죽기가 싫었구나. 정말로 죽는 것이 무서웠구
　　　나. 오빠를 죽인 서북청년단원이 되어 남의 피를 보는 일
　　　이 죽는 것보다 낫다고 생각했구나. 우리 착한 오빠가 그
　　　런 생각을 했구나. 오빠, 정말 죽기가 싫었구나. 죽는 것
　　　이 정말로 무서웠구나.

청 년　죽어? 아냐! 난 죽지 않아. 난 죽지 않아!

소 녀　불쌍한 오빠.

청 년　종간나 에미나이! 난 죽지 않아. 난 조국의 공산화를 막
　　　기 위해 싸우는 애국 전사다! 비록 빨갱이들에게 쫓겨 고
　　　향 버리고 남으로 도망 왔지만 조국을 위해 한 목숨 바칠
　　　각오를 하고 있는 불굴의 전사야! 난 죽지 않아.

소 녀　난 오빠가 죄 없는 우리들을 죽이는 사람이 되기를 잠시
　　　라도 바랐다는 것이 무서워. 숨이 막혀오듯 목을 졸라오
　　　는 미로 같은 동굴 속의 어둠보다 그것이 더 무서워. 불
　　　쌍한 오빠.

청 년　닥치라우! 주둥아리를 발기발기 찢어서 죽어버리기 전

에.

청년, 살기를 띠고 소녀에게 한발씩 다가간다.
소녀 주저앉은 채 공포에 쌓인 얼굴로 엉덩이를 뒤로 밀며 물러난다.
김달삼, 김익렬과 악수를 마치고 테이블로 올라간다.

김달삼　친애하는 제주도 인민 여러분. 나와 김익렬 제9연대장은
현재의 급박하고 위태로운 상황을 타개하고자 오늘 평화
협상을 진행하였습니다. 이제 남은 것은 약속의 이행뿐
입니다. 김익렬 연대장은 약속 이행에 대한 믿음을 우리
에게 보여주었습니다. 이제 우리가 합의한 모든 내용이
준수 이행되어 우리 제주 인민들이 안전하고 평화롭게
생활할 수 있게 될 것입니다. 그렇게 되면 난 당당히 산
을 내려가겠습니다. 우리 중 누구도 고통 받지 않게 하겠
습니다. 모든 책임을 내가 지겠으며 법정에서 우리 인민
들의 행동은 자위를 위한 정당방위였음을 밝히고 경찰의
압정과 만행을 만천하에 공표하겠습니다. (테이블에서
내려와 나간다)

청　년　개소리 말라우! 그렇게는 안 될 거이야! 개간나 빨갱이
새끼들! 내래 그렇게 두지 않을 거이야!

청년, 몽둥이를 가지고 와 주변에 있는 인형들을 쓰러뜨린다.
소녀 테이블 밑으로 기어들어가 두려움에 떨며 눈과 귀를 막는다.
음악 나오고 청년의 학살 행위가 슬로우비디오처럼 이어지면서
무대 어두워진다.